# प्रतिनिधि कहानियाँ

उषा प्रियम्वदा

सम्पादन

रोहिणी अग्रवाल

राजकमल पेपरबैक्स में
**पहला संस्करण** : 2018
**चौथा संस्करण** : 2024



---

**राजकमल पेपरबैक्स** : उत्कृष्ट साहित्य के जनसुलभ संस्करण

---

राजकमल प्रकाशन प्रा.लि.
1-बी, नेताजी सुभाष मार्ग, दरियागंज
नई दिल्ली-110 002
द्वारा प्रकाशित

**शाखाएँ** : अशोक राजपथ, साइंस कॉलेज के सामने, पटना-800 006
पहली मंजिल, दरबारी बिल्डिंग, महात्मा गांधी मार्ग, प्रयागराज-211 001
1, अनमोल सोराबजी संतुक लेन, धोबी तलाव, मरीन लाइंस, मुम्बई-400 002
वेबसाइट : www.rajkamalprakashan.com
ई-मेल : info@rajkamalprakashan.com

बी.के. ऑफसेट
नवीन शाहदरा, दिल्ली-110 032
द्वारा मुद्रित

**मूल्य :** ₹199

PRATINIDHI KAHANIYAN
*Representative Stories* of Usha Priyamvada
*Edited* by Rohini Aggarwal

ISBN : 978-81-267-3048-3

# उषा प्रियम्वदा

वरिष्ठ लेखिका उषा प्रियम्वदा का जन्म 24 दिसम्बर, 1930 को हुआ। हिन्दी और अंग्रेज़ी, दोनों ही भाषाओं में समान रूप से दक्ष उषा प्रियम्वदा ने साहित्य-सृजन के लिए हिन्दी तथा समीक्षा, अनुवाद व अन्य बौद्धिक कार्यों के लिए अंग्रेज़ी का चयन किया।

इलाहाबाद विश्वविद्यालय से अंग्रेज़ी साहित्य में पी-एच.डी. करने के बाद उन्होंने इंडियाना यूनिवर्सिटी, ब्लूमिंगटन, अमेरिका में तुलनात्मक साहित्य में दो वर्ष पोस्ट-डॉक्टरल शोध किया। अध्यापन के प्रथम तीन वर्ष दिल्ली के लेडी श्रीराम कॉलेज, तदुपरान्त इलाहाबाद विश्वविद्यालय में दो वर्ष बिताने के बाद, विस्कांसिन विश्वविद्यालय, मेडिसन के दक्षिण एशियाई विभाग में प्रोफ़ेसर रहीं।

उनकी प्रकाशित कृतियाँ हैं–'पचपन खम्भे लाल दीवारें', 'रुकोगी नहीं राधिका', 'शेष यात्रा, 'अन्तर-वंशी', 'भया कबीर उदास', 'नदी', 'अल्प विराम' (उपन्यास); 'फिर बसंत आया', 'ज़िन्दगी और गुलाब के फूल', 'एक कोई दूसरा', 'कितना बड़ा झूठ', 'मेरी प्रिय कहानियाँ', 'शून्य एवं अन्य रचनाएँ', 'बनवास', 'सम्पूर्ण कहानियाँ' तथा 'प्रतिनिधि कहानियाँ' (कहानी-संग्रह)।

भारतीय साहित्य, लोककथाओं एवं मध्यकालीन भक्ति-काव्य पर उन्होंने अनेक लेख लिखे हैं जो अंग्रेज़ी में समय-समय पर प्रकाशित हुए। मीराँबाई और सूरदास के अंग्रेज़ी अनुवाद साहित्य अकादेमी, नई दिल्ली ने पुस्तक रूप में प्रकाशित किए। उन्होंने अनेक आधुनिक हिन्दी कहानियों के अनुवाद भी किए हैं। इंडियन स्टडीज़ विभाग से संलग्न रहते हुए 1977 में उन्हें 'फुल प्रोफ़ेसर ऑफ़ इंडियन लिटरेचर' का पद मिला।

'पद्मभूषण डॉ. मोटूरि सत्यनारायण' आदि पुरस्कारों से सम्मानित उषा प्रियम्वदा 2002 में अवकाश लेकर अब पूरा समय लेखन, अध्ययन और बाग़बानी में बिता रही हैं।

# भूमिका

उषा प्रियम्वदा को पढ़ना एक साथ बहुत से बिम्बों में घिर जाना है। बिम्ब जो घुमड़ते बादलों की तरह अनायास तैरते चले आते हैं और एक सार्थक संगति में गुँथकर पहले दृश्य का रूप लेते हैं, फिर एक बृहद परिदृश्य में तब्दील होकर अपनी रचयिता की संवेदनात्मक अन्तर्दृष्टि और सरोकारों को बुनते हैं। सबसे पहला बिम्ब है 'छुट्टी का दिन' कहानी से। कॉलेज में पढ़ाने वाली आत्मनिर्भर अविवाहिता स्त्री...अकेलापन जाड़े की ऋतु की तरह हवाओं में घुला हुआ है...और उदासी की शॉल ओढ़ कर वह अपने को बचाने की कोशिश कर रही है। फिर इस दृश्य में आ जुड़ता है 'कोई नहीं' कहानी का अक्षय...इस एकाकिनी बैरागिन के निरुद्वेगपूर्ण बर्फ से जमे अकेलेपन का रहस्य समझाने।...असफल प्रेम की टीस...दोनों ओर। बिछुड़े प्रिय को पाने की अदम्य लालसा और अप्रीतिकर यथार्थ का कटु बोध...तीसरा बिम्ब एक मुकम्मल दृश्य न रचकर दृश्य तक पहुँचने वाली वैकल्पिक वीथियों की रचना करता है। इस बिम्ब में है अपने भविष्य, विवाह और सम्बन्ध से बेहद उदासीन स्त्री—आत्मघाती मानसिकता का प्रत्यक्षीकरण करते-करते जैनेन्द्रीय स्त्री का प्रतिबिम्ब रचती हुई ('सुरंग', 'प्रसंग'); या फिर पलायन की एक और भंगिमा—हॉण्ट करती स्मृतियों के दंश से बचने के लिए देश की सरजमीं छोड़ विदेश की अजनबियत में मुँह छुपाती कातरता ('सागर पार का संगीत' और 'टूटे हुए')।

रोमान उषा प्रियम्वदा की कहानियों की विशेषता है जो आप्लावित कर देने वाली लहर की तरह उमड़ता है और पाठक के भीतर उदासी की कितनी ही बंदिशों को भर देता है। चूँकि उल्लास की तरह उदासी का भी अपना एक सुनिश्चित आकार और आस्वाद होता है, इसलिए वह अपने को थहाने की क्रमिक अन्तर्यात्रा में अपने व्यक्तित्व की बनत को पहचानने, परिवेश के साथ सम्बन्धों की संगति को बैठाने, और बदलती परिस्थितियों के अनुरूप अपने

को अधिक जीवन्त और मानवीय बनाने की साधना का नाम भी है। उषा प्रियम्वदा की कहानियों में उदासी आत्ममुग्धता का रूप लेकर उपस्थित होती है और आत्मालोचन की तीखी सान पर चढ़कर अपने को निःसंगतापूर्वक जाँचती है, लेकिन मुक्ति का रहस्य नहीं जानती। यह उषा जी सहित नई कहानी आन्दोलन की तमाम कहानियों की विशेषता कही जा सकती है। इतनी समरूपा कि उषा प्रियम्वदा की नायिकाओं की उदासी के बरक्स यदि निर्मल वर्मा की कहानी 'परिन्दे' की लतिका के अलगाव बोध में रची असंलग्नता को रखा जा सकता है तो शेखर जोशी की कहानी 'कोसी का घटवार' के गोसाईं की अनन्य संलग्नता भरी प्रतीक्षातुरता को भी, और हिरामन–हीराबाई के अन्तर्लोक को प्रदीप्त कर किन्हीं आचार–संहिताओं के अमूर्त दबाव में गुम होती हूकों को भी।

उषा प्रियम्वदा की कहानियों में परम्परा के निर्वहण की अभ्यस्तता और उसे तोड़ देने की सजगता एक साथ गुँथी हुई मिलती है। आज की इक्कीसवीं सदी में हालाँकि प्रेम अनेक विधि–निषेधों से गुजर कर कभी अपने को नितान्त उपभोक्तावादी रूप में प्रस्तुत कर रहा है और कभी सामन्तवादी पजैसिव चरित्र लेकर स्त्री को देह के पार नहीं देख पा रहा है, लेकिन हिन्दी कथा–परम्परा में प्रेम त्याग, समर्पण और औदात्य की ऐसी जमीन रहा है जहाँ बिछोह नियति का और मानसिक आराधन मनुष्यता का प्रतीक बन कर प्रेम को अलौकिक आनन्द की वस्तु बनाता रहा है। भारतीय परिवार और समाज का ढाँचा जितना अपरिभाषेय प्रेम का दमन करता है, मन के गुह्य कोनों में प्रेम की चाह उतनी ही तीव्रतर होती चलती है। इसलिए आश्चर्य नहीं कि हिन्दी की अधिकांश प्रारम्भिक कहानियों में प्रेमोन्मत्तता और प्रेम की पुकार ही दिखाई देती है जो प्रसाद, जैनेन्द्र, अज्ञेय आदि दिग्गज कथाकारों के हाथ से गुजरते हुए नई कहानी आन्दोलन तक पहुँचती है। यह ठीक है कि प्रेमकेन्द्रित कहानियाँ समाज में होने वाली भीतरी–बाहरी हलचलों की थाह उस प्रामाणिकता और गहनता में नहीं ले पातीं, लेकिन यह भी उतना ही बड़ा सत्य है कि प्रेम के इर्द–गिर्द बुनी कहानियाँ प्रिय के द्वंद्व, मानसिकता, ऊहापोहों के जरिए समाज की वैचारिक–नैतिक मान्यताओं, सामाजिक संस्थाओं के भीतर गुपचुप आकार लेने वाली हिलोरों, देशी–विदेशी प्रभावों तले बनती एक नई संस्कृति को भी प्रकाश में लाती हैं। इसलिए आश्चर्य नहीं कि उषा प्रियम्वदा की कहानियाँ में उभरने वाली बिम्बात्मकता प्रेम समर्पिता स्त्री तक जाकर समाप्त नहीं होती; वह 'मछलियाँ' का बिम्ब बन कर मूक समर्पण को कांइयाँ प्रतिशोध तक ले जाती है। कम

से कम हिन्दी साहित्य के लिए यह एक चौंकाने वाली परिघटना है—त्याग की प्रतिमूर्ति को प्रतिशोध की चिंगारी में तब्दील कर डालने की साहसिकता भर नहीं, 'भारतीयता' के इर्द-गिर्द बुनी 'आदर्श स्त्री' की अवधारणा को ध्वस्त कर डालने की पाखंडविहीन निर्भीकता। इसलिए भी कि पुरुष से जिस कर्त्ताभाव की अपेक्षा की जाती है, और स्त्री को निष्क्रिय छवि में रूढ़ कर परिणामों को भोगने की अपेक्षा की जाती है, अब वही स्त्री स्वयं स्थितियों की नियन्ता होकर घटनाओं को अंजाम देने और दूसरों की भाग्य-लिपि लिखने का जोखिम उठाने लगी है।

1952 से 1989 तक के कालखंड में फैली उषा प्रियम्वदा की कहानियों का अधिकांश साठ के दशक में उनके विदेश प्रवास के बाद आया है। जाहिर है डायस्पोरा मनोविज्ञान रिवर्स कल्चरल शॉक से उबरने की क्रमिक प्रक्रिया को नॉस्टेल्जिया में तब्दील कर देता है। इसलिए उषा जी की कहानियों की जमीन भले ही विदेशी हो गई हो, वहाँ की खुली संस्कृति और उदार वर्जनामुक्त माहौल से सम्बन्धों में सहजता और कुंठाहीनता पनपी हो, लेकिन उनकी नायिका स्वयं को भारतीयता के संस्कारों से मुक्त नहीं कर पाई है। यही वजह है कि दाम्पत्येतर प्रेम सम्बन्ध बनाते हुए भी वह अपराध बोध और लोकापवाद के भय से ग्रस्त रहती है। सरपट दौड़ते हुए अचानक ठिठक कर खड़े हो जाना, और फिर बिना कुछ कहे अपनी खोह में दुबक जाना उनकी स्त्री की विशेषता है। उषा जी बेहद महीन और कलात्मक पच्चीकारी के साथ उसके चारों ओर रहस्यात्मकता का वातावरण बुनती हैं, जो एक सम्मोहक तिलिस्म का रूप धर कर पाठक के भीतर सीढ़ी-दर-सीढ़ी उतरता चला जाता है, ठीक कृष्णा सोबती की लम्बी कहानी 'तिन पहाड़' की जया की तरह। मैनरिज्म उषा प्रियम्वदा की नायिकाओं की खास पहचान है जो उन्हें आभिजात्यपूर्ण गरिमा देने के साथ-साथ ठहराव भरा व्यक्तित्व भी देता है। शिक्षिता एवं आर्थिक रूप से आत्मनिर्भर नायिकाओं का यह उदासी भरा ठहराव चूंकि सम्बन्धों की जमीन से परे उनके कार्यक्षेत्र, गार्हस्थिक सरोकारों या सामाजिक संलग्नताओं में दिखाई नहीं पड़ता, इसलिए अपनी अंतिम परिणति में जड़ फ्रेम में विघटित होने को अभिशप्त होता है।

ठीक यहीं पाठक की बेचैनी उसे तद्‌युगीन अमेरिकी समाज के भीतरी चरित्र की शिनाख्त करने को प्रेरित करती है। उषा प्रियम्वदा की कहानियों का पाठ करते हुए यह ध्यान रखा जाना बेहद जरूरी हो जाता है कि साठ के दशक

में भारत छोड़ कर विदेश प्रवास के लिए जब वे अमेरिका गईं, उस समय भारत और अमेरिका की सामाजिक-सांस्कृतिक-आर्थिक परिस्थितियों में जमीन-आसमान का अन्तर था। लगभग एक सदी के अनथक संघर्ष के बाद स्वतंत्रता प्राप्त कर भारत सामन्तवाद और साम्राज्यवाद के चंगुल से मुक्त होकर लोकतांत्रिक परिवेश में आधुनिकता का 'सुख' पा रहा था; और अमेरिका सहित पूरा पश्चिम युद्धोत्तर समय में आधुनिकता को उत्तर आधुनिकता की बहसों में ढाल कर पूरी तरह से उपभोक्तावादी समाज में तब्दील हो गया था। ब्रांड संस्कृति, लालसाओं को जगाने वाली वस्तुओं से भरे जगर मगर मॉल; जेब में क्रेडिट कार्ड के रूप में दास की तरह सिर नवा कर पड़ी बेशुमार दौलत; टीवी द्वारा परोसे गए विचारों (विज्ञापनों) से चेतन होने का 'आत्मविश्वास'—इक्कीसवीं सदी के आज के दौर में भारतीय समाज जिस आत्मप्रवंचनात्मक यथार्थ को जी रहा है, वह उस समय के पाश्चात्य समाज का अलौकिक लगने वाला सच था जिसकी तद्‌युगीन भारतीय द्वारा एक सुरक्षित दूरी के साथ कामना तो की जा सकती थी, लेकिन स्वयं को उसके बीच पाकर तत्पर अनुकूलन नहीं किया जा सकता था। जाहिर है इसीलिए उषा प्रियम्वदा की कहानियाँ इस परिवेश में अनुकूलन नहीं करतीं, एक गहरी असुविधापूर्ण भंगिमा के साथ तकनीक-विज्ञापन द्वारा रची उपभोक्तावाद की मायावी संस्कृति की संश्लिष्ट तहें खोलने लगती हैं। विदेश-प्रवास के दौरान रची गई कहानियाँ हालाँकि सतही तौर पर प्रेम की द्वंद्वात्मकता के बीच उन्मुक्त यौन सम्बन्ध की ओर बढ़ती आधुनिका भारतीय स्त्री की बदलती (बोल्ड) छवि को सामने लाती हैं, लेकिन असल में इन कहानियों में उषा प्रियम्वदा खुद अपने से दो स्तरों पर जूझते हुए दिखाई देती हैं। एक, आत्मसार्थकता की तलाश में निकली भारतीय स्त्री के सपनों का पीछा करते हुए उसके पर कतरने वाली संस्थाओं की क्रमिक शिनाख्त; और दूसरे, पश्चिम की समृद्धि, विकास और उन्मुक्त माहौल के पीछे की जड़ताओं-जकड़बन्दियों को अनुभव के स्तर पर झेलना। वे देखती हैं कि स्त्री को 'वस्तु' रूप में देखने का आदी भारत का सामन्ती समाज स्त्री की मानवीय इयत्ता को लेकर इतना अधिक असंवेदनशील हो गया है कि स्वयं स्त्री भी अपनी जीवन्तता के प्रति सन्देही हो उठी है। ठीक वैसे ही जैसे वस्तुओं-सुविधाओं-ऐश्वर्यों के बीच जन्नत का लुत्फ लूटता पश्चिम का उपभोक्ता समाज इतना अधिक वस्तु-संवेदी (ब्रांड कांशस) हो गया है कि स्वयं वस्तु में तब्दील हो अपनी ऐहिक भूख को हवा देते-देते मनुष्य की अस्मिता और मानवीय सम्बन्धों

की गरिमा के प्रति असंवेदनशील हो गया है। कहने को पूर्व और पश्चिम की परिस्थितियाँ दो ध्रुवों की तरह एक-दूसरे के ठीक विपरीत हैं, लेकिन परिणाम-जन्य स्थितियाँ बिल्कुल एक सी हैं—वही असंवेदनशीलता और अ-हार्दिकता—एक जगह स्त्री के प्रति, दूसरी जगह मनुष्य मात्र के प्रति।

समानता के बाहरी ढाँचे को तैयार करने में कितनी मशक्कत क्यों न की जाए, इतना तय है कि भारतीय परिवेश में रहकर रचना करने वाली लेखिकाओं और उषा प्रियम्वदा की वैचारिक यात्रा में समय के साथ-साथ मूलभूत अन्तर गाढ़ा होता गया है। 1971 को हिन्दी स्त्री कथा लेखन का महत्त्वपूर्ण मोड़ मानें तो कहा जा सकता है कि इस समय एक द्वंद्वहीन निर्भीकता, वैचारिक प्रखरता और मौन को जहरीले शब्दों में बोलने वाली औरत का जन्म हो चुका था। मृदुला गर्ग, ममता कालिया और नासिरा शर्मा ने प्रेम और पारिवारिक-सामाजिक सम्बन्धों के वर्तमान स्वरूप के औचित्य पर सवाल उठाना शुरू कर दिया था। परिधि पर अकारथ घूमती स्त्री को केन्द्र में लाने की, और व्यवस्थाजनित आचार-संहिताओं के दबाव को झटक कर अपनी रीढ़ के सहारे खड़े होने की कोशिशें समय का नया सुर-ताल रचने लगी थीं। उल्लेखनीय है कि मोहभंग की प्रचारित उद्घोषणाओं के बावजूद भारतीय समाज मूल्यों-प्रतिबद्धताओं और साम्प्रदायिकता की भावना में डूब उतरा रहा था। तकनीकी और सूचना क्रान्ति दूर-दूर तक नहीं थीं। विकास की गति मंथर थी, सबको साथ ले चलने की धीर, शालीनता और दायित्वशीलता के साथ। संवाद मनुष्य को मनुष्य से, मनुष्य को सम्बन्धों की गर्माहट से और समूचे समय-समाज से जोड़े रखने वाली अविच्छिन्न कड़ी था। संवाद समय को पलटने की ताकत ही नहीं होता, मिल बैठकर परिवर्तन का साझा ड्राफ्ट बनाने की वैचारिक समृद्धि का द्वार भी खोलता है। उषा प्रियम्वदा की कहानियों के अमेरिकी परिवेश में तमाम भौतिक समृद्धि के बीच मनुष्य के अन्तरतम को रंक कर देने वाली यह विपन्नता (संवादहीनता) साफ देखी जा सकती है। इसलिए वे 1984 में 'आधा शहर' की रचना करें या 1989 में 'प्रसंग' की, उनकी स्त्री की आकांक्षा कोई एक ऐसा कन्धा पा लेने की है जिस पर सिर टिकाकर वह वर्षों से संचित हृदय का बोझ उँड़ेल सके। तब पितृसत्तात्मक व्यवस्था के विरुद्ध विद्रोह का झंडा उठाकर चलती अन्य हिन्दी कहानीकारों की अपेक्षा उषा प्रियम्वदा की कहानियाँ एक ऐसे बिम्ब को रचती हैं जहाँ मातृत्व के सहारे आत्मसार्थकता और निष्कलुष निस्वार्थ संवाद पाने की बेचैनियाँ हैं।

चूँकि उषा प्रियम्वदा की कहानियाँ भारतीय परिवेश से भिन्न एक अति विकसित समाज के बीच पनपी परिस्थितियों की कहानियाँ हैं, इसलिए तत्कालीन भारतीय पाठक की दृष्टि और अपेक्षाओं के लिए वह समय से आगे की रचनाएँ तथा 21वीं सदी के दूसरे दशक के पाठक के लिए समकालीन रचनाएँ कही जा सकती हैं। 'पुनरावृत्ति' कहानी को नि:संकोच उदाहरण के रूप में प्रस्तुत किया जा सकता है। उषा जी की खासियत है कि रोमानी प्रेमकथा का भ्रम रखते हुए वे अपनी कहानियों में समाज के यांत्रिकीकरण की घोर अमानवीय स्थिति को केन्द्र में ले आती हैं। 'पैरम्बुलेटर' जैसा संवेदनात्मक आवेग उनकी कहानियों में क्रमश: छीजता चलता है क्योंकि मानवीय संवेगों-सम्बन्धों को वस्तुओं द्वारा प्रतिस्थापित करने की मुहिम को विकास का नाम देकर समय ने चकाचौंध भरी रोशनियों के पिछवाड़े खड़े अँधेरे और खोखलेपन को समाज का सच बना दिया है। उषा प्रियम्वदा की कहानियाँ एक स्तर पर स्त्री की तरल आकांक्षाओं का प्रगीतात्मक आरोह हैं, तो दूसरे स्तर पर समय की विभीषिकाओं की स्तब्ध पड़ताल भी। बड़बोलेपन को मौन प्रतिरोध; संघर्ष को चिन्तन, और जीने की लालसा को जीवन के विश्लेषण की अपरिहार्यता में ढालकर उषा प्रियम्वदा अपनी अलग पाँत बनाती हैं। वैश्विक धरातल पर घटनाओं और स्थितियों में भारी उथल-पुथल के बावजूद उनकी स्त्री अपनी उन्हीं बुनियादी अभिलाषाओं और सपनों के साथ एक अनुत्तरित सवाल बन कर खड़ी है। उत्तर तक न पहुँच पाना लेखक की सृजनात्मक क्षमता की चूक नहीं, भौतिक परिवर्तनों के हिंडोले पर झूलते समाज की आत्मरतिग्रस्तता का प्रत्यक्षीकरण है जो स्त्री (पुरुष), सम्बन्ध और समाज की गरिमा पर पुनर्विचार किए बिना लीक पीटने को ही आगे बढ़ना मानता है। प्रेम कर सकने की क्षमता को उषा प्रियम्वदा स्त्री-पुरुष, समय और समाज के 'मनुष्य' हो जाने का मूलमंत्र मानती हैं क्योंकि प्रेम किसी को पा लेने, या ना पा सकने की स्थिति में उसी एक बिन्दु के वृत्त में क्षरित होते चले जाने का नाम नहीं है। प्रेम एक्सटसी के एक 'रियल' प्रगाढ़ पल को जीवन भर की थाती समझकर समय के अनुरूप अपने को ढालने जीते जाने की परिपक्वता भी है। कोहरे की तरह अंकवार करती उदासी और आग के दरिया सरीखे दैनन्दिन दायित्वों में गुम हो जाने की 'तत्परता' में अपने को बार-बार अन्वेषित और विस्तृत करता प्रेम उनकी कहानियों के अन्तिम बिम्ब की तरह पाठक की चेतना को आवेष्टित कर लेता है।

**—रोहिणी अग्रवाल**

# अनुक्रम

# मान और हठ

जब बारात देखकर अमृता की सखियाँ अन्दर आईं, तो वे बहुत शान्त थीं। अमृता ने उत्सुक आँखों से उन्हें देखा, पर किसी ने उसके भावी पति के बारे में कुछ नहीं कहा।

आशंका से अमृता का हृदय धड़क उठा। पर वह कुछ नहीं बोली। सिर झुकाए बैठी रही।

अन्य स्त्रियाँ भी बारात देखकर अन्दर आ रही थीं। एक ने लम्बी आह भरकर कहा, ''अपना-अपना भाग्य है। कैसी चाँद-सी बेटी है, और कैसा वर...'' उसकी नज़र जब सिमटी, सिकुड़ी अमृता पर पड़ी, तो वह अचकचाकर चुप हो गई।

अमृता अपनी गोरी कलाई में पड़े चमकते गहनों और गुड़ियों को देख रही थी। अनायास ही आँखें भर आईं और आँसू चू पड़े।

आकुल हो सुषमा ने कहा, ''यह क्या, पगली ? रोती क्यों है ? सभी कुछ तो मिला है तुझे।''

ज़रा-सी देर को जब अन्य सखियाँ हट गईं, तो अधीर हो अमृता ने भरे कंठ से पूछा, ''सुषमा, सच बता...'' सुषमा की आँखों से एक आँसू टपक पड़ा।

''केवल रूप से क्या होता है, अमृता ? और सब बातों में वह बहुत अच्छे हैं,'' सुषमा ने उसे ढाढ़स बँधाते हुए कहा।

और सच ही और सब बातों में मुकुल बहुत अच्छा था। धनी जज का अकेला बेटा, सुशिक्षित, अच्छी नौकरी। पर अमृता को इन सबसे क्या करना! उसके दिल में तो इस बात ने गहरा घाव कर दिया था कि उसका पति अत्यधिक कुरूप है।

झीना घूँघट उठाकर जिसने भी वधू का मुख देखा, उसने मुकुल का भाग्य सराहा। अपनी प्रशंसा का हर शब्द अमृता के दिल पर घूँसों-सा लगा। उसका

मन होता कि घूँघट फाड़कर फेंक दे, स्त्रियों का मुँह नोच ले और दीवार से सिर टकरा-टकराकर मर जाए। पर वह वैसी ही शान्त, सिर झुकाए बैठी रही। बड़ी-बड़ी काली आँखों में आँसू उमड़ते रहे और सिसकियाँ अपने में दबाए वह चुप बैठी रही।

मुकुल को उन्हीं सब बातों की साध थी, जो हर एक युवक को होती है। और शायद भाग्य से उसे ऐसी पत्नी भी मिल गई थी, जो देखने में अनन्य सुन्दरी थी। पर मुकुल ने एक बार भी यह सोचने की कोशिश नहीं की कि उस उर्वशी-सी अमृता के भी न जाने क्या-क्या अरमान होंगे। उसकी समझ में स्त्रियों को केवल यही चीज़ें चाहिए—रुपया, अच्छे-अच्छे कपड़े, गहने, नौकर-चाकर और मोटर। और वह यह सब चीज़ें अमृता को दे सकता था।

जब कई दिन बीतने पर भी जगमग-जगमग करते आभूषणों के बीच भी अमृता का मुख कुम्हलाया ही रहा, तो मुकुल से न रहा गया। स्वर में विष भरकर बोला, "क्या किसी पुराने प्रेमी से बिछुड़ जाने का गम है?"

यह एक ऐसी चोट थी कि अमृता तड़प उठी। उसकी आँखों से चिनगारियाँ-सी झड़ीं। बोली, "कोई भी आँखवाला समझ सकता है कि मुझे किस बात का गम है।"

मुकुल एक क्षण को अवाक् रह गया। फिर कहा, "ओह! तो क्यों नहीं अपने माता-पिता से कह दिया कि तुम्हें कामदेव चाहिए।"

आँसुओं से भीगे स्वर में अमृता ने कहा, "वही लोग तो मेरे लिए दुश्मन हो गए।"

"तब फिर मुझे क्यों दोष देती हो? मुझे तुम्हारी जैसी हज़ारों मिल सकती थीं।"

अमृता ने कुछ नहीं कहा। चुपचाप सिसकती रही।

"मैं तुम्हारी जैसी हज़ारों को ख़रीद सकता हूँ। तुम्हें अगर अपने रूप का घमंड है, तो मैं भी तुम्हें दिखा दूँगा।"

सिसककर, डूबे स्वर में अमृता ने कहा, "आपको अपनी दौलत का घमंड है, तो मैं भी आपको दिखा दूँगी।"

मुकुल बाहर निकल आया। क्रोध से उसने दरवाज़ा धड़ाम से बन्द किया। ज़रा गरूर तो देखो! अभी पाँच दिन हुए हैं शादी को, बराबर से जबान चलाती है!

अमृता फूट-फूटकर रो रही थी। शक्ल-सूरत तो ऐसी है कि जी चाहता

है कि आँखें फोड़ ले। ऊपर से यह मिजाज! अगर ज़रा देखने में गनीमत होते, तो शायद ज़मीन पर पैर नहीं रखते। सोचते होंगे कि अमृता रुपए पर बिक जाएगी। अभी समझा नहीं है कि अमृता किस मिट्टी की बनी है।

फिर अमृता कुछ दिन और रही, मगर मुकुल उससे नहीं बोला। सोचता था कि पतिव्रता स्त्री की भाँति वह आकर पैरों पड़ेगी, क्षमा माँगेगी, मगर वह नहीं आई।

अमृता सोचती थी, ''मैं क्यों जाऊँ? बात शुरू तो उन्होंने ही की है। यह तो नहीं कि अपने आचरण से अपनी कुरूपता को ढाँकने का प्रयत्न करें, ऊपर से धौंस जमाते हैं!''

एक दिन अमृता चली आई। मुकुल तब भी नहीं बोला, और भारी दिल लिए इधर-उधर घूमता रहा।

सुषमा ने उन आँखों में सघन वेदना देखी। ''बड़ी पागल है तू, अमृता। क्या बचपना कर बैठी! तूने ऐसी बात कही ही क्यों?''

''बस, मुझे ही दोष दो। यह तो नहीं कि मुझसे ज़रा-सी सहानुभूति दिखाओ। क्या मेरे अरमान, मेरी चाहें—कुछ भी नहीं?''

''औरत की चाहें, अरमान कुछ महत्त्व नहीं रखते। यह दुनिया पुरुषों की है। फिर आख़िर रूप-रंग में रखा ही क्या है!''

''हाँ, ठीक है। तो तू कर ले न उनसे शादी! वो तो सिर के बल तैयार हो जाएँगे। उन्होंने कहा ही था कि उन्हें रुपए के बल पर हज़ारों मिल जाएँगी।''

सुषमा ने गम्भीरता से कहा, ''तेरा तो सिर फिर गया है। एक दिन रोएगी अपनी किस्मत को।''

''एक दिन क्या, अभी ही रो रही हूँ।''

और जब मुकुल के यहाँ से बुलाने का पत्र आया, तो अमृता ने जाने से साफ़ इनकार कर दिया। माँ खूब ही नाराज़ होकर बोलीं, ''अजीब लड़की है! हमलोगों की नाक कटवाने पर तुली है।''

अमृता ने कुछ उत्तर नहीं दिया।

''तो फिर क्या जवाब दिया जाए?''

''लिखवा दो कि हमारी लड़की आपके घर में जीते-जी क़दम नहीं रखेगी।''

दुखी हो माँ बोलीं, "अरी, छोटे मुँह बड़ी बात न बोल। आख़िर क्यों नहीं जाएगी ?"

"नहीं जाऊँगी—मेरा मन।"

"वाह रे तेरा मन!

अब अमृता उबल पड़ी, "देखो, माँ एक तो तुम सबने मेरी ज़िन्दगी तबाह कर दी, ऊपर से..."

माँ की आँखें भर आईं। "हमलोगों ने तो तेरा भला ही चाहा था। शक्ल-सूरत से क्या होता है, इज्ज़त तो रुपए की ही होती है।"

"तो इसका मतलब है कि चाहे जिससे भी शादी कर दो ? मेरे भी हाथ-पैर हैं, कमा खा लूँगी। उनका रुपया मुझे नहीं चाहिए।"

माँ ने सिर पर हाथ मारकर कहा, "हाय रे, भगवान! यह दिन दिखाने से पहले उठा क्यों न लिया ? पान-फूल की तरह तुझे पाला-पोसा..."

अमृता झुँझला पड़ी, "देखो, माँ, मुझे तंग न करो। मैंने कह दिया कि मुझे नहीं जाना है।"

मुकुल ने कौर मुँह में दिया ही था कि बहन ने कहा, "सुना, भैया, भाभी नहीं आएँगी।"

"क्या ?" चौंककर मुकुल ने पूछा।

"हाँ, उनके यहाँ से ख़त आया है। लिखा है कि वह बीमार हैं।"

मुकुल का दिल न जाने कैसा-कैसा सा हुआ। अमृता बीमार है। वह बिना खाए ही उठ आया। आकर सिगरेट सुलगाई और खोया-सा दूर देखने लगा। अमृता कितनी सुन्दर है! आँखें कितनी नशीली हैं! होंठ कितने भरे हुए! बातचीत और उठने-बैठने में कितना आकर्षण! और...और उसकी वह प्रगाढ़ वेदना, वह दर्प और तेज़ी!

मुकुल ने सिगरेट पैरों से कुचल दी। एक ख़याल काले बादल की तरह आया और छा गया। वह आना नहीं चाहती—मुकुल ने सोचा—क्योंकि मैं इतना बदसूरत हूँ। मैं काला हूँ, भद्दा हूँ। पर इसमें मेरा क्या दोष ? मैंने तो सदा ही सुन्दर पत्नी चाही थी, और मुझे मिली भी। मैं अमृता को सब कुछ दे सकता हूँ। उसे रानी की तरह रख सकता हूँ। अकेला बेटा हूँ, ग्यारह सौ पाता हूँ। और फिर ऐसा ही था, तो क्यों नहीं उसने मुझे शादी से पहले देख लिया ? अगर

उसे अपने रूप पर मान है, तो मैं भी अपने हठ का पक्का हूँ। झुकेगी, तो अमृता--वह नारी है, पत्नी है। मैं पति हूँ।

पर मुकुल अमृता को नहीं जानता था। बार-बार मुकुल के पिता ने बुलाया, पर अमृता नहीं आई। हारकर वे लोग चुप हो रहे। मुकुल बार-बार उसे पत्र लिखने की सोचता, मगर न जाने क्या उसे रोक देता। शायद अपने पुरुष होने का आत्माभिमान।

दिन बीतते गए। अमृता को लगा कि वह खोखली हो गई है। एक निरर्थकता की भावना उसके मन-प्राणों पर छा गई थी। ऐसा लगता कि वह पथ भूल गई है, अब कभी मंज़िल तक न पहुँच पाएगी। कभी अपने विवाह की बात सोचती, तो वह दुःस्वप्न-सा लगता। वह सोचती कि काश यह सपना टूट जाए और वह अपने को वही बेफिक्र अमृता पाए—अमृता, जिसे अपने समान ही सुन्दर पति पाने का अरमान था। पर क्योंकि वह सपना नहीं था, इसलिए नहीं टूटा। वह सत्य था, कटु और कठोर सत्य।

अगर कोई सखी नेत्रों में उत्सुकता और स्वर में विदर्प भरकर पूछती, "अरे अमृता, ससुराल कब जाओगी?" तो वह स्वर को यथा साध्य सहज बनाकर कहती, "पहले पढ़ाई तो ख़तम कर लूँ।"

धीरे-धीरे ख़बर मुकुल के घरवालों तक पहुँच गई कि पढ़ाई का केवल बहाना है, अमृता आना नहीं चाहती है। समाचार की पुष्टि करती हुई मुकुल की दूर के रिश्ते की बुआ बोलीं :

"ऐ भाभी, तुम न जाने क्यों उस पर फिसल गई? आजकल की पढ़ी-लिखी लड़कियाँ ऐसी ही होती हैं। खैर, अब भी क्या बिगड़ा है! मुकुल को हज़ारों मिल जाएँगी। अरे, दूर क्यों जाती हो, मेरी ही देवरानी की चाची की बहन है। देखने में ऐसी कि अप्सरा। कामकाज में होशियार। नाचे वह, गाए वह..."

मुकुल की माँ की आँखें भर आईं। "मुझे क्या पता था? देखने में तो ऐसा भोला मुँह है उसका। और देखो न, मुकुल अलग पीला पड़ता जा रहा है।"

"तब फिर क्या है! मैं कहूँगी अपनी देवरानी से।"

माँ ने जल्दी से कहा, "नहीं, नहीं, ऐसी बात थोड़े ही है। पढ़ लेगी, तो वह आएगी ही।"

मगर बाद में उन्होंने जितना इस बात पर सोचा, उतनी ही उपयुक्त लगी। उन्होंने निश्चय किया कि अब अगर अमृता नहीं आई, तो जाड़ों में मुकुल की दूसरी शादी कर देंगे। तब तक पहली शादी को काफ़ी दिन हो जाएँगे।

और जब उस आख़िरी ख़त का भी जवाब आ गया कि अमृता को पढ़ना बहुत है, इसलिए वह न आ सकेगी, तब साहस कर उन्होंने प्रसंग छेड़ा :

''एक लड़की है। सुना है कि अच्छी है।''

मुकुल ने तीव्र दृष्टि से माँ को देखा। ''तो ?''

''तो क्या ? अमृता तो अब आएगी नहीं। बड़े मिजाज हैं उसके। क्या पता था कि ऐसी होगी ? उसे भी पता चल जाएगा कि हमारे लड़के के...''

मुकुल के दिल में टीस-सी उठी। ''माँ, तुम भी क्या बेकार बातें करती हो !'' और उसके कहने के ढंग में न जाने क्या था कि फिर किसी को कुछ कहने का साहस न हुआ।

जब अमृता के यहाँ सबने सुना कि वे लोग दूसरी शादी करना चाहते हैं, तो सन्न रह गए। अमृता के हठ का यह परिणाम होगा—यह उन्होंने नहीं सोचा था। सबने उसे डाँटा, समझाया, फुसलाया, पर वह अपनी बात पर अटल रही। वह मुकुल के घर नहीं जाएगी, नहीं जाएगी। कर ले वह दूसरी शादी। और अगर घरवालों के लिए वह भार हो गई है, तो वह जल्दी ही कहीं नौकरी कर लेगी। परिणाम यह हुआ कि पिता ने उससे बोलना छोड़ दिया, भाई झिड़कने लगे, भाभियाँ पग-पग पर अपमानित करने लगीं। अमृता का मुख पीला पड़ गया। दुबले-सूखे मुँह पर आँखें और भी बड़ी लगने लगीं, मगर एक आग उसके दिल में धधकती रही। हाँ, ग़लती उसकी अवश्य थी कि उसने शादी से पहले मुकुल को नहीं देखा, मगर वह कहती भी कैसे कि वह उसे देखना चाहती है ? भाई ने कह दिया था कि साधारण है। और फिर मुकुल का यह गर्व, यह मान ! एक पत्र भी नहीं डाला, पूरे दो साल हो गए। अगर मुकुल झुकता, तो वह उसे स्वीकार कर लेती। पर स्वयं झुकना उसे सह्य नहीं था।

इस दृढ़ निश्चय ने उसे एक आभा-सी दे दी। परीक्षा के बाद उसने नौकरी कर ली और सबसे दूर पूना चली गई।

मुकुल को एक क्षीण-सी आशा थी। अमृता के पूना चले जाने से वह भी टूट

गई। उसे विश्वास हो गया कि अमृता ने उससे नाता तोड़ लिया है, शायद सदा के लिए।

एक दिन अमृता को एक निमंत्रण-पत्र मिला—मुकुल के विवाह का। किसी ने ससुराल से उसके साथ यह क्रूर परिहास किया था, जिससे अमृता भी जान जाए।

एक आह अनजाने में ही उसके होंठों तक आ गई। फिर अमृता ने वह पत्र फाड़ डाला और सूने नेत्रों से उन टुकड़ों को देखती रही। मंगल घट पर रखा हुआ नारियल, फूलमालाओं से लिपटे दो हाथ, किसी और नारी का भविष्य मुकुल के साथ बँध रहा था।

एक दिन जब पड़ोस के बच्चों का शोर असह्य हो गया, तो अमृता ने मुँह हाथों में छिपा लिया। वह आँसुओं से भीगा था। वह रोज़ देखती थी कि उस घर की पत्नी प्रसन्न मुख से पति के साथ उसे बाहर तक पहुँचाने जाती है। फिर बच्चों का मुख चूमकर स्कूल भेजती है, और दो बच्चों के मधुर कलरव से घर गूँजता रहता है। अगर कभी अमृता से मिलने आती है, तो नन्हा शिशु उसके कमरे में तूफ़ान मचा देता है। मेज़पोश खींचकर फेंक देता है, स्याही की दावात लुढ़का देता है, फूलदान में से फूल निकालकर सारे कमरे में बिखरा देता है, और माँ के डाँटने पर शरारत से हँस देता है।

अमृता को यह सब बहुत भला लगता। पर साथ ही एक अव्यक्त विषाद से दिल भारी हो उठता। यह सूनापन, यह अकेली ज़िन्दगी! मुकुल के पत्नी है। बच्चे भी होंगे ही। आठ साल हो गए, पूरे आठ साल। मुकुल पुरुष है। वह अपनी दुनिया बार-बार बसा सकता है। पर अमृता?

जाड़े की सूनी, लम्बी शाम। अमृता चुपचाप अँगीठी में दहकते कोयले देख रही थी। एक दिन उसके दिल में भी ऐसी ही आग धधक रही थी, मगर अब वह आग बुझ चुकी थी। बची थी गरम राख। दर्द में उतनी तेज़ी नहीं थी, मगर अब वह रोम-रोम में भिद गया था, नस-नस में बस गया था। अमृता ने बाहर नज़र डाली। अँधेरे में एक छाया-सी थी। निर्जन सड़क पर एक व्यक्ति, भूला-भटका-सा। शायद यह भी मेरी ही तरह लक्ष्यहीन है। शायद इसके भी कोई घर नहीं है, जहाँ यह शाम को जा सके। उस अनजान,

अपरिचित व्यक्ति के लिए संवेदना से उसका हृदय भर उठा।

किसी ने द्वार पर थपकी दी। अमृता ने द्वार खोल दिया, और विस्मय से पीछे हट गई। आगन्तुक बिजली के नीचे आया।

"आप ?" वह जैसे चीख़ पड़ी।

"हाँ, मैं ही हूँ," व्यथा से बोझिल स्वर में मुकुल बोला। और उसने एक नन्हे-से शिशु को सावधानी से आरामकुरसी पर लिटा दिया, जिसे वह अपने ओवरकोट से ढँके था। अमृता अवाक्।

"अमृता, मेरी पत्नी मर चुकी है। उसके मरने से मेरे लिए कुछ अन्तर नहीं। मैं उसके जीते-जी उतना ही अकेला था, जितना कि तुम्हारे जाने के बाद से था। मैं जानता हूँ कि तुम मुझे स्वीकार नहीं करोगी, मगर न जाने क्या मुझे यहाँ तक खींच लाया। एक हल्की-सी आशा..."

अमृता एकटक उसे देख रही थी। आठ सालों में वह बहुत बदल गया था। बरसों का बीमार-सा, टूटा-टूटा, खोया-खोया, उदास और बेहद अकेला। उसके दर्द ने उसे एक स्निग्ध, अलौकिक आकर्षण दे दिया था, जिसे केवल अमृता की ही आँखें देख सकीं।

शिशु रोया, और अमृता ने झपटकर उसे उठा लिया। कन्धे से लगाया और धीरे-धीरे थपकने लगी। दिल में न जाने कैसा-सा लगा कि आँखों से आँसू चू पड़े।

# ज़िन्दगी और गुलाब के फूल

सुबोध काफ़ी शाम को घर लौटा। दरवाज़ा खुला था, बरामदे में हल्की रोशनी थी, और चौके में आग की लपटों का प्रकाश था। अपने कमरे में घुसते ही उसे वह ख़ाली-ख़ाली सा लगा। दूसरे क्षण ही वह जान गया कि कमरे का कालीन निकाल दिया गया है और किनारे रखी हुई मेज़ भी नहीं है। मेज़ पर काग़ज़ के फूलों का जो गुलदस्ता रहता था, वह कुछ ऐसे कोण से खिड़की पर रखा था कि लगता था, जैसे मेज़ हटाते वक़्त उसे वहाँ वैसे ही रख दिया गया हो।

उसने बहुत कोमलता से गुलदान उठा लिया। काग़ज़ के फूल थे तो क्या,

गुलदान तो बहुत बढ़िया कट ग्लास का था। पहले कभी-कभी शोभा अपने बाग़ के गुलाब लगा जाती थी, पर अब तो इधर, कई महीनों से यही बदरंग फूल थे और शायद यही रहेंगे। सुबोध ने फिर खिड़की का गुलदान रखते हुए सोचा, हाँ, यही रहेंगे, क्योंकि शोभा की सगाई हो गई थी, और उसका भावी पति किसी अच्छी नौकरी पर था। सुबोध ने कोट उतारकर खूँटी पर टाँग दिया।...आख़िर कब तक शोभा के पिता उसके लिए अपनी लड़की कुँवारी बैठाए रखते?...सुबोध खिड़की के पार देख रहा था—धूल-भरी साँझ, थके चेहरे, बुझे हुए मन...

फिर वह माँ के पास आया। उसकी माँ चौके में चूल्हे के पास बैठी थीं। वह वहीं पीढ़े पर बैठ गया। कुछ देर कोई नहीं बोला। माँ ने दो-एक बार उसे देखा ज़रूर, पर कुछ कहा नहीं, पत्थर की मूर्ति की तरह बैठी रहीं, ऐसी मूर्ति जिसकी केवल आँखें जीवित थीं।

एकाएक सुबोध पूछ बैठा, "अम्माँ, मेरे कमरे का क़ालीन कहाँ गया? धूप में डाला था क्या?"

बाएँ हाथ से धोती का पल्ला सिर पर खींचती हुई माँ बोलीं, "वृन्दा अपने कमरे में ले गई है। उसकी कुछ सहेलियाँ आज खाने पर आएँगी।"

सुबोध को अपने पर आश्चर्य हुआ कि वह इतनी-सी बात पहले ही क्यों न समझ गया? उसकी सारी चीज़ें वृन्दा के कमरे में जा चुकी थीं, सबसे पहले पढ़ने की मेज़, फिर घड़ी, आराम-कुर्सी और अब क़ालीन और छोटी मेज़ भी। पहले अपनी चीज़ वृन्दा के कमरे में सजी देख उसे कुछ अटपटा लगता था, पर अब वह अभ्यस्त हो गया था यद्यपि उसका पुरुष हृदय घर में वृन्दा की सत्ता स्वीकार न कर पाता था।

उसे अनमना हो आया देख माँ ने कहा, "तुम्हारे इन्तज़ार में मैंने चाय भी नहीं पी। अब बना रही हूँ, फिर कहीं चले मत जाना। और पतीली का ढँकना उठाकर देखने लगीं।

सुबोध दोनों हाथों की उँगलियाँ एक-दूसरे में फँसाए बैठा रहा। उसके कन्धे झुक गए और उसके चेहरे पर विषाद और चिन्ता की रेखाएँ गहरी हो गईं। सशंक नेत्रों से माँ उसे देखती रही। मन-ही-मन कई बातें सोचीं कहने की, मौन का अन्तराल तोड़ने की, पर न जाने क्यों वाणी न दे सकी। उसकी आँखों के सामने ही सुबोध बदलता जा रहा था। इस समय उसके नेत्र माँ पर

अवश्य थे, पर वह उनसे हज़ारों मील दूर था। मौन रहकर जैसे वह अपने अन्दर अपने-आपसे लड़ रहा हो। काश, सुबोध फिर वही छोटा-सा लड़का हो जाता, जिसके त्रास वह अपने स्पर्श से दूर कर देती थी। पर सुबोध जैसे अब उसका बेटा नहीं रहा था, वह एक अनजान, गम्भीर, अपरिचित पुरुष हो गया था, जो दिन-भर भटका करता था, रात को आकर सो रहता था। सुख के दिन उसने भी जाने थे। अच्छी नौकरी थी, शोभा थी। अपने पुराने गहने तुड़ाकर माँ ने कुछ नई चीज़ें बनवा ली थीं, और अब वे नए बुन्दे और बालियाँ, हार और कंगन बक्स में पड़े थे। शोभा की शादी होनेवाली थी और सुबोध बदलता जा रहा था।

दो धुँधली, जलभरी आँखें दो उदास आँखों से मिलीं। उनमें एक मूक अनुनय थी। सुबोध ने माँ के चेहरे को देखा और मुस्करा दिया। शब्द निरर्थक थे, दोनों एक-दूसरे की गोपन व्यथा से परिचित थे। उनमें एक मूक समझौता था। माँ ने इधर बहुत दिनों से सुबोध से नौकरी के विषय में नहीं पूछा था, और सुबोध भी अपने-आप यह प्रसंग न छेड़ना चाहता था।

उसने कहा, "देखो, शायद पानी खौल गया।"

माँ चौंकीं, दो बार जल्दी-जल्दी पलक झपकाए। फिर खड़ी होकर अलमारी से चायदानी उठाई। उसे गरम पानी से धोया, बहुत सावधानी से चाय की पत्ती डाली और पानी उँड़ेला। फिर उस पर टीकौजी लगा दी। वह टीकौजी वृन्दा ने काढ़ी थी और उसकी शादी की आशा में बरसों माँ बक्स में रखे रहीं। अब उसे रोज़ व्यवहार करना माँ की पराजय थी। उससे बड़ी पराजय थी सुबोध की, जो अपनी छोटी बहन की शादी नहीं कर पाया था। टीकौजी पर एक गुलाब का फूल बना था और सुबोध उन गुलाब के फूलों की याद कर रहा था, जो शोभा उसके कमरे में सजा जाती थी, उन बाली और बुन्दों की सोच रहा था, जो शोभा अब नहीं पहनेगी...

दूध गरम कर और प्याला पोंछकर माँ ने चाय सुबोध के आगे रख दी। सुबोध पीढ़े पर पालथी मारकर बैठ गया, और चाय छानने लगा।

माँ अपनी कोठरी में जाकर कुछ खटर-पटर कर रही थी। ज़रा देर में ही एक तश्तरी में चाँदी का बर्क़ लगा हुआ सेब का मुरब्बा लाकर माँ ने उसके सामने रख दिया और बड़े दुलार से कहा, "खा लो!"

अपने विचार पीछे ठेलकर, कुछ सुस्त हो, हँसते हुए सुबोध ने कहा, "अरे अम्माँ! बड़ी ख़ातिर कर रही हो! क्या बात है?"

माँ ने स्नेह-कातर कंठ से कहा, "तुम कभी ठीक वक़्त से आते भी हो! रात को दस-ग्यारह बजे आए। ठंडा-सूखा खा लिया। सुबह देर से उठे, दोपहर को फिर ग़ायब। कब बनाऊँ, कब दूँ?"

यह चर्या तो सुबोध की पहले भी थी। तब वृन्दा और माँ दोनों उसके इन्तज़ार में बैठी रहती थीं। वृन्दा हमेशा बाद में खाती थी। सुबोध की दिनचर्या के ही अनुसार घर के काम होते थे। पर तब वृन्दा नौकरी नहीं करती थी, तब सुबोध बेकार न था। अब खाना वृन्दा की सुविधा के अनुसार बनता था। सुबह उसे जल्दी उठना होता था, इसलिए रात को जल्दी खाकर सो जाती थी। अब सुबोध जब साढ़े आठ पर सोकर उठता तो आधा खाना बन चुकता था। जब नौ बजे वृन्दा खा लेती, तो वह चाय पीता। पहले जब तक वह स्वयं अख़बार न पढ़ लेता था, वृन्दा को अख़बार छूने की हिम्मत न पड़ती थी, क्योंकि वह हमेशा पन्ने ग़लत तरह से लगा देती थी। अब उसे अख़बार लेने वृन्दा के कमरे में जाना पड़ता था और इसीलिए उसने घर पर अख़बार पढ़ना छोड़ दिया था।

जूठे बर्तन समेटते हुए माँ ने कुछ कहना चाहा, पर रुक गई। उसका असमंजस भाँपकर सुबोध ने पूछा, "क्या है?"

प्याला धोते हुए, मन्द स्वर में माँ ने कहा, "घर में तरकारी कुछ नहीं है।"

सुबोध ने उठकर कील पर टँगा मैला थैला उतार लिया। माँ ने आँचल की गाँठ खोलकर मुड़ा-तुड़ा एक रुपए का नोट उसे थमा दिया और कहा, "ज़रा जल्दी आना! अभी सारी चीज़ें बनाने को पड़ी हैं।"

सुबोध कोट पहने बिना ही बाज़ार चल दिया। यह पतलून वह काफ़ी दिनों से पहन रहा था। कमीज़ के फटे हुए कफ़ और कॉलर काफ़ी गन्दे थे, पर उसने परवाह नहीं की। पर दोनों हाथों से थैले का मुँह पकड़कर उसमें गन्दी तराजू से मिट्टी लगे आलू डलवाते हुए सुबोध को एक झटका-सा लगा। उसके पास ही किसी का पहाड़ी नौकर भाव पूछ रहा था। उसके चीकट बालों से माथे पर तेल बह रहा था, मुँह से बीड़ी का कड़वा धुआँ निकल रहा था। वह भी थैला लिए था और तरकारी लेने आया था। सुबोध अचानक ही सोच उठा कि वह कहाँ से कहाँ आ पहुँचा है! अपने अफ़सर की अपमानजनक बात सुनकर तो उसने अपने आत्मसम्मान की रक्षा के लिए इस्तीफ़ा दे दिया था, लेकिन अब कहाँ है वह आत्म-सम्मान? छोटी बहन पर भार बनकर पड़ा हुआ है। उसे देखकर माँ मन-ही-मन घुलती रहती है। ज़िन्दगी ने उसे भी गुलाब के फूल

दिए थे, लेकिन उसने स्वयं ही उन्हें ठुकरा दिया और अब शोभा भी...

हाथ झाड़कर सुबोध ने पैसे दिए और चल पड़ा। इस सबके बावजूद उसके अन्दर एक तुष्टि का हल्का-सा आलोक था कि इस्तीफ़ा देकर उसने ठीक ही किया। उसके जैसा स्वाभिमानी व्यक्ति अपमान का कड़वा घूँट कैसे पी लेता? स्वाभिमान? सुबोध के होंठ एक कड़वी मुस्कान से खिंच उठे। वाह रे स्वाभिमानी! उसने अपने आप से कहा। उसे वह सब बातें स्पष्ट होकर फिर याद आ गईं, वे बातें जो रह-रहकर टीस उठती थीं। सुबोध स्मृति का एलबम खोलने लगा। हर चित्र स्पष्ट था।

नौकरी छोड़कर वह कुछ महीने घर नहीं लौटा, वहीं दूसरी नौकरी खोजता रहा और जब लौटा तो उसने घर का चित्र ही बदला हुआ पाया। उसकी अनुपस्थिति में वृन्दा ने उसकी मेज़ ले ली थी और उसके लौटने पर वृन्दा ने अवज्ञा से कहा था, ''दादा, आप क्या करेंगे मेज़ का? मुझे काम पड़ेगा।''

सुबोध कुछ तीखी-सी बात कहते-कहते रुक गया। कई साल में घिसट-घिसटकर बी.ए., एल.टी. कर लेने और मास्टरनी बन जाने से ही जैसे वृन्दा का मेज़ पर हक हो गया हो! कोई अध्यापिका होने से ही पुस्तकों का प्रेमी नहीं हो जाता। सुबोध की उस मेज़ पर अब जूड़े के काँटे, नेल-पॉलिश की शीशी और गर्द-भरी किताबें पड़ी रहती थीं और फिर कुछ दिनों बाद माँ ने कहा, ''वृन्दा को रोज़ स्कूल जाने में देर हो जाती है। अपनी अलार्म घड़ी दे दो, सुबोध!''

सुबोध ने कठोर होकर कहा था, ''नई घड़ी ख़रीद क्यों नहीं लेती? उसे कमी है?''

माँ ने आहत और भर्त्सनापूर्ण दृष्टि से उसे देखकर कहा, ''उसके पास बचता ही क्या है! तुम ख़र्च करते होते तो जानते!''

''नहीं, मुझे क्या पता? हमेशा से तो वृन्दा ही घर का ख़र्च चलाती आई है। मैं तो बेकार हूँ, निठल्ला।'' और झुँझलाकर सुबोध ने घड़ी उसे दे दी थी।

सबसे अधिक आश्चर्य तो उसे वृन्दा पर था। अक्सर वह सोच उठता था कि यह वही वृन्दा है, जो उसके आगे-पीछे घूमा करती थी, उसके सारे काम दौड़-दौड़कर किया करती थी! जब भी उसने चाय माँगी, वृन्दा ने चाय तैयार कर दी। और अब? एक रात ज़रा देर से आने पर उसने सुना, ''वृन्दा बिगड़कर माँ से कह रही थी, काम न धन्धा, तब भी दादा से यह नहीं होता कि ठीक वक़्त

पर खाना खा लें। तुम कब तक जाड़े में बैठोगी, माँ? उठकर रख दो, अपने-आप खा लेंगे।''

उसके बाद सुबोध रात को चुपचाप आता। ठंडा खाना खाकर अपने कमरे में लेट जाता। सुबह जग जाने पर भी पड़ा रहता और वृन्दा के चाय पी लेने पर उठकर चाय पीता। बाज़ार से सौदा ला देता। मैले ही कपड़े पहनकर बाहर चला जाता। और जब थक जाता, तो खिड़की के बाहर देखने लगता।

माँ प्रतीक्षा में दरवाज़े पर खड़ी थीं। उनके हाथ में थैला देकर वह अपने कमरे में चला गया। कमरा उसे फिर नग्न और सूना-सा लगा। जूते उतारकर वह चारपाई पर लेट गया। चारपाई बहुत ढीली थी। उसके लेटते ही दरी सिकुड़ गई, तकिया नीचे खिसक आया। दरी की सिकुड़नें पीठ में गड़ती रहीं। सुबोध की आँखें बन्द थीं। हाथ शिथिल और कान अन्दर और बाहर के विभिन्न स्वर सुनते रहे। खिड़की के पास से गुज़रते दो बच्चे, सड़क पर किसी राही की बेसुरी बजती बाँसुरी, खटखट करते दो भारी जूते, अन्दर बर्तन की हल्की खटपट, तरकारी में पानी पड़ने की छन्न और खींची जाती चारपाई के पायों की फ़र्श से रगड़...।

तभी बाहर का दरवाज़ा अचानक खुला और वृन्दा ने कुछ तीखे स्वर में पूछा, ''अम्माँ, दादा घर में हैं?''

सुबोध सुनकर भी न उठा। माँ का उत्तर सुन वृन्दा उसके कमरे के दरवाज़े पर खड़ी होकर बोली, ''दादा, ताँगेवाले को रुपया भुनाकर बारह आने दे दो।''

सुबोध ने चप्पलों में पैर डाले, उसके हाथ से रुपया लिया और बाहर आया।

उसकी दृष्टि सामने खड़ी शोभा से मिल गई। उसके नमस्कार का संक्षिप्त उत्तर दे वह बाहर आ गया। नोट तुड़ाकर ताँगेवाले को पैसे दिए और फिर अन्दर नहीं गया। पड़ोस में एक परिचित के घर बैठ गया, और शतरंज की बाज़ी देखने लगा।

वहाँ बैठे-बैठे जब उसने मन में अन्दाज़ लगा लिया कि अब तक शोभा और निर्मला खाना खाकर चली गई होंगी, तो वह घर आया। सड़क पर सन्नाटा हो गया था। बत्तियों के आसपास धुँधले प्रकाश का घेरा था, और पानवाला, ग्राहकों की प्रतीक्षा में चुप और स्थिर बैठा था।

वृन्दा ने झुँझलाकर कहा, ''कहाँ चले गए थे, दादा? शोभा और निर्मला कब से घर जाने को बैठी हैं! तुम्हें पहुँचाने जाना है।''

"मुझे मालूम नहीं था," सुबोध ने कहा।

"जैसे कभी शोभा को घर पहुँचाया नहीं है!" वृन्दा ने कहा।

'तब,' सुबोध ने सोचा, 'तब शोभा की सगाई कहीं और नहीं हुई थी, तब वह बेकार न था। शोभा उससे शरमाती थी, पर उसके गुलदान में फूल लगा जाती थी। माँ नए गहने बनवा रही थीं, और वृन्दा अपने कमरे में बैठी-बैठी कुढ़ती थी, क्योंकि वह बदसूरत थी और उससे कोई शादी करने को राजी नहीं होता था...'

"अच्छा तो चलें," सुबोध ने शोभा की ओर नहीं देखा।

पर शोभा बोल पड़ी, "हमें जल्दी नहीं है। आप खाना खा लीजिए।"

माँ ने कढ़ाई चूल्हे पर चढ़ा दी। वृन्दा निर्मला को लेकर अपने कमरे में चली गई। सुबोध बैठ गया और शोभा ने उसके आगे तिपाई लाकर रख दी। फिर उसने रेशमी साड़ी का आँचल कमर में खोंस लिया और थाली लाकर उसके सामने रख दी। सुबोध नीची नज़र किए खाने लगा। चौके से बरामदे, बरामदे से चौके में बार-बार जाती हुई शोभा की साड़ी का बॉर्डर उसे दिखाई देता रहा, हरी साड़ी, जोगिया बॉर्डर, जिस पर मोर और तोते कढ़े हुए थे। कभी-कभी एड़ियाँ भी झलक उठतीं, उजली, चिकनी एड़ियाँ। सुबोध को लगता कि वह अतीत में पहुँच गया है। और शोभा वही है, वही जिससे कभी उसकी प्यार की बातें नहीं हुईं, पर जो अनायास ही उससे शरमाने लगी थी। शायद उसे पता चल गया था कि उसके पिता ने सुबोध से बातचीत शुरू कर दी है...और शायद अब तक शादी भी हो जाती, अगर सुबोध को कोई दूसरी नौकरी मिल जाती या अगर सुबोध पहली अच्छी नौकरी न छोड़ता...

सुबोध ने खाना बन्द कर दिया। पानी पीकर, हाथ धोने उठा, तो शोभा झट से हाथ धुलाने लगी। उसकी आँखों में विनय-भरी कातरता थी, उसके मुख पर उदासी, पर उसके बालों से सुबास आ रही थी।

जब वह ताँगा लेकर आया, तो शोभा माँ के पास चुप खड़ी थी और माँ उसके सिर पर हाथ फेर रही थीं।

रास्ते-भर दोनों चुप रहे। सबसे पहले निर्मला का घर आया, उसके उतर जाने पर शोभा ने आँसू-भरे कंठ से कहा, "आप यहाँ पीछे आ जाइए न!" वह उतरकर पीछे आ गया, तब बोली, "कुछ बोलेंगे नहीं?"

"क्या कहूँ?" सुबोध ने उसकी ओर मुड़कर उसे देखते हुए कहा।

शोभा की आँखें छलक रही थीं। पोंछकर कहा, "मैंने तो पिताजी से बहुत कहा।...फिर आख़िर मैं क्या करती?"

"मैं तो कुछ भी नहीं कह रहा हूँ। इस बात को स्वीकार कर लो कि मैं ज़िन्दगी में फ़ेलियर हूँ, कम्पलीट फ़ेलियर। कुछ नहीं कर सका! जैसे मेरी ज़िन्दगी में अब फुलस्टॉप लग गया है। अब ऐसे ही रहूँगा। तुम्हारे फ़ादर ने ठीक ही किया। तुम सुखी होओगी। प्यार से बड़ी एक और आग होती है, भूख की, पेट की! वह आग धीरे-धीरे सब कुछ लील लेती है..."

"आप इतने बिटर क्यों हो गए हैं?"

"ज़िन्दगी ने ही मुझे बिटर बना दिया है," फिर जैसे जागकर ताँगेवाले से कहा, "अरे बड़े मियाँ! लौटा ले चलो, घर तो पीछे छूट गया।"

शोभा उतरी। कुछ क्षण अनिश्चित-सी खड़ी रही। सुबोध के हाथ बढ़े, पर फिर पीछे लौट आए, "अच्छा, शोभा।"

"नमस्ते," शोभा ने कहा और वह अन्दर चली गई। ताँगे में अकेला सुबोध सड़क पर घोड़े की एकरस टापों के शब्द को सुन रहा था। कभी-कभी ताँगेवाला खाँस उठता और वह खाँसी उसका शरीर झिंझोड़ जाती। अँधेरा...खाँसी...और आख़िरी सपने की भी मौत!

सुबह उठकर सुबोध ने सबसे पहले बरामदे में बैठे धोबी को देखा। जितनी देर में उसके लिए चाय बनी, उसने अपने सारे गन्दे कपड़े इकट्ठे कर, उनका ढेर लगा दिया। अलमारी में सिर्फ़ एक साफ़ कमीज़ बची थी, पीठ पर फटी हुई। उसे ढकने के लिए सुबोध ने कोट पहन लिया। कोट को भी काफ़ी दिनों से धोबी को देने का इरादा था, परन्तु अब जब तक धोबी कपड़े लाए, तब तक यही सही।

चाय पीकर वह बाहर चला आया। कोट की ज़ेबों की तलाशी लेने पर उँगलियाँ एक इकन्नी से जा टकराईं। पानवाले की दुकान पर सिगरेट ख़रीदा और जलाकर एक गहरा कश खींचा, और दो-एक जगह रुककर वापस चला। रास्ते में धोबी मिला, और उसने सुबोध को दोबारा सलाम किया।

"कपड़े ज़रा जल्दी लाना, समझे?" कुछ रोब से सुबोध ने कहा।

"अच्छा बाबूजी," धोबी चला गया।

कमरे में घुसते ही मैले कपड़ों का ढेर उसे वैसे ही दिखाई पड़ा, जैसा कि छोड़ गया था। उसने वहीं रुककर पुकारा, "अम्माँ! मेरे कपड़े धुलने नहीं गए।"

"पता नहीं, बेटा। वृन्दा दे रही थी, उससे कहा भी था कि तुम्हारे भी दे दे..."

सुबोध को न जाने कहाँ का ग़ुस्सा चढ़ आया। चीख़कर बोला, "कितने दिनों से गन्दे कपड़े पहन रहा हूँ! पन्द्रह दिन में नालायक़ धोबी आया, तो उसे भी कपड़े नहीं दिए गए। तुम माँ-बेटी चाहती क्या हो? आज मैं बेकार हूँ, तो मुझसे नौकरों-सा बर्ताव किया जाता है! लानत है ऐसी ज़िन्दगी पर।"

माँ त्रस्त हो उठीं। जब सुबोध का कंठ-स्वर इतना ऊँचा हो गया कि बाहर तक आवाज़ जाने लगी, तो वह रो दीं। उन्होंने कुछ कहना चाहा, मगर सुबोध ने अवसर नहीं दिया। कहता गया, "मुझे मुफ़्त का नौकर समझ लिया है? पहले कभी तुमने मुझे यह सब काम करते देखा था।" फिर उनके कंठ की नक़ल करता हुआ बोला, "घर में तरकारी नहीं है! वृन्दा की सहेलियाँ खाना खाएँगी। उधर हमारी बहन हैं कि हुकूमत किया करती है! अब मैं समझ गया हूँ कि मेरी इस घर में क्या क़द्र है। मैं आज ही चला जाऊँगा। तुम दोनों चैन से रहना।"

कहता-कहता वह घर से बाहर आ गया। अपनी छटपटाहट में उसके अन्दर तक तीव्र विध्वंसक प्रवृत्ति जाग उठी। उसका मन चाह रहा था कि जो कुछ भी सामने पड़े, उसे तहस-नहस कर डाले। वह चलता गया और उसी धुन में एक साइकिल सवार से टकरा गया। वह गिर पड़ा, उसके ऊपर साइकिल आ गई और वह व्यक्ति सबसे ऊपर। जब उसकी कोहनियाँ खुरदुरी सड़क से छिलीं, और एक तीव्र पीड़ा हुई, तो उसका ध्यान बँटा। वह कुछ हक्का-बक्का-सा रह गया। उसने पाया कि उस व्यक्ति ने उससे तकरार नहीं की, अपने कपड़े झाड़े और साइकिल उठाते हुए कहा, "भाई साहब, ज़रा देखकर चला कीजिए। चोट तो नहीं आई।"

अगर वह लड़ता तो उस मूड में शायद सुबोध मारपीट करने को उतारू हो जाता। पर उसकी अप्रत्याशित विनम्रता से सुबोध ठिठककर रह गया।

जब सुबोध ने उठकर चलने की कोशिश की, तो पाया कि बायाँ पैर सूजने लगा है। लँगड़ाता हुआ वह पार्क की बेंच पर आकर बैठ गया। उसकी दाहिनी कोहनी से ख़ून टपक रहा था। ज़रा-सा भी हिलने से पैर में तीव्र पीड़ा होने लगती थी। उसने सँभालकर पैर बेंच पर रख लिया और लेट गया।

अपना ध्यान पीड़ा से हटाने के लिए वह फूलों को देखने लगा। उसकी बेंच के पास ही गुलाब की घनी बेल थी, जिसमें हल्के पीले फूल थे। दर्द

बढ़ता जा रहा था। उसने हिलना-डुलना भी बन्द कर दिया। कुछ देर स्थिर पड़े रहने से दर्द में विराम हुआ, तो उसके ख़याल फिर सवेरे की घटना पर केन्द्रित हो गए।

उसका पैर हिला और दर्द की एक तेज़ लहर उठकर पूरे बाएँ पैर में व्याप्त हो गई। सुबोध ने होंठ भींच लिए।

जाड़ों की धूप थी पर लोहे की बेंच धीरे-धीरे गरम होती जा रही थी और बेंच का एक उठा हुआ कोना उसकी पीठ में गड़ रहा था। पर वह हिला-डुला नहीं। आँखें खोलकर सड़क की ओर देखा, तो स्कूल जाते हुए बच्चे, साइकिलें, ख़ोमचेवाले...उसने आँखें बन्द कर लीं। जब पैर का दर्द कम होता, तो कोहनी छरछराने लगती। पर इस आत्म-पीड़न से जैसे उसे कुछ सन्तोष-सा हो रहा था।

वह कब सो गया, उसे पता नहीं। जब आँखें खुलीं, तो सूरज सिर पर था और बेंच तप रही थी। वह उठकर, बायाँ पैर घसीटता और दर्द सहता हुआ छाँह में घास पर लेट गया। उस पर एक बेहोशी-सी छाई जा रही थी। घास का स्पर्श शीतल था, सुखदाई हवा में गुलाब के फूलों की सुवास थी, पर उसे चैन न था।

उसे अचानक माँ का ध्यान आ गया। शायद वह चिन्तित दरवाज़े पर खड़ी हों, शायद वह उसके इन्तज़ार में भूखी हों। उसने एक लम्बी साँस ली और बाँहें सिर के नीचे रख लीं।

दिन कितना लम्बा हो गया था कि बीत ही नहीं रहा था। जैसे एक युग के बाद आकाश में एक तारा चमका और फिर अनेक तारे चमक उठे। सुबोध घास में से उठकर फिर बेंच पर लेट गया। उसके सिर में भारीपन था, मुँह में कड़वाहट, पैर में जैसे एक भारी पत्थर बँधा था। सारा दिन हो गया था, पर उसे कोई खोजता हुआ नहीं आया। वृन्दा को तो पता था कि वह अक्सर पार्क में बैठा करता है। मगर उसे क्या फ़िक्र?

पार्क से लोग उठ-उठकर जाने लगे थे। बच्चे, उनकी आयाएँ, स्वास्थ्य ठीक रखने के लिए घूमने आनेवाले प्रौढ़, दो-दो चोटियाँ किए, हँस-हँसकर एक-दूसरे पर गिरती मुहल्ले की लड़कियाँ...पार्क शान्त हो गया। हरी घास पर बच गए मूँगफली के छिलके, पुड़ियों के काग़ज़ के टुकड़े, तोड़े गए फूलों की मसली हुई पंखुड़ियाँ...

तीन फाटक बन्द कर लेने के बाद चौकीदार सुबोध की बेंच के पास आकर खड़ा हो गया।

"अब घर जाओ, बाबू, पार्क बन्द करने का टेम हो गया।"

बिना कुछ कहे सुबोध उठ गया। दो-दो क़दम लड़खड़ाया, फिर चलने लगा। हर बार जब बायाँ पैर रखता, तो दर्द होता। धीरे-धीरे लँगड़ा-लँगड़ाकर वह पार्क से बाहर निकल आया।

दरवाज़ा खुला था। बरामदे में मद्धिम रोशनी थी। चौके में अँधेरा। वह अपने कमरे में आया। कोने में मैले कपड़ों का ढेर था। ढीली चारपाई, गन्दा बिस्तर, तिपाई पर खाना ढँका हुआ रखा था।

सुबोध चारपाई पर बैठ गया, और तिपाई खींचकर लालचियों की तरह जल्दी-जल्दी बड़े-बड़े कौर खाने लगा।

# वापसी

गजाधर बाबू ने कमरे में जमा सामान पर एक नज़र दौड़ाई—दो बक्स, डोलची, बाल्टी, "यह डिब्बा कैसा है गनेशी?" उन्होंने पूछा। गनेशी बिस्तर बाँधता हुआ, कुछ गर्व, कुछ दुःख, कुछ लज्जा से बोला, "घरवाली ने साथ को कुछ बेसन के लड्डू रख दिए हैं। कहा, बाबूजी को पसन्द थे, अब कहाँ हम ग़रीब लोग आपकी कुछ खातिर कर पाएँगे।" घर जाने की ख़ुशी में भी गजाधर बाबू ने एक विषाद का अनुभव किया, जैसे एक परिचित, स्नेह, आदरमय, सहज संसार से उनका नाता टूट रहा था।

"कभी-कभी हम लोगों की भी ख़बर लेते रहिएगा।" गनेशी बिस्तर में रस्सी बाँधता हुआ बोला।

"कभी कुछ ज़रूरत हो तो लिखना गनेशी। इस अगहन तक बिटिया की शादी कर दो।"

गनेशी ने अँगोछे के छोर से आँखें पोंछी, "अब आप लोग सहारा न देंगे, तो कौन देगा। आप यहाँ रहते तो शादी में कुछ हौसला रहता।"

गजाधर बाबू चलने को तैयार बैठे थे। रेलवे क्वार्टर का वह कमरा, जिसमें उन्होंने कितने वर्ष बिताए थे, उनका सामान हट जाने से कुरूप और नग्न लग

रहा था। आँगन में रोपे पौधे भी जान-पहचान के लोग ले गए थे, और जगह-जगह मिट्टी बिखरी हुई थी। पर पत्नी, बाल-बच्चों के साथ रहने की कल्पना में यह बिछोह एक दुर्बल लहर की तरह उठकर विलीन हो गया।

गजाधर बाबू ख़ुश थे, बहुत ख़ुश। पैंतीस साल की नौकरी के बाद वह रिटायर होकर जा रहे थे। इन वर्षों में अधिकांश समय उन्होंने अकेले रहकर काटा था। उन अकेले क्षणों में उन्होंने इसी समय की कल्पना की थी, जब वह अपने परिवार के साथ रह सकेंगे। इसी आशा के सहारे वह अपने अभाव का बोझ ढो रहे थे। संसार की दृष्टि में उनका जीवन सफल कहा जा सकता था। उन्होंने शहर में एक मकान बनवा लिया था, बड़े लड़के अमर और लड़की कान्ति की शादियाँ कर दी थीं, दो बच्चे ऊँची कक्षाओं में पढ़ रहे थे। गजाधर बाबू नौकरी के कारण प्राय: छोटे स्टेशनों पर रहे, और उनके बच्चे और पत्नी शहर में, जिससे पढ़ाई में बाधा न हो। गजाधर बाबू स्वभाव से बहुत स्नेही व्यक्ति थे और स्नेह के आकांक्षी भी। जब परिवार साथ था, ड्यूटी से लौटकर बच्चों से हँसते-बोलते, पत्नी से कुछ मनोविनोद करते—उन सबके चले जाने से उनके जीवन में गहन सूनापन भर उठा। ख़ाली क्षणों में उनसे घर में टिका न जाता। कवि प्रकृति के न होने पर भी, उन्हें पत्नी की स्नेहपूर्ण बातें याद रहतीं। दोपहर में, गर्मी होने पर भी, दो बजे तक आग जलाए रहती और उनके स्टेशन से वापस आने पर गर्म-गर्म रोटियाँ सेंकती। उनके खा चुकने और मना करने पर भी थोड़ा-सा कुछ और थाली में परोस देती, और बड़े प्यार से आग्रह करती। जब वह, थके-हारे बाहर से आते, तो उनकी आहट पा वह रसोई के द्वार पर निकल आती, और उनकी सलज्ज आँखें मुस्करा उठतीं। गजाधर बाबू को तब, हर छोटी बात भी याद आती और वह उदास हो उठते...अब कितने वर्षों बाद वह अवसर आया था जब वह फिर उसी स्नेह और आदर के मध्य रहने जा रहे थे।

टोपी उतारकर गजाधर बाबू ने चारपाई पर रख दी, जूते खोलकर नीचे खिसका दिए, अन्दर से रह-रहकर क़हक़हों की आवाज़ आ रही थी, इतवार का दिन था और उनके सब बच्चे इकट्ठे होकर नाश्ता कर रहे थे। गजाधर बाबू के सूखे चेहरे पर स्निग्ध मुस्कान आ गई, उसी तरह मुस्कराते हुए, वह बिना खाँसे अन्दर चले आए। उन्होंने देखा कि नरेन्द्र कमर पर हाथ रखे शायद गत रात्रि की फ़िल्म में देखे गए किसी नृत्य की नक़ल कर रहा था, और बसन्ती हँस-हँसकर दुहरी हो रही थी। अमर की बहू को अपने तन-बदन, आँचल या

घूँघट का कोई होश न था और वह उन्मुक्त रूप से हँस रही थी। गजाधर बाबू को देखते ही नरेन्द्र धप से बैठ गया और चाय का प्याला उठाकर मुँह से लगा लिया। बहू को होश आया और उसने झट से माथा ढँक लिया, केवल बसन्ती का शरीर रह-रहकर हँसी दबाने के प्रयत्न में हिलता रहा।

गजाधर बाबू ने मुस्कराते हुए उन लोगों को देखा। फिर कहा, "क्यों नरेन्द्र, क्या नक़ल हो रही थी?" "कुछ नहीं बाबू जी।" नरेन्द्र ने सिटपिटाकर कहा। गजाधार बाबू ने चाहा था कि वह भी इस मनोविनोद में भाग लेते, पर उनके आते ही जैसे ही सब कुंठित हो चुप हो गए, उससे उनके मन में थोड़ी-सी खिन्नता उपज आई। बैठते हुए बोले, "बसन्ती, चाय मुझे भी देना। तुम्हारी अम्माँ की पूजा अभी चल रही है क्या?"

बसन्ती ने माँ की कोठरी की ओर देखा, "अभी आती ही होंगी," और प्याले में उनके लिए चाय छानने लगी। बहू चुपचाप पहले ही चली गई थी, अब नरेन्द्र भी चाय का आख़िरी घूँट पीकर उठ खड़ा हुआ, केवल बसन्ती, पिता के लिहाज़ में, चौके में बैठी माँ की राह देखने लगी। गजाधर बाबू ने एक घूँट चाय पी, फिर कहा, "बिट्टी—चाय तो फीकी है।"

"लाइए, चीनी और डाल दूँ।" बसन्ती बोली।

"रहने दो, तुम्हारी अम्माँ जब आएँगी, तभी पी लूँगा।"

थोड़ी देर में उनकी पत्नी अर्घ्य का लोटा लिए निकलीं और अशुद्ध स्तुति कहते हुए तुलसी में डाल दिया। उन्हें देखते ही बसन्ती भी उठ गई। पत्नी ने आकर गजाधर बाबू को देखा और कहा, "अरे, आप अकेले बैठे हैं—यह सब कहाँ गए?" गजाधर बाबू के मन में फाँस-सी करक उठी, "अपने-अपने काम में लग गए हैं—आख़िर बच्चे ही हैं।"

पत्नी आकर चौके में बैठ गईं—उन्होंने नाक-भौं चढ़ाकर चारों ओर जूठे बर्तनों को देखा। फिर कहा, "सारे में जूठे बर्तन पड़े हैं। इस घर में धरम-करम कुछ नहीं। पूजा करके सीधे चौके में घुसो।" फिर उन्होंने नौकर को पुकारा, जब उत्तर न मिला तो एक बार और उच्च स्वर में, फिर पति की ओर देखकर बोलीं, "बहू ने भेजा होगा बाज़ार।" और एक लम्बी साँस लेकर चुप हो रहीं।

गजाधर बाबू बैठकर चाय और नाश्ते का इन्तज़ार करते रहे। उन्हें अचानक ही गनेशी की याद आ गई। रोज़ सुबह, पैसेंजर आने से पहले वह गर्म-गर्म पूरियाँ और जलेबी बनाता था। गजाधर बाबू जब तक उठकर तैयार होते, उनके

लिए जलेबियाँ और चाय लाकर रख देता था। चाय भी कितनी बढ़िया, काँच के ग्लास में ऊपर तक भरी लबालब, पूरे ढाई चम्मच चीनी, और गाढ़ी मलाई। पैसेंजर भले ही रानीपुर लेट पहुँचे, गनेशी ने चाय पहुँचाने में कभी देर नहीं की। क्या मज़ाल कि कभी उससे कुछ कहना पड़े।

पत्नी का शिकायत-भरा स्वर सुन उनके विचारों में व्याघात पहुँचा। वह कह रही थीं, सारा दिन इसी खिच-खिच में निकल आता है। इसी गृहस्थी का धन्धा पीटते-पीटते उमर बीत गई। कोई ज़रा हाथ भी नहीं बँटाता।

"बहू क्या किया करती है?" गजाधर बाबू ने पूछा।

"पड़ी रहती है। बसन्ती को तो, फिर कहो कि कॉलेज जाना होता है।"

गजाधर बाबू ने जोश में आकर बसन्ती को आवाज़ दी। बसन्ती भाभी के कमरे से निकली तो गजाधर बाबू ने कहा, "बसन्ती, आज से शाम का खाना बनाने की ज़िम्मेवारी तुम पर है। सुबह का भोजन तुम्हारी भाभी बनाएँगी।"

बसन्ती मुँह लटकाकर बोली, "बाबूजी पढ़ना भी तो होता है।"

गजाधर बाबू ने बड़े प्यार से समझाया, "तुम सुबह पढ़ लिया करो। तुम्हारी माँ बूढ़ी हुईं, उनके शरीर में अब वह शक्ति नहीं बची है। तुम हो, तुम्हारी भाभी हैं, दोनों को मिलकर काम में हाथ बँटाना चाहिए।"

बसन्ती चुप रह गई। उसके जाने के बाद, उसकी माँ ने धीरे से कहा, "पढ़ने का तो बहाना है। कभी जी ही नहीं लगता, लगे कैसे? शीला से ही फ़ुरसत नहीं, बड़े-बड़े लड़के हैं उस घर में, हर वक़्त वहाँ घुसा रहना, मुझे नहीं सुहाता। मना करूँ तो सुनती नहीं।"

नाश्ता कर, गजाधर बाबू बैठक में चले गए। घर छोटा था और ऐसी व्यवस्था हो चुकी थी कि उसमें गजाधर बाबू के रहने के लिए कोई स्थान न बचा था। जैसे किसी मेहमान के लिए कुछ अस्थायी प्रबन्ध कर दिया जाता है, उसी प्रकार बैठक में कुर्सियों को दीवार से सटाकर बीच में गजाधर बाबू के लिए पतली सी चारपाई डाल दी गई—गजाधर बाबू उस कमरे में पड़े-पड़े, कभी-कभी अनायास ही, उस अस्थायित्व का अनुभव करने लगते। उन्हें याद हो आती उन रेलगाड़ियों की, जो आतीं और थोड़ी देर रुककर किसी और लक्ष्य की ओर चली जातीं।

घर छोटा होने के कारण बैठक में ही अब अपना प्रबन्ध किया था। उनकी पत्नी के पास अन्दर एक छोटा कमरा अवश्य था, पर उसमें एक ओर अचारों

के मर्तबान, दाल, चावल के कनस्तर और घी के डिब्बों से घिरा था—दूसरी ओर पुरानी रज़ाइयाँ, दरियों में लिपटी और रस्सी से बँधी रखी थीं, उसके पास एक बड़े से टीन के बक्स में घर-भर के गरम कपड़े थे। बीच में एक अलगनी बँधी हुई थी, जिस पर प्राय: बसन्ती के कपड़े लापरवाही से पड़े रहते थे। वह भरसक उस कमरे में नहीं जाते थे। घर का दूसरा कमरा अमर और उसकी बहू के पास था, तीसरा कमरा, जो सामने की ओर था, बैठक था। गजाधर बाबू के आने से पहले उसमें अमर की ससुराल से आया बेंत की तीन कुर्सियों का सेट पड़ा था, कुर्सियों पर नीली गद्दियाँ और बहू के हाथों के कढ़े कुशन थे।

जब कभी उनकी पत्नी को कोई लम्बी शिकायत करनी होती, तो अपनी चटाई बैठक में डाल पड़ जाती थीं। तो वह एक दिन चटाई लेकर आ गईं। गजाधर बाबू ने घर-गृहस्थी की बातें छेड़ीं, वह घर का रवैया देख रहे थे। बहुत हल्के से उन्होंने कहा कि अब हाथ में पैसा कम रहेगा, ख़र्च कुछ कम होना चाहिए।

"सभी ख़र्च तो वाजिब-वाजिब हैं, किसका पेट काटूँ? यही जोड़-गाँठ करते-करते बूढ़ी हो गई, न मन का पहना, न ओढ़ा।"

गजाधर बाबू ने आहत, विस्मित दृष्टि से पत्नी को देखा। उनसे अपनी हैसियत छिपी न थी। उनकी पत्नी तंगी का अनुभव कर उसका उल्लेख करतीं, यह स्वाभाविक था, लेकिन उनमें सहानुभूति का पूर्ण अभाव गजाधर बाबू को बहुत खटका। उनसे यदि राय-बात की जाती कि प्रबन्ध कैसे हो, तो उन्हें चिन्ता कम, सन्तोष अधिक होता। लेकिन उनसे तो केवल शिकायत की जाती थी जैसे परिवार की सब परेशानियों के लिए वही ज़िम्मेदार थे।

"तुम्हें किस बात की कमी है अमर की माँ—घर में बहू है, लड़के-बच्चे हैं, सिर्फ़ रुपए से ही आदमी अमीर नहीं होता।" गजाधर बाबू ने कहा और कहने के साथ ही अनुभव किया। यह उनकी आन्तरिक अभिव्यक्ति थी ऐसी कि उनकी पत्नी नहीं समझ सकतीं। "हाँ, बड़ा सुख है न बहू से। आज रसोई करने गई है, देखो क्या होता है।" कहकर पत्नी ने आँखें मूँदी, और सो गईं। गजाधर बाबू बैठे हुए पत्नी को देखते रह गए। यही थी क्या उनकी पत्नी, जिसके हाथों के कोमल स्पर्श, जिसकी मुस्कान की याद में उन्होंने सम्पूर्ण जीवन काट दिया था? उन्हें लगा कि वह लावण्यमयी युवती जीवन की राह में कहीं खो

गई और उसकी जगह आज जो स्त्री है, वह उनके मन और प्राणों के लिए नितान्त अपरिचिता है। गाढ़ी नींद में डूबी उनकी पत्नी का भारी–सा शरीर बहुत बेडौल और कुरूप लग रहा था, चेहरा श्रीहीन और रूखा था। गजाधर बाबू देर तक निस्संग दृष्टि से पत्नी को देखते रहे और फिर लेटकर छत की ओर ताकने लगे।

अन्दर कुछ गिरा और उनकी पत्नी हड़बड़ाकर उठ बैठीं, "लो बिल्ली ने कुछ गिरा दिया शायद," और वह अन्दर भागीं, थोड़ी देर में लौटकर आईं, तो उनका मुँह फूला हुआ था, "देखा बहू को, चौका खुला छोड़ आई, बिल्ली ने दाल की पतीली गिरा दी। सभी तो खाने को हैं, अब क्या खिलाऊँगी ?" वह साँस लेने को रुकीं और बोलीं, "एक तरकारी और चार पराठे बनाने में सारा डिब्बा घी उँड़ेलकर रख दिया। ज़रा–सा दर्द नहीं है, कमानेवाला हाड़ तोड़े और यहाँ चीज़ें लुटें। मुझे तो मालूम था कि यह सब काम, किसी के बस का नहीं है ?"

गजाधर बाबू को लगा कि पत्नी कुछ और बोलेंगी तो उनके कान झनझना उठेंगे। होंठ भींच करवट लेकर उन्होंने पत्नी की ओर पीठ कर ली।

रात का भोजन बसन्ती ने जान–बूझकर ऐसा बनाया था कि कौर तक निगला न जा सके। गजाधर बाबू चुपचाप खाकर उठ गए, पर नरेन्द्र थाली सरकाकर उठ खड़ा हुआ और बोला, "मैं ऐसा खाना नहीं खा सकता।"

बसन्ती तुनककर बोली, "तो न खाओ, कौन तुम्हारी ख़ुशामद करता है।"

"तुमसे खाना बनाने को कहा किसने था ?" नरेन्द्र चिल्लाया।

"बाबूजी ने।"

"बाबूजी को बैठे–बैठे यही सूझता है।"

बसन्ती को उठाकर माँ ने नरेन्द्र को मनाया और अपने हाथ से कुछ बनाकर खिलाया। गजाधर बाबू ने बाद में पत्नी से कहा, "इतनी बड़ी लड़की हो गई और उसे खाना बनाने तक का शऊर नहीं आया।" "अरे आता सब कुछ है, करना नहीं चाहती।" पत्नी ने उत्तर दिया। अगली शाम को रसोई में देख, कपड़े बदलकर बसन्ती बाहर आई तो बैठक से गजाधर बाबू ने टोक दिया, "कहाँ जा रही हो ?"

"पड़ोस में, शीला के घर।" बसन्ती ने कहा।

"कोई ज़रूरत नहीं है, अन्दर जाकर पढ़ो।" गजाधर बाबू ने कड़े स्वर में कहा। कुछ देर अनिश्चित खड़े रहकर बसन्ती अन्दर चली गई। गजाधर बाबू शाम को रोज़ टहलने चले जाते थे, लौटकर आए तो पत्नी ने कहा, "क्या कह दिया बसन्ती से। शाम से मुँह लपेटे पड़ी है। खाना भी नहीं खाया।"

गजाधर बाबू खिन्न हो आए। पत्नी की बात का उन्होंने कुछ उत्तर नहीं दिया। उन्होंने मन में निश्चय कर लिया कि बसन्ती की शादी जल्दी ही कर देनी है। उस दिन के बाद बसन्ती पिता से बची-बची रहने लगी। जाना होता तो पिछवाड़े से जाती। गजाधर बाबू ने दो-चार बार पत्नी से पूछा तो उत्तर मिला, "रूठी हुई है।" गजाधर बाबू को और रोष हुआ। लड़की के इतने मिजाज़, जाने को रोक दिया तो पिता से बोलेगी नहीं। फिर उनको पत्नी ने ही सूचना दी कि अमर अलग रहने की सोच रहा है।

"क्यों?" गजाधर बाबू ने चकित होकर पूछा।

पत्नी ने साफ़-साफ़ उत्तर नहीं दिया। अमर और उसकी बहू की शिकायतें बहुत थीं। उनका कहना था कि गजाधर बाबू हमेशा बैठक में ही पड़े रहते हैं, कोई आने-जानेवाला हो तो कहीं बैठाने की जगह नहीं। अमर को अब भी वह छोटा-सा समझते थे, और मौक़े-बेमौक़े टोक देते थे। बहू को काम करना पड़ता था और सास जब-तब फूहड़पन पर ताने देती रहती थीं। "हमारे आने के पहले भी कभी ऐसी बात हुई थी?" गजाधर बाबू ने पूछा। पत्नी ने सिर हिलाकर जताया कि नहीं। पहले अमर घर का मालिक बनकर रहता था—बहू को कोई रोक-टोक न थी, अमर के दोस्तों का प्राय: यहीं अड्डा जमा रहता था और अन्दर से नाश्ता-चाय तैयार होकर जाता रहता था। बसन्ती को भी वही अच्छा लगता।

गजाधर बाबू ने बहुत धीरे से कहा, "अमर से कहो, जल्दबाज़ी की कोई ज़रूरत नहीं है।"

अगले दिन वह सुबह घूमकर लौटे तो उन्होंने पाया कि बैठक में उनकी चारपाई नहीं है। अन्दर आकर पूछनेवाले ही थे कि उनकी दृष्टि रसोई के अन्दर बैठी पत्नी पर पड़ी। उन्होंने यह कहने को मुँह खोला कि बहू कहाँ है; पर कुछ याद कर चुप हो गए। पत्नी की कोठरी में झाँका तो अचार, रज़ाइयों और कनस्तरों के मध्य अपनी चारपाई लगी पाई। गजाधर बाबू ने कोट उतारा और कहीं टाँगने को दीवार पर नज़र दौड़ाई। फिर उसे मोड़कर अलगनी के कुछ

कपड़े खिसकाकर, एक किनारे टाँग दिया। कुछ खाए बिना ही अपनी चारपाई पर लेट गए। कुछ भी हो, तन आख़िरकार बूढ़ा ही था। सुबह-शाम कुछ दूर टहलने अवश्य चले जाते, पर आते-आते थक उठते थे। गजाधर बाबू का अपना बड़ा-सा, खुला क्वार्टर याद आ गया। निश्चिन्त जीवन, सुबह पैसेंजर ट्रेन आने पर स्टेशन की चहल-पहल, चिरपरिचित चेहरे और पटरी पर रेल के पहियों की खट्-खट् जो उनके लिए मधुर संगीत की तरह था। तूफ़ान और डाकगाड़ी के इंजनों की चिंग्घाड़ उनकी अकेली रातों की साथी थी। सेठ रामजीमल के मिल के कुछ लोग कभी-कभी पास आ बैठते, वही उनका दायरा था, वही उनके साथी। वह जीवन अब उन्हें एक खोई निधि-सा प्रतीत हुआ। उन्हें लगा कि वह ज़िन्दगी द्वारा ठगे गए हैं। उन्होंने जो कुछ चाहा, उसमें से उन्हें एक बूँद भी न मिली।

लेटे हुए वह घर के अन्दर से आते विविध स्वरों को सुनते रहे। बहू और सास की छोटी सी झड़प, बाल्टी पर खुले नल की आवाज़, रसोई के बर्तनों की खटपट और उसी में दो गौरैयों का वार्तालाप—और अचानक ही उन्होंने निश्चय कर लिया कि अब घर की किसी बात में दख़ल न देंगे। यदि गृहस्वामी के लिए पूरे घर में एक चारपाई की जगह यहीं है, तो यहीं पड़े रहेंगे, अगर कहीं और डाल दी गई, तो वहाँ चले जाएँगे। यदि बच्चों के जीवन में उनके लिए कहीं स्थान नहीं, तो अपने ही घर में परदेशी की तरह पड़े रहेंगे...और उस दिन के बाद सचमुच गजाधर बाबू कुछ नहीं बोले। नरेन्द्र माँगने आया तो बिना कारण पूछे उसे रुपए दे दिए। बसन्ती काफ़ी अँधेरा हो जाने के बाद भी पड़ोस में रही तो भी उन्होंने कुछ नहीं कहा—पर उन्हें सबसे बड़ा ग़म यह था कि उनकी पत्नी ने भी उनमें कुछ परिवर्तन लक्ष्य नहीं किया। वह मन-ही-मन कितना भार ढो रहे हैं इससे वह अनजान ही बनी रही। बल्कि उन्हें पति के घर के मामले में हस्तक्षेप न करने के कारण शान्ति ही थी। कभी-कभी कह भी उठतीं, ''ठीक ही है, आप बीच में न पड़ा कीजिए, बच्चे बड़े हो गए हैं, हमारा जो कर्तव्य था, कर रहे हैं। पढ़ा रहे हैं, शादी कर देंगे।''

गजाधर बाबू ने आहत दृष्टि से पत्नी को देखा। उन्होंने अनुभव किया कि वह पत्नी व बच्चों के लिए केवल धनोपार्जन के निमित्त मात्र हैं। जिस व्यक्ति के अस्तित्व से पत्नी माँग में सिन्दूर डालने की अधिकारी है, समाज में उसकी प्रतिष्ठा है, उसके सामने वह दो वक़्त भोजन की थाली रख देने से सारे कर्तव्यों

से छुट्टी पा जाती है। वह घी और चीनी के डिब्बों में इतनी रमी हुई है कि अब वही उनकी सम्पूर्ण दुनिया बन गई है। गजाधर बाबू उनके जीवन के केन्द्र नहीं हो सकते, उन्हें तो अब उनकी शादी के लिए भी उत्साह बुझ गया। किसी बात में हस्तक्षेप न करने के लिए निश्चय के बाद भी उनका अस्तित्व उस वातावरण का एक भाग न बन सका। उनकी उपस्थिति उस घर में ऐसी असंगत लगने लगी थी, जैसे सजी हुई बैठक में उनकी चारपाई थी। उनकी सारी ख़ुशी एक गहरी उदासीनता में डूब गई।

इतने सब निश्चयों के बावजूद गजाधर बाबू एक दिन बीच में दख़ल दे बैठे। पत्नी स्वभावानुसार नौकर की शिकायत कर रही थीं, "कितना कामचोर है, बाज़ार की हर चीज़ में पैसा बनाता है, खाने बैठता है, तो खाता ही चला जाता है।" गजाधर बाबू को बराबर यह महसूस होता रहता था कि उनके घर का रहन-सहन और ख़र्च उनकी हैसियत से कहीं ज़्यादा है। पत्नी की बात सुनकर लगा कि नौकर का ख़र्च बिल्कुल बेकार है। छोटा-मोटा काम है, घर में तीन मर्द हैं, कोई-न-कोई कर ही देगा। उन्होंने उसी दिन नौकर का हिसाब कर दिया। अमर दफ़्तर से आया तो नौकर को पुकारने लगा। अमर की बहू बोली, "बाबूजी ने नौकर छुड़ा दिया है।"

"क्यों?"

"कहते हैं ख़र्च बहुत है।"

यह वार्तालाप बहुत सीधा-सा था, पर जिस टोन में बहू बोली, गजाधर बाबू को खटक गया। उस दिन जी भारी होने के कारण गजाधर बाबू टहलने नहीं गए थे। आलस्य में उठकर बत्ती भी नहीं जलाई—इस बात से बेख़बर नरेन्द्र माँ से कहने लगा, "अम्माँ, तुम बाबूजी से कहतीं क्यों नहीं? बैठे-बिठाए कुछ नहीं तो नौकर ही छुड़ा दिया। अगर बाबूजी यह समझें कि मैं साइकिल पर गेहूँ रख आटा पिसाने जाऊँगा तो मुझसे यह नहीं होगा।" "हाँ अम्माँ"—बसन्ती का स्वर था, "मैं कॉलेज भी जाऊँ और लौटकर घर में झाड़ू भी लगाऊँ, यह मेरे बस की बात नहीं है।"

"बूढ़े आदमी हैं" अमर भुनभुनाया, "चुपचाप पड़े रहें। हर चीज़ में दख़ल क्यों देते हैं।" पत्नी ने बड़े व्यंग्य से कहा, "और कुछ नहीं सूझा तो तुम्हारी बहू को ही चौके में भेज दिया। वह गई तो पन्द्रह दिन का राशन पाँच दिन में

बनाकर रख दिया।'' बहू कुछ कहे, इससे पहले वह चौके में घुस गईं। कुछ देर में अपनी कोठरी में आईं और बिजली जलाई तो गजाधर बाबू को लेटे देख बड़ी सिटपिटाईं। गजाधर बाबू की मुखमुद्रा से वह उनके भावों का अनुमान न लगा सकीं। वह चुप, आँखें बन्द किए लेटे रहे।

गजाधर बाबू चिट्ठी हाथ में लिए अन्दर आए और पत्नी को पुकारा। वह भीगे हाथ लिए निकलीं और आँचल से पोंछती हुई पास आ खड़ी हुई। गजाधर बाबू ने बिना किसी भूमिका के कहा, ''मुझे सेठ रामजीमल की चीनी-मिल में नौकरी मिल गई है। ख़ाली बैठे रहने से तो चार पैसे घर में आएँ, वही अच्छा है। उन्होंने तो पहले ही कहा था, मैंने ही मना कर दिया था।'' फिर कुछ रुककर, जैसे बुझी हुई आग में एक चिनगारी चमक उठे, उन्होंने धीमे स्वर में कहा, ''मैंने सोचा था कि बरसों तुम सबसे अलग रहने के बाद अवकाश पाकर परिवार के साथ रहूँगा। ख़ैर, परसों जाना है। तुम भी चलोगी?'' ''मैं?'' पत्नी ने सकपकाकर कहा, ''मैं चलूँगी तो यहाँ का क्या होगा? इतनी बड़ी गृहस्थी, फिर सयानी लड़की...''

बात बीच में काट गजाधर बाबू ने थके, हताश स्वर में कहा, ''ठीक है, तुम यहीं रहो। मैंने तो ऐसे ही कहा था,'' और गहरे मौन में डूब गए।

नरेन्द्र ने बड़ी तत्परता से बिस्तर बाँधा और रिक्शा बुला लाया। गजाधर बाबू का टिन का बक्स और पतला बिस्तर उस पर रख दिया गया। नाश्ते के लिए लड्डू और मठरी की डलिया हाथ में लिए गजाधर बाबू रिक्शे पर बैठ गए। एक दृष्टि उन्होंने अपने परिवार पर डाली और फिर दूसरी ओर देखने लगे और रिक्शा चल पड़ा। उनके जाने के बाद सब अन्दर लौट आए, बहू ने अमर से पूछा, ''सिनेमा ले चलिएगा न?'' बसन्ती ने उछलकर कहा, ''भइया, हमें भी।''

गजाधर बाबू की पत्नी सीधे चौके में चली गईं। बची हुई मठरियों को कटोरदान में रखकर अपने कमरे में लाईं और कनस्तरों के पास रख दिया, फिर बाहर आकर कहा, ''अरे नरेन्द्र, बाबूजी की चारपाई कमरे से निकाल दे। उसमें चलने तक की जगह नहीं है।''

# पैरम्बुलेटर

तब कालिन्दी की नई-नई शादी हुई थी। एक शाम को वह परमेश्वरी के साथ घूमने गई, और बाज़ार में इधर-उधर दो चक्कर लगाकर वे बाद में पार्क में एक बेंच पर जा बैठे। थकी कालिन्दी ने झुककर देर से गड़ता हुआ सैंडिल का बकसुआ ढीला कर दिया और एक लम्बी साँस छोड़कर बेंच से टिक गई। परमेश्वरी ने अपने घुटनों पर रूमाल बिछा दिया, और ज़ेब से एक मुट्ठी मेवा उस पर रखता हुआ बोला, "खाओ!" कालिन्दी की उजली आँखों में कभी-कभी लाज के डोरे उभर आते थे। अब तक खुल्लम-खुल्ला सबके सामने पति के साथ आज़ादी से बैठने की आदी नहीं हो पाई थी। वह शर्मीली आँखें उसने उठाकर एक बार परमेश्वरी को देखा, फिर एक काजू उठाकर मुँह में डाल लिया और आँखें सामने गड़ा दीं।

हवा में ठंडक आ गई थी। जाड़े के फूलों में कलियाँ फूट चुकी थीं और पनसुट्टी के झुरमुट में बड़े-बड़े लाल फूल झूम रहे थे। कुछ दूर पर कुछ बच्चों की गाड़ियाँ खड़ी थीं, और तीन-चार आयाएँ आपस में बैठकर बातें कर रही थीं।

परमेश्वरी ने भी उधर देखा, फिर ज़रा-सी मुस्कराहट उसके होंठ छू गई। "तुम्हें भी ख़रीद दूँ एक पैरम्बुलेटर ?"

कालिन्दी कानों तक लाल हो गई। सायास आँखें उठाकर परमेश्वरी को देखा। "हटिए, बड़े ख़राब हैं आप!" और थोड़ा दूर खिसककर बैठ गई। परमेश्वरी हँस दिया और उसकी दुष्टतापूर्ण हँसी कालिन्दी के दिल में हिलोरें लेती रही।

कुछ महीनों बाद, जब घर का काम समाप्त कर कालिन्दी थकी-सी अपनी चारपाई पर लेटी तो परमेश्वरी ने कहा, "एक बात सोचता हूँ।" कालिन्दी के कान चौके में काम करती महरी पर लगे थे। बर्तन माँजने की आवाज़ बन्द हो गई थी, कहीं चीनी न निकाल ले डिब्बे से, सोचते हुए कालिन्दी ने कहा, "हूँ?"

"दफ़्तर के जोशीजी की बदली हो गई है। फ़ालतू सामान निकाल रहे हैं। बच्चे की गाड़ी भी है, सस्ती मिल जाएगी।" चौके में नल गिरने लगा था, और बर्तन धोने की आवाज़ आई, इसलिए पूरा ध्यान परमेश्वरी की ओर दे

उसने कहा, ''नहीं भाई, हम पुरानी चीज़ें नहीं लेंगे।''

''तो फिर जाने दो। मैंने तो वैसे ही कहा था।'' यह कहकर परमेश्वरी चुप हो गया।

कुछ देर चुप रहने के बाद कालिन्दी ने कहा, ''एक बात हो सकती है, वो रुपए रखे हैं न, उनसे नई ख़रीद लें।''

बिना उत्साह दिखाए परमेश्वरी बोला, ''रहने दो। तुम तो कानों के लिए कुछ बनवाने को कह रही थीं।''

पर कालिन्दी उठकर बैठ गई थी। उसकी आँखें उत्साह से चमक उठीं, ''ओह! बाली बुन्दों का क्या होगा? हम तो गाड़ी ही लेंगे। एक चीज़ हो जाएगी घर में। रुपयों का तो पता ही नहीं लगता, जाने कहाँ ख़र्च हो जाते हैं। सुनिए न, तो कल ही चलकर ले लें?''

उसकी अधीरता पर परमेश्वरी को हँसी आ गई। ''कल क्यों? चलो आज ही ख़रीद लें, अभी दुकान खुली ही होगी।''

''आपको तो बस, हँसी ही सूझती है। जाइए, हम नहीं ख़रीदते गाड़ी-आड़ी। बस ख़ुश।'' और कालिन्दी रूठ गई और रूठी ही रही। परमेश्वरी के कई बार कहने पर भी गाड़ी पसन्द करने नहीं गई। लाचार परमेश्वरी अपने-आप ही ख़रीद लाया, तब लाख प्रयत्न करने पर भी रोकने से कालिन्दी की आँखों से हँसी फूट पड़ी। जल्दी-जल्दी उसे चारों तरफ़ से देख डाला, फिर मुग्ध होकर बोली, ''कैसी प्यारी है, कैसा अच्छा-सा रंग, कैसे पहिए, कैसे सुन्दर हुड। अब तो इसके नाप की गद्दी बनानी पड़ेगी, हैं न?''

और उस क्षण परमेश्वरी को लगा कि अब जीवन में उसे कुछ और नहीं चाहिए। उसने आसमान छू लिया है। पुलकित कालिन्दी और आनेवाले शिशु की प्रतीक यह गाड़ी अब कुछ दिन बाद इसमें लेटा नन्हा-मुन्ना घर में परिवर्तन ले आएगा। उसी की आवश्यकता पर दोनों को नई चर्या बनेगी। फिर बैठना सीखकर इसमें से झाँका करेगा। सारे घर में उसकी हँसी, उसकी किलकारियाँ प्रतिध्वनित हुआ करेंगी।

और गाड़ी का हैंडिल पकड़े कालिन्दी सोच रही थी, अब मैं इसमें नाप की गद्दियाँ सीऊँगी, छोटे-छोटे तकियों पर रंग-बिरंगे फूल बनाऊँगी। उसकी आँखें परमेश्वरी की आँखों से मिलीं और दोनों अपने-अपने सपनों की अमूल्य निधि को सँजोए मुस्करा दिए।

छोटा-सा घर था, सीमित आय, पर कालिन्दी वहाँ की रानी थी। काम-धन्धा समाप्त कर लेट जाती और कभी-कभी कुछ करते-करते भी हाथ रुक जाते और एक गोल-सा चेहरा आँखों के आगे आ जाता, उसकी पीठ पर भार देकर ठुनकता हुआ, उसके हर काम में विघ्न डालता हुआ। जितनी बार कमरे में जाती एक नज़र गाड़ी का ज़रूर डाल लेती। उसके दिन एक मधुर, उत्सुक आशा में बीतते जा रहे थे।

परमेश्वरी को तब ऑफ़िस में कुछ देर हो गई थी। छुट्टी पाकर मज़े में कुछ गुनगुनाता हुआ वापस लौट रहा था। घर के बाहर बरामदे में साइकिल टिकाकर ज्यों ही दरवाज़े पर हाथ लगाया, अन्दर से खुल गया।

दरवाज़े पर पड़ोसी केशव बाबू की लड़की थी, उसे देखकर बोली, ''अम्माँ के संग भाभी अस्पताल गई हैं, आप जैसे ही आएँ वैसे ही जाने को कहा है।'' कुछ देर चुप रहकर परमेश्वरी ने यह बात ग्रहण की। फिर कहा, ''अच्छा जाता हूँ।''

चन्दा ने कहा, ''नाश्ता कर लीजिए, भाभी निकालकर रख गई हैं।'' परमेश्वरी भूखा था, मगर कहा, ''नहीं, पहले वहाँ हो आऊँ।'' परमेश्वरी ने साइकिल उठाई, तेज़ी से पैर चलाए और आगे बढ़ा। एक ओर तो उसे आह्लाद पुलका जाता था, दूसरी ओर कई चिन्ताएँ थीं। माँ को बुलाया था, वह आ नहीं पाई थी। पता नहीं कालिन्दी कैसी होगी! अस्पताल पहुँचकर उसने इधर-उधर पता लगाया, तब चन्दा की माँ आई। परमेश्वरी को देखकर उन्होंने तुरन्त आँचल आँखों पर रखकर ऊँ-ऊँ करना शुरू कर दिया!

हकलाकर परमेश्वरी ने पूछा, ''क्या बात है?'' तब उन्होंने बताया कि ''कालिन्दी ने एक मृत कन्या को जन्म दिया है।''

कालिन्दी फिर धीरे-धीरे सिसकने लगी थी। परमेश्वरी ने मुट्ठियाँ भींच लीं, और निश्चेष्ट पड़ा रहा। बग़ल की कोठरी से कुछ खटपट की आवाज़ आ रही थी, फिर रानी का बच्चा रो पड़ा, और रानी उसे चुप कराने लगी।

परमेश्वरी लेटे-लेटे सब कुछ सुन रहा था। एक भारी पत्थर-सा दिल पर रखा था, और कालिन्दी है कि रोती ही जा रही थी। परमेश्वरी ने हाथ बढ़ाकर उसका हाथ पकड़ लिया और कहा, ''चुप हो जाओ। क्या बचपना करती है?''

कालिन्दी चुप रही। बच्ची गई तो गई ही, ऊपर से नाते-रिश्तेदार, टोला-पड़ोस, सास-ननद, सबने थोड़ा दुःख मनाकर, बाद में कहा, "चलो भगवान की इच्छा। लड़की न रहने का क्या दुःख है। परमेश्वरी के गले की फाँसी बन जाती, पाप ही कटा।" पर कालिन्दी क्या करे? वह नन्हे-नन्हे कपड़े, वह नरम तकिए, वह धुली-धुली चादरें, और कमरे के कोने में खड़ी गाड़ी, हरेक चीज़ किसी की प्रतीक्षा में। परमेश्वरी यह सब क्या समझेगा? वह तो खुलकर, चीख़कर रो भी न पाई। उसके निरन्तर उदास रहने पर ही सास ने कह दिया, "मेरे दस बच्चों में छह जाते रहे, मैंने तो ऐसा दुःख कभी नहीं मनाया।"

बरामदे में बैठी अपने लड़कों को तेल लगाती रानी ने कहा, "अरे अम्माँ, हम भला बाल-बच्चों की क्या ममता जानें। इनकी तो सारी बातें निराली हैं।"

कालिन्दी चुप रही।

अपने दो महीने के बच्चे को एक सूती चादर में लपेटकर मेहतरानी दरवाज़े पर उसे लिटा काम करने लगी तो कालिन्दी एक क्षण उस बच्चे को देखती रही। तेल से तर बाल, कानों तक काजल लगी बन्द आँखें, चिपटी नाक, छोटे-छोटे अंग, गुलाबी हाथ और सिकुड़े-सिकुड़ाए पैर।

कालिन्दी ने जाकर बक्स खोला, और अपने बनाए कपड़ों की गठरी ले जाकर बिना कुछ कहे मेहतरानी को दे दी। छलछलाती आँखें लेकर अपने कमरे में पड़ी रही। आशीषें देती हुई मेहतरानी जब एक-एक कपड़ा खोलकर देखने लगी, तो पुकारकर माँ को सुनाते हुए रानी ने कहा, "हमारे लल्लू के लिए तो एक टोपा भी न बुना गया उनसे।" चौके में सास रानी के पसन्द की तरकारी बनाने गई थी, वहीं से देख रही थी। उत्तर में उन्होंने पानी की एक बाल्टी ज़ोरों से खड़काई और कढ़ाई उतारकर खट्ट से ज़मीन पर पटक दी।

कालिन्दी सुन रही थी।

फिर एक दिन रानी ने गाड़ी पर अपने लल्लू की गद्दी बिछाई और अपने नौकर के साथ घूमने भेज दिया। फिर गाड़ी अपनी कोठरी के सामने ही खड़ी करवा ली। अब उस पर लल्लू का राज था, उसी का हैंडिल पकड़कर खड़ा होता और एड़ियों के बल उचकता रहता। अगर कभी लुढ़ककर नीचे जा गिरता तो उसकी नानी लपककर उसे उठातीं और कहतीं, "यह मरी नासपीटी गाड़ी लल्लू का प्राण ही ले लेगी।"

अपनी बड़ी-बड़ी आँखों से कालिन्दी सब देखा करती।

भाभी को देखने आई हुई रानी ने जब सवा महीने बाद चलने की तैयारी की, तो परमेश्वरी उसे पहुँचाने जा रहा था। सामान बटोरते हुए उसने पूछा, "हाँ भइया, ये गाड़ी कैसे चलेगी?"

परमेश्वरी ने कहा, "बुक करा लेंगे।"

रानी उसका रुख देखकर ख़ुश होकर बोली, "हाँ लल्लू को बड़ा आराम रहेगा। उसकी आदत पड़ गई है। फिर यहाँ तो बेकार ही पड़ी रहती है।"

कालिन्दी चौके के दरवाज़े पर जा खड़ी हुई। और कम्पित कंठ से कहा, "गाड़ी तो, बीबी, नहीं जाएगी।"

रानी और परमेश्वरी ने चौंककर उसे देखा और कुछ अप्रतिभ होकर रानी बोली, "लल्लू के लिए...।"

कालिन्दी चुप खड़ी रही। उस अचानक आ गए तनाव के बीच परमेश्वरी की माँ गरज उठी, "कैसे नहीं जाएगी। आईं वहाँ से, जा रानी ले जा, देखें क्या करती हैं?"

कालिन्दी वापस चौके में लौट गई। गीली पलकों से धुएँ से गहरी काली दीवार को देखा और फिर चमकते, धुले बर्तनों की पाँत को, जो नीरव, निश्चल सब कुछ देख रहे थे। खुली अलमारी में रखे चीनी के डिब्बे पर से असंख्य चींटियाँ बड़ी संलग्नता से चढ़-उतर रही थीं। एक गहरी, सूखी सिसकी उसे हिला गई और उसने असहाय, विवश आँखें छत की ओर उठाईं, जो वहाँ की पुरानी काली घन्नियों से टकराकर नीचे जा झुकीं।

बाहर मुँह फुलाए रानी अपने कपड़े तहा रही थी। परमेश्वरी चुप था। सास अपनी कोठरी में चली गई। एक विचित्र से, बनावटी सन्नाटे ने सबको घेर लिया था। परमेश्वरी को कालिन्दी पर क्रोध आ रहा था। घर का मालिक वह था, उसे बीच में बोलने की क्या पड़ी थी। रानी को बेकार ही नाराज़ कर दिया, गाड़ी ले ही जाती तो क्या था।

सामान बँध गया। गाड़ी बरामदे में खड़ी रही, उपेक्षित-सी, अपमानित-सी। हैंडिल में लल्लू का जो झुनझुना झूलता था वह रानी ने उतार लिया था, बस काला डोरा लटक रहा था। वह एक झुनझुना मात्र ही उतर जाने से लुटी-सी लग रही थी।

परमेश्वरी ने पूछा, "गाड़ी नहीं बाँधी, रानी?"

चलने के लिए रेशमी साड़ी पहने, सिन्दूर की बिन्दी लगाए रानी तैयार

खड़ी थी। उपेक्षा से बोली, "उँह, रहने दो भइया, लल्लू की उमर बड़ी हो, उसे पच्चीसों गाड़ियाँ मिल जाएँगी।"

परमेश्वरी ने जाते समय कालिन्दी की तरफ़ देखा भी नहीं। जब ताँगे के पहियों की आवाज़ सड़क के कोलाहल में डूब गई तब भी कालिन्दी मर्माहत नेत्रों से दरवाज़े पर टिकी खड़ी रही।

कुछ दिन बाद सास भी अपने छोटे लड़के के पास चली गई, और घर में रह गए परमेश्वरी और कालिन्दी। बहुत प्रयत्न करने पर भी कालिन्दी पहले-सी नहीं हो पाई थी। अब उसकी आँखों में गहरा गाम्भीर्य आ गया था, जिसमें कभी-कभी दर्द के डोरे उभर आते थे।

परमेश्वरी ने मुँह सिकोड़कर कहा, "तुम भी किस चक्कर में फँसी हो? आजकल कोई पढ़ा-लिखा आदमी इन बातों पर विश्वास नहीं करता।" फिर भी उसने अपने हाथ बाबाजी के प्रसाद के लिए बढ़ा दिए। भर्त्सनापूर्ण दृष्टि से कालिन्दी ने उसे देखते हुए एक अमरूद और दो बताशे उसे दे दिए। फिर मन्द स्वर में कहा, "तो वह सारे लोग बेवक़ूफ ही हैं, जो उन्हें घेरे रहते हैं?"

अमरूद के फीकेपन पर मुँह बनाते हुए परमेश्वरी ने कहा, "दुनिया में बेवक़ूफ़ों की कमी है?"

"अच्छा तो उन बेवक़ूफ़ों में मैं भी सही," कुछ बुरा मानकर कालिन्दी ने कहा, और अन्दर चली गई।

परमेश्वरी गम्भीर हो आया। कालिन्दी पर उसे पहले हँसी आई थी, फिर क्रोध, और अब गहन करुणा। पास-पड़ोस में आए ही दिन किसी-न-किसी के बच्चे की छठी-बरही हुआ करती थी। पहले कालिन्दी कहीं जाने के नाम से ख़ुश हुआ करती थी, फिर धीरे-धीरे उदासीन होती गई। और अब किसी के घर बच्चे होने का समाचार सुन उसकी आँखें दुखी हो जाती थीं, मुख पर छायाएँ घिर जाती थीं।

परमेश्वरी ने भी मन-ही-मन एक अभाव-सा महसूस किया था, पर कालिन्दी के दुःख का पूरा अहसास उसे तब हुआ जबकि पड़ोस में मुंशीजी के पाँच लड़कियों के बाद लड़का होने के उपलक्ष में रतजगा था। कालिन्दी बहुत जल्दी ही लौट आई और साड़ी बदलकर लेट गई। रात के अँधेरे में जब सारा कोलाहल डूब गया, तब ढोलक की ढप-ढप और सम्मिलित स्त्री कंठों

का बेसुरा गीत स्पष्ट सुनाई पड़ने लगा। कुछ देर बाद परमेश्वरी ने पाया कि कालिन्दी ने तकिए में मुँह गड़ा लिया है। उसके पुकारने पर भी वह चुप रही और नीरव क्रन्दन से उसका शरीर काँपता रहा।

परमेश्वरी ने धीरे से बहलाते हुए कहा, "क्या बात है ? हूँ ? बताओ ?" तब कालिन्दी ने पतले, काँपते, पर तीव्र स्वर में कहा, "तुम क्या जानो ? तुम क्या समझो ? सुनना तो मुझे पड़ता है।"

परमेश्वरी चौंक-सा गया, फिर कहा, "क्या सुनना पड़ता है ? कौन तुमसे कुछ कहता है ? कोई तुम...कोई...तुम..." और प्रयत्न करने पर भी वह यह उच्चारण न कर सका कि तुम वन्ध्या तो नहीं हो।

उसका बढ़ा हुआ हाथ कालिन्दी ने झटक दिया। परमेश्वरी तब चुपचाप उठा, और दरवाज़ा खोल बाहर आ गया। यहाँ गीतों की एकरस आवाज़ कुछ धीमी थी। सड़क किनारे पेड़ एकदम शान्त थे, और धीमी बत्तियों पर दो-एक पतंगे मँडरा रहे थे। आसपास घरों की बत्तियाँ बुझ गई थीं, और सड़क पर अपनी दुकान बन्द कर पानवाला घर जा रहा था, और उसके भारी जूते सड़क पर खट-खट करते जा रहे थे। दूर, एक इक्का जर्जर काया खड़खड़ाता जा रहा था, जिसका घोड़ा थके हुए पैर उठा रहा था और कोचवान रह-रहकर खाँस उठता था।

अगर वह लड़की ज़िन्दा रहती तो कम-से-कम सात बरस की होती। परमेश्वरी ने सोचा। अब तक स्कूल भी जाने लगती।

फिर दरवाज़ा बन्द करता हुआ अन्दर आया।

बाँहें आँखों पर रखकर कालिन्दी निश्चल लेटी थी, परमेश्वरी उससे कुछ नहीं बोला।

ताल के स्थिर जल में एक पत्थर जा गिरा, और उसकी हिलोरों ने दोनों के जीवन में भारी परिवर्तन ला दिया। परमेश्वरी की नौकरी छूट गई और अवसन्न कालिन्दी ने सब ओर आँख फैला-फैलाकर देखा, कोई सहारा नहीं दिखा। ससुराल में परमेश्वरी का छोटा भाई था, उसी की तरह मामूली-सी नौकरी, माँ को भी साथ रखता था। मायके में दो भाई, आठ बहनें, अपने पास ऐसा कुछ नहीं कि साल-दो-साल कट सकें। पर परमेश्वरी ने ढाढ़स दिया। पढ़े-लिखे आदमी को कुछ-न-कुछ काम तो मिल ही जाएगा। पर दिन बीतते गए। परमेश्वरी को नौकरी नहीं मिली।

एक दिन पानी-सी पतली दाल और उसके साथ रोटी खाते-खाते उसने कालिन्दी की ओर देखा, वह दीवार का सहारा लगाए चिन्ताकुल बैठी थी। काली आँखों पर पलक छाए थे, दुबले मुँह पर अब भी लावण्य की क्षीण आभा थी। परमेश्वरी के गले में कौर अटकने लगा। कहा, ''बिशन बाबू हैं न, उन्हें गाड़ी की ज़रूरत है, मैंने कहा—नई ही है, तो राजी हो गए।'' कालिन्दी ने एक आर्त्त चीत्कार से कहा, ''नहीं, नहीं, मैं गाड़ी नहीं बेचूँगी। उसके हाथ एकमात्र आभूषण अपने गले की चेन के काँटे से उलझने लगे। ''इसे ले लो, पर गाड़ी नहीं।'' लाकेट के मोती बिजली के प्रकाश में एक क्षण चमके...परमेश्वरी ने सिर झुका लिया, ''जाने दो, मैंने तो यों ही कहा था,'' और उठ गया।

आठ साल बाद शिशु के आगमन का समाचार सुन परमेश्वरी के होंठ विद्रूप की हँसी से कुटिल हो गए। इस बार प्रसव के लिए कालिन्दी को घर जाना पड़ा। उसके आभरण रहित अंग और पीला उदास मुख देखकर उसकी माँ की आँखों में अपने-आप पानी भर आया। पर कालिन्दी को वहाँ विचित्र-सी राहत मिली, भाई-बहनों की हँसी में वह अपनी अगणित चिन्ताएँ भूल-सी गई। पर उठते-बैठते, काम करते-करते उसे परमेश्वरी का ख़याल आ जाता, कैसे होंगे, क्या खाते होंगे, कितनों का रुपया देना है, कैसे दिया जाएगा। फिर आनेवाला शिशु...पर उन सबके बावजूद उल्लास की एक नन्ही-सी हिलोर उठती और उसके मन-प्राणों को तरंगित कर जाती। और जब माँ ने उसके पास उसके नवजात शिशु को लिटाया तो कालिन्दी सब कुछ भूल गई, सारी पीड़ा, सारी चिन्ताएँ, दिल के ऊपर जमी हुई गहरी काली काई, उसके एक कोमल स्पर्श से न जाने कहाँ तिरोहित हो गई। उसने धीरे से बच्चे के काले बालों को उँगली से छुआ और उसकी आँखें देखकर पास बैठी बहन को लगा जैसे स्वच्छ जल पर चाँद की किरणें फिसल गई हों। बच्चा निवाड़ के पुराने पालने में लेटा रहता था। कालिन्दी को लगता कि अगर गाड़ी होती तो कैसा अच्छा रहता। वह भी हैंडिल में एक रंग-बिरंगा खिलौना लगा देती और बच्चा अपनी काली-काली पुतलियों से उसे देखता रहता।

फिर जैसे बर्फ़ के बीच एक फूल खिल जाए, ऐसा ही कालिन्दी को लगा, जब उसे परमेश्वरी का पत्र मिला कि नौकरी मिल गई है। है तो साठ रुपए की, पर कालिन्दी चाहे तो आ जाए। कालिन्दी माँ के यहाँ रहते-रहते ऊब गई थी, सो चलने की तैयारी की।

पर परमेश्वरी के पास पहुँचने का सारा उत्साह फीका पड़ गया। घर एक गन्दी-सी गली में था, सीलन-भरी कोठरी, खिड़की खोलने से धूप कम, पड़ोस का धुआँ अधिक आता था, आगे खपरैल का एक बरामदा; यह घर था। परमेश्वरी बिल्कुल दुबला हो गया था। गालों की हड्डियाँ उभर आई थीं। सामान के नाम पर दो चारपाई और बेंत की दो कुर्सियाँ थीं। बच्चे को चारपाई पर लिटाकर कालिन्दी चुपचाप कुर्सी पर बैठ गई, फिर जब परमेश्वरी की आँखों से दृष्टि मिली तो परमेश्वरी ने सायास मुस्कराते हुए कहा, ''आपकी गाड़ी रखी है। दो दिन पहले तक माथुर साहब माँग रहे थे। पर अब तो हक़दार थे। मैंने मना कर दिया।''

''अच्छा किया,'' उसने धीरे से कहा।

न जाने सफ़र से, या कि ऐसे ही, बच्चे को शाम ही को बुख़ार आ गया। कालिन्दी उसे दाबे-ढाँके रही। सोचा, ठीक हो जाएगा, नन्ही-सी जान है। दूसरे दिन परमेश्वरी अस्पताल ले गया, दवा दिला लाया। बच्चे ने कुछ मुँह बिगाड़कर पी, कुछ उगल दी। तीसरे दिन भी बुख़ार रहा तो मकान मालकिन की बताई दवा कुछ पीस-कूटकर पिलाती रही। फिर भी बुख़ार नहीं उतरा। चौथे दिन शाम को थका-थकाया, पैबन्द लगे जूते घसीटता परमेश्वरी घर में घुसा तो कालिन्दी ने रोकर कहा, ''यह तो जाने कैसी साँस ले रहा है। जाओ किसी को बुलाकर लाओ।'' परमेश्वरी वापस गया और एक डॉक्टर को लेकर आया। डॉक्टर ने एक नज़र अँधेरे, घुटे कमरे पर डाली, फिर बच्चे की परीक्षा करके कहा, ''ठंड लगने से निमोनिया हो गया है, आप लोग घबड़ाइए नहीं।''

फिर उन्होंने नुस्ख़ा लिखकर कहा, ''यह इंजेक्शन है, लाकर लगवा लीजिएगा।''

बटुए की तह में कहीं दबाया हुआ पाँच का नोट निकालकर कालिन्दी ने उसकी फ़ीस दी। हाथ में नुस्ख़ा लिए खड़े हतबुद्धि परमेश्वरी ने कालिन्दी की तरफ़ देखा। एक गहरा अँधेरा उसे घेरने लगा। वह दरवाज़े की ओर बढ़ा और रुक गया, उसकी उँगलियों ने ख़ाली ज़ेब छुई और शिथिल हो गई।

कालिन्दी ने बच्चे को गोद में लेकर अच्छी तरह ढँक दिया और काँपते कंठ से कहा, ''खड़े क्या हो ? गाड़ी लेकर जाओ और कहीं बेचकर दवा ले आओ।'' और आँखों पर आँचल रख लिया।

# छुट्टी का दिन

पड़ोस के फ़्लैट में छोटे बच्चे के चीख़-चीख़कर रोने से माया की नींद टूट गई। उसने अलसाई पलकें खोलकर घड़ी देखी, पौने छह बजे थे। फिर उसे याद आया, आज तो छुट्टी का दिन है। उसने पैर फैला लिए। पलकें आँखों पर ढलक आने दीं। वह रेशमी चादर का नरम चिकना स्पर्श गालों पर महसूस करती हुई पड़ी रही। नींद की मीठी खुमारी अब भी उस पर छाई थी। खुली हुई खिड़की से सवेरे की ठंडी हवा आ रही थी, पूरी तरह से जगी होने पर भी नींद को बहलाकर फिर बुलाना चाह रही थी। पर वह बच्चा था कि रोए ही जा रहा था। छोटा-सा कोमल गोरा-गोरा बच्चा! गोल मुँह पर भवों की जगह पतली-सी लकीर, लम्बे-लम्बे रेशमी पलक। जब क्रोधित होकर रोता था तो गोल-गोल आँसू गालों पर आ फिसलते थे और सारा काजल अपने साथ बहा ले जाते थे।

छुट्टी का दिन माया के लिए पहाड़-सा होता था, सप्ताह-भर जो काम टालती आती थी कि उन्हें ख़तम करके भी इतना समय बच जाता था कि खीझ उठती थी। झुँझला उठती थी। और जब भाई-बहनों के साथ घर पर रहती थी तो समझ भी न पाती थी कि इतवार कब आया और कैसे पंख लगाकर उड़ गया।

रोज़ की तरह आज भी चैती दरवाज़े पर धक्के देने लगी। तकिए में मुँह गड़ाकर माया ने अनसुनी करने की चेष्टा की पर लगातार धक्कों के साथ चैती ने 'बीबी जी' की पुकार लगानी शुरू कर दी तो माया ने ठंडी साँस ली, चादर हटाकर आँखें मूँदे ही मूँदे, उसने टटोलकर पैर स्लीपरों में डाले और दरवाज़े की तरफ़ बढ़ी, अभ्यस्त उँगलियों ने चटखनी गिरा दी। और सवेरे-सवेरे चैती का मुँह न दीख जाए, इसलिए वापस मुड़कर अपने बिस्तर पर आ गिरी। उसका मन चैती को भरपूर डाँट लगाने का हो रहा था, पर पलकों पर अभी कुछ भारीपन था। इसलिए वह चुप ही रही। चैती ने पहले नल खोलकर बर्तन उसके नीचे डाल दिए और खुरखुर करती हुई झाड़ू लगाने लगी।

तब माया उठकर बैठी। हाथ फैलाकर अँगड़ाई ली, फिर ज़ोर से कहा, ''सोने नहीं दिया न? क्यों चैती?''

धोती का पल्ला कमर में खोंसे झाड़ू हाथ में लिए पर्दा हटाकर चैती ने दर्शन दिए। कहा, ''सोती काहे नहीं?'' और परदे के पीछे ग़ायब हो गई।

माया उठकर खिड़की के पास आई। इधर-उधर के फ़्लैट्स में हलचल हो रही थी। एक तरफ़ दूधवाला अपनी बाल्टी में मैला-गन्दा हाथ बार-बार डालकर दूध नाप रहा था। हर बार नाप का बर्तन बाल्टी से टकराता और फिर लोटे में दूध गिरने की आवाज़ के साथ दूधवाले का मोटा खरखराता कंठ कहता, चार-पाँच-छह।

माया ने ग़ुसलख़ाने में जाकर बेसिन में नल खोल अपने हाथ उसके नीचे कर दिए। पानी की तेज़ और ठंडी धार हाथों पर पड़ती रही। चौके से चैती की खटपट सुनाई देती रही। माया ने गीत की एक कड़ी गुनगुनाने का प्रयत्न किया, पर आवाज़ बेसुरी हो गई। उसकी आँखें बेसिन के ऊपर लगे शीशे में अपना प्रतिबिम्ब देख रही थीं, सूना मुँह, सूनी आँखें, एक क्षण को उसे लगा कि यह प्रतिबिम्ब किसी और का है। वह स्वयं कैसे इतनी थकी, इतनी टूटी-सी हो सकती है। शीशे के अन्दर से वह अनजान-सी युवती, माया को, जैसे पहचानने की कोशिश कर रही हो, ऐसे देखती रही, जब तक कि माया ने भीगे, असहाय, विवश हाथों से अपने बाल छूते हुए दृष्टि हटा न ली। उजले, सफ़ेद बेसिन के किनारे पानी की बूँदें फिसल रही थीं। माया की आँखें उस एक बूँद पर टिक गईं, जिसे सूरज की पहली किरन ने इन्द्रधनुषी रंगों से सजा दिया था। बूँद हिली फिर चिकने बेसिन पर फिसलती हुई पानी की धारा में मिल गई।

माया ने रुकी हुई लम्बी साँस बाहर आ जाने दी फिर अपने पर जैसे काबू पा, दोनों हाथों से अँजुलियाँ भर-भर अपने मुँह पर ज़ोर से छींटे देने लगी। उसी तरह, पानी भरती और मुँह पर उछाल देती, बिना कुछ सोचे, बिना कुछ सोचने का यत्न किए।

फिर उसने नल बन्द कर दिया। तौलिया उठाई और उसके नरम-नरम रोयों में अपना मुँह छिपा लिया। कुछ देर बाद उसने हाथ बढ़ाकर तौलिया स्टैंड पर फेंक दी। तौलिया ज़मीन की ओर तेज़ी से गिरी, पर तभी खूँटी में उसका कोना फँस गया और वह झूलती रही, धीरे-धीरे, बेबस-सी, पर माया ने उधर नहीं देखा, वह फिर पंजों पर ज़ोर दे शीशे में झाँकने लगी थी, एक अदम्य आशा लिए कि शायद इस बार वह झाँकनेवाली युवती पहले से भिन्न हो और वह कुछ भिन्न थी भी, आँखें कुछ ज़रा-सी फैली थीं बरौनियों में, भौंहों में चिकना गीलापन था, उजले कोयों में बड़ी-सी तरल पुतलियाँ, होंठों में कोमलता, माया के देखते-देखते वह खिंचे और खुल गए। उस छोटी-सी मुस्कान ने सारे चेहरे

पर एक कमनीय स्निग्धता ला दी। माथे को घेरे हुए जो बालों की लटें थीं, उनमें कुछ बूँदें उलझी थीं, माया ने गरदन मोड़ी तो कनपटी के पास...एक बूँद में उसे रंग दिखाई दिए, ढेर सारे रंग, चमकते हुए, झिलमिलाते हुए, तड़पते हुए, कहीं वह गिर न जाएँ इस डर से माया शीशे के आगे से हट आई। दरवाज़ा खोला और कमरे में आकर कुर्सी पर पैर उठाकर बैठ गई। हाथ गाल पर टिकाकर सोचा, और अब ?

चैती पास की मेज़ पर चाय पहले ही रख गई थी। रोज़ की तरह मोटे, पतले, बेढंगे, कहीं गीले, कहीं कड़े, टोस्ट थे, रोज़-रोज़ का सुनहरी धारीवाला नाजुक प्याला था, वही कढ़ी हुई कोज़ी थी, जिस पर एक चिड़िया पंख खोलकर उड़ने को तैयार थी। पर उड़ेगी नहीं, उड़ सकती भी कैसे थी ? उसे देखकर माया का मन एक निरर्थक आक्रोश से भर उठा था। उसका मन हुआ कि पैर से ठोकर मारकर मेज़ उलट दे और सारे बर्तन खनखनाकर ज़मीन पर जा गिरें। चीनी के बर्तनों के टूटने की आवाज़ कितनी प्रिय होती है ? पर मन में उसके मूल्य का अन्दाज़ा लगा और यह सोच कि बेकार में नए ख़रीदने पड़ेंगे उसने अपने को रोक लिया और प्याले में चाय उँड़ेलने लगी।

गरम चाय को गले से उतार वह फिर खिड़की के पास जाकर खड़ी हो गई। नीचे सड़क थी, कहीं-कहीं तारकोल हट जाने के बड़े-बड़े धब्बे थे। कहीं गहरे गड्ढे थे। अगर किसी ताँगे का पहिया उसमें फँस जाता तो चाबुक फटकार कर ताँगेवाला एक गाली दे उठता, अगर रिक्शे का पहिया होता तो रिक्शेवाला ज़ोर लगाकर निकलने की कोशिश करता और अगर तब भी न निकलता तो सवारियों को उतरना पड़ता। इस बाधा से उसके चेहरे रोष से लाल हो-हो जाते और बाद में मैले अँगोछे से माथा पोंछता रिक्शावाला और सवारियाँ सड़क की ऐसी हालत पर दुःख से सिर हिलाते नज़रों से दूर हो जातीं। सड़क के उस पार एक इमारत थी, बड़ी-सी, पुरानी-सी, मरम्मत की सख़्त ज़रूरत थी, सड़क की तरफ़ मुँडेर थी, जिस पर एंटिगोनम की लता छाई हुई थी और पोर्टिको की धूमिल पीली दीवारों पर गहरे बैगनी रंग में फूलती हुई घनी बेगमबेलिया थी, अपने वैभव में लचकती-झूमती बल खाती। जब हवा आती तो माया अपनी खिड़की से उनके बैगनी रंग के फूल टूट-टूटकर उड़ते हुए देख सकती थी। उन तीन पंखुड़ियों के फूलों में कितना रंग था, कितनी मृदुता, पर माया के दिल में वह एक घनी पीड़ा भर जाते थे। इस वक़्त सूरज की किरणें बेगमबेलिया

पर पड़कर उसके रंग को और चटकीला बना रही थीं। सुबह की हवा से कभी-कभी कोई फूल नीचे भटककर आ गिरता था।

माया उसमें डूबी थी, रमी हुई थी, हाथ खिड़की पर टिके थे, आँखें सामने, उसने नहीं जाना कि कब चैती आई। जब पायदान के पास बैठकर उसने दो बार झाड़ू ज़मीन पर पटकी तो उसने आँखें हटाईं। वह कल्पना और स्वप्न थे, यह कमरा, यह दीवारें, यह बन्धन, जीवन और सत्य।

मालकिन का ध्यान अपनी ओर आकर्षित हुआ देख चैती ने कहा, ''खाएका का बनिहै?''

इतवार का दिन है, छुट्टी का दिन, आज तो कुछ विशेष खाना बनाना चाहिए। चैती को स्वामिनी का खोयापन अच्छा नहीं लगा।

''न खाबे का शौक़ न पहिरे का!'' सिर हिलाते हुए उसने जो झाड़ू पटकी तो लाख की एक चूड़ी चट से टूट गई। उसके टुकड़े बीनते हुए चैती ने कहा, ''का बनाई?''

''कुछ भी बना लो।'' माया ने उदासीनता से कहा।

''खिचरी डाल देई?'' व्यंग्य से चैती ने पूछा।

''अयँ खिचड़ी...वही बना दो।'' माया ने कहा।

तब चैती ने कहा, ''ऐ बिटिया। तोहार अस परानी हम नाहीं देखा न कबो कछू खाएँ न बनवाएँ। हमहूँ आदमी हन। हमरो मन है, हम खीर-पूरी खाब, कहै देइत है। दूध हम लै लिया है।''

चैती ढीठ हो गई। पर माया ने कुछ नहीं कहा। हटकर चली आई और कपड़ों की अलमारी खोली, कुछ रेशमी कपड़े धोने के लिए सप्ताह-भर से रखे थे, उन्हें बाहर किया, और जाकर गर्म पानी में साबुन घोलकर डाल दिए, अनमनी होकर फिर आकर अपनी मेज़ पर बैठ गई। एक ओर कापियाँ रखी थीं। उन पर धूल की गहरी परत थी। माया ने लाल पेंसिल उठा ली, धूल झाड़कर एक कापी खोली, ग़लतियों पर गहरे लाल निशान लगा दिए, पर मन उसमें भी नहीं लगा। हाथ बढ़ाकर पास की छोटी मेज़ पर से अख़बार उठा लिया, खोला।

अचानक ही वह कुर्सी खिसकाकर उठ खड़ी हुई, घड़ी पर नज़र डाली तो पाया कि बड़ी आसानी से दस बजे की फ़िल्म देखी जा सकती है। जाकर फिर अलमारी खोली। कुछ सोचकर एक साड़ी निकालकर पलंग पर रख दी

और तैयार होने लगी। अभ्यस्त हाथों से बाल ठीक किए। पाउडर लगाया। कुछ देर अपने को देखती रही और लिपस्टिक उठाकर अपने होंठ, ख़ूब गहरे लाल कर लिए। कपड़े बदले और चैती से कहा, "मैं सिनेमा जा रही हूँ।"

चैती ने पूछा, "कब तक अइहौ ?"

"यही बारह साढ़े-बारह तक," और पर्स उठाकर बाहर आ गई। खुली खिड़की से हवा आई और अख़बार के पृष्ठ उड़कर फ़र्श पर जा गिरे, खुली कॉपी के पेज सरसराते रहे, मेज़पोश का कोना हिलता गया।

और हॉल में बैठी माया को लगा कि जिस अकेलेपन से बचना चाहकर वह सिनेमा चली आई थी, उससे निष्कृति कहाँ हुई ? अभी उसकी नितान्त अकेले बैठकर सिनेमा देखने की आदत नहीं हुई थी, कुछ विचित्र अटपटा-सा लग रहा था। इंटरवल में उसने एक उड़ती-सी नज़र से इधर-उधर देखा, तो पाया कि कॉलेज की संस्कृत टीचर मिसेज़ भारद्वाज भी कुछ दूर बैठी हैं, उन्होंने भी माया को देखा और हाथ हिलाकर पास बुलाया। माया को उनका साहचर्य विशेष प्रिय न था पर यह सोचकर कि एक से दो भले, उठकर उनके पास चली गई।

"अकेली ही हो ?" प्रश्न हुआ। मिसेज़ भारद्वाज की तीव्र दृष्टि माया पर थी।

"जी।"

"आज तो तुम पहचानी नहीं जा रही हो," कुछ व्यंग्य से मिसेज़ भारद्वाज ने कहा।

उत्तर में माया ने मुस्करा दिया।

तभी एक वयस्क-से सज्जन उसकी ओर देखते हुए पास आ गए। मिसेज़ भारद्वाज ने कहा, "यह मेरे पति हैं, मि. भारद्वाज। आप मिस सहगल...हमारे कॉलेज में हिन्दी पढ़ाती हैं।" मि. भारद्वाज ने नमस्कार किया और पासवाली सीट पर बैठ गए। कुछ वार्तालाप करने का प्रयास करते हुए पूछ दिया, "अभी ही आई हैं आप ?"

कुंठित हो माया ने कहा, "जी।"

पत्नी की ओर उन्मुख होकर पूछा, "चाय वग़ैरा कुछ मँगवाऊँ ?"

"मँगवा लें। यह साड़ी बड़ी प्यारी है ! यहीं से ली है ?" मिसेज़ भारद्वाज ने पूछा।

''मदर ने भेजी है।''

''आपका घर यहाँ नहीं है?'' मि. भारद्वाज को जैसे कुछ बात करने का विषय मिला।

''जी नहीं,'' और फिर कहा, ''लखनऊ में है।''

''वहाँ से आप यहाँ आईं? इस छोटे शहर में?''

माया की मुस्कान अनजाने में ही विषादपूर्ण हो गई। कहा, ''यहाँ आसानी से नौकरी मिल गई।''

''आपको कभी पहले नहीं देखा।''

पति को धीरे-धीरे खुलते देख मिसेज़ भारद्वाज ने कुछ चेतावनी के-से स्वर में कहा, ''यह नई आई हैं इसी साल।''

बेयरा के चाय ले आने से व्यवधान पड़ा। माया ने अभी एक घूँट ही चाय पी थी कि हॉल की रोशनी बुझ गई। उसके उठने का उपक्रम करने पर मिसेज़ भारद्वाज ने बाँह पर हाथ रखकर रोकते हुए कहा, यहीं बैठी रहो न! माया फिर बैठ गई, पर उसका मन हो रहा था मिस्टर और मिसेज़ भारद्वाज के बीच की सीट से उठ इधर मिसेज़ भारद्वाज के पास बैठ जाए, पर यों उठ जाना अभद्रता होती। मि. भारद्वाज शालीनता से बैठे रहे। कभी भूल से भी उनकी कोहनी या कन्धा माया से नहीं छुआ, पर कुछ हँसी की बात पर उनका ज़ोर से, खुलकर हँसना माया को खटक जाता था, आख़िर ऐसा ठहाका कि हॉल गूँज जाए, लगाने की क्या ज़रूरत? बीच में माया ने अपने को झिड़का भी, फिर इस ज़रा-सी बात पर वह बेकार ही मन-ही-मन क्यों कुढ़ रही है।

फ़िल्म अधिक लम्बी न थी। जब समाप्त हुई तो माया ने मानसिक यातना से छुटकारा पाया। शिष्टता के साथ, जितनी जल्दी उनसे छुट्टी ले सकती थी, लेकर माया अलग हुई, पर अभी उसका मन घर जाने को न हुआ। सड़क के एक किनारे खड़े होकर कुछ देर सोचा कि और क्या किया जाए? ध्यान आया कि दूर के रिश्ते के एक भाई यहीं कहीं आसपास रहते हैं और माया के न आने का कई बार उलाहना दे चुके हैं। उनके घर आधा घंटा बिता आया जाए। पर्स में एक स्लिप पर उनका पता लिखा था, उसे ढूँढ़कर निकाला।

घर उनका आसानी से मिल गया। बाँसों को बाँधकर एक घेरा-सा बना दिया गया था। कुछ सूखे-सूखे टमाटर के पेड़ और कुछ गेंदे फूल रहे थे। माया ने दरवाज़े पर थपकी दी। कुछ देर में एक महिला अन्दर से झाँकी, अन्दाज़ से सोचकर

कि यही भाभी होंगी, माया ने नमस्कार कर कहा, "चन्दन भाई साहब हैं? मैं माया हूँ।"

भाभी उत्तर में मुस्कराईं और दरवाज़ा खोलते हुए कहा, "आइए।"

कमरे में एक गन्दी-सी निवाड़ का पलंग पड़ा था, पास ही चारपाई थी, जिस पर बिस्तर बिछा था। एक गीली-सी गद्दी भी थी और सिरहाने छोटे बच्चे के कुछ कपड़े।

"बैठिए।"

माया पलंग की पट्टी पर बैठ गई, भाभी की धोती मैली थी और उसमें से घी की तेज़ महक आ रही थी।

"आपने मुझे पहचाना न होगा। चन्दन भाई साहब की चाची हैं न! वह मेरी बुआ लगती हैं।"

सम्बन्ध जानकर भाभी ने कहा, "ओ बाँदेवाली सासजी की आप भतीजी हैं। इन्होंने जिक्र तो किया था।"

"कहाँ हैं भाई साहब?" माया ने पूछा।

"आज इतवार है, घूमने चले गए हैं।" उत्तर मिला।

"कब तक लौटेंगे?" फिर यह देख कि वह अभी खड़ी ही हैं माया ने कहा, "आप भी तो बैठिए।"

"चूल्हे पर तरकारी चढ़ी है।" और उसका ध्यान आते ही भाभी बोलीं, "अभी दो मिनट में आई।" कहकर कमरे से चली गई। माया उसी तरह पट्टी पर बैठी निरुद्देश्य इधर-उधर देखती रही। कमरे के बाद बरामदा था और उसी के निकट शायद चौका, क्योंकि कढ़ाई में कलछी चलने की आवाज़ साफ़ सुनाई दे रही थी। फिर एक छनाका हुआ, शायद पानी डाला गया और फिर हाथ में दरी लिए भाभी आई और कहा, "उठिए इसे बिछा दूँ तो आराम से बैठिए।"

दरी बिछाते हुए कहा, "आज तो आपकी छुट्टी होगी, इतवार है।"

"जी।"

"आपको तो ख़ूब अच्छा लगता होगा।"

प्रश्न सुन माया कुछ देर चुप रही, फिर कहा, "जी हाँ, लगता तो है। वैसे तो कॉलेज का ही काम रहता है। कभी-कभी इधर-उधर चले गए, सिनेमा वग़ैरह। अभी सिनेमा से ही आ रही थी, सोचा कि मिलते चलें।"

बड़ी हसरत से भाभी ने कहा, "अकेले रहने में तो यह है ही, जो मन आया,

कर लिया। शादी से पहले मुझे सिनेमा देखने का बड़ा चाव था, मेरे एक चाचा गेट-कीपर थे, सब मुफ़्त में देखते थे, पर अब तो साल-डेढ़ साल से कोई सिनेमा ही नहीं देखा। मुन्ना छोटा है, घर में कोई है नहीं। छोड़ें भी किस पर? कौन-सी फ़िल्म देखी आपने?''

माया ने फ़िल्म का नाम बताया।

''अँगरेज़ी की थी।'' भाभी बड़ी सच्चाई से बोलीं, ''भई हमें तो कुछ समझ में नहीं आती। दो-एक बार गए भी, पल्ले कुछ नहीं पड़ा,'' फिर रुककर भाभी ने पूछा, ''आप तो शायद बी.ए. होंगी?''

''जी नहीं, एम.ए.,'' आहिस्ता से माया ने कहा। भाभी ने एक लम्बी साँस ली, कुछ कहने को मुँह खोला, फिर रुक गईं। बात बदलकर कहा, ''खाना परस लाऊँ, आपके लिए?''

''जी नहीं, नौकरानी ने बनाकर रखा होगा। अब मुझे चलना चाहिए।''

''कुछ देर तो रुकिए।'' भाभी के स्वर में कुछ विशेष आग्रह नहीं था। माया जैसे एकदम उकता गई। उठती हुई बोली, ''अब चलूँ, भाभीजी, कभी हमारी तरफ़ भी आइए।''

''कहूँगी उनसे, लाना-न-लाना उनके हाथ है।''

भाभी ने जल्दी से हाथ जोड़ दिए।

बाहर निकलते हुए माया को लगा कि वह बेकार ही आई, भाभी को शायद काफ़ी काम हो, पहुँचकर बाधा दी। घड़ी पर नज़र डाली, सवा बारह बजे थे। कुछ-कुछ भूख भी लग आई थी। बाँस का फाटक खोलकर बढ़ी ही थी कि चन्दन से भेंट हो गई।

''अरे, वाह, माया! किधर जा रही हो?''

पकड़े जाने पर माया ने रुककर कहा, ''घर जा रही हूँ। आई थी, आप मिले ही नहीं।''

''अब तो मिल गया। चलो, चलो, अन्दर चलो। अपनी भाभी से मिलीं?''

''जी, भाई साहब, अभी माफ़ी चाहती हूँ फिर आऊँगी।''

पर वह नहीं माने और बेतकल्लुफ़ी से उसका हाथ पकड़ लिया और कहा, ''नहीं बिना खाना खाए नहीं जा सकोगी।''

माया ने हाथ छुड़ाने का प्रयत्न किया, पर चन्दन हाथ पकड़े-पकड़े ही

अन्दर तक ले गए और ज़ोर से पुकारकर कहा, "सुनो, एक मेहमान आए हैं।" भाभी चौके से बाहर आईं और देखा, फिर कहा, "मैंने तो पहले ही रुकने को कहा था," फिर माया के मुख की ओर देखकर बोलीं, "हाथ तो छोड़ दो बेचारी का।" उनके कहने का ढंग ऐसा था कि चन्दन ने तुरन्त उसका हाथ छोड़ दिया, फिर कुछ अपराधियों की तरह कहा, "खाने का इन्तज़ाम करो।"

"हो रहा है।" रुखाई से कहकर वह वापस चली गई। चन्दन और माया ने स्पष्ट रूप से महसूस किया कि उन्हें प्रसन्नता नहीं हुई है।

माया ने फिर कहा, "भाई साहब, बेकार झंझट होगा, मेरी नौकरानी इन्तज़ार कर रही होगी।"

"झंझट क्या ? खाना अभी बना जा रहा है।" स्वर ऊँचा कर उन्होंने पत्नी को पुकारा, "सुनो, ज़रा जल्दी कर दो।"

अन्दर से उत्तर आया, "कर रही हूँ। पहले ज़रा मुन्ने को नहला दूँ।"

तब माया जाकर उधर खड़ी हो गई। कहा, "भाभीजी, आप को परेशानी हो रही है, मैंने तो कहा था..."

भाभी धूप में बैठकर बच्चे को नहलाने की तैयारी कर रही थीं। माया को भूख लगने लगी थी। जहाँ वह खड़ी थी, वहीं से झाँककर देखा, चूल्हा ख़ाली था। बच्चा चीख़-चीख़कर रोता रहा, भाभी उसे साबुन लगाती रहीं, उनके ढंग से लग रहा था कि जैसे आज ही रगड़-रगड़कर बच्चे को गोरा कर देंगी। माया बैठी-बैठी अपने को कोसती रही कि किस क्षण में उसने यहाँ आने को सोचा। आख़िरकार भाभी ने बच्चे को पोंछकर कपड़े पहनाए और कपड़े पहनाकर पालने में लिटा दिया और कहा, "ज़रा दही ला दीजिए, रायता बन जाएगा।"

"नहीं-नहीं," माया ने जल्दी से कहा, "रायते की कोई ज़रूरत नहीं।"

पर भाभी ने नहीं सुना। चन्दन भाई साहब दही लाने को भेज दिए गए, भाभी चौके में जाकर खटर-पटर करने लगीं। बच्चा रोता गया, माया ने उठकर उसे गोद में ले लिया। हिलाया-डुलाया, तो वह चुप हो गया। उसे कन्धे से लगाकर माया ने बरामदे में कई चक्कर लगाए, फिर देखा, वह सो गया था, धीरे से लिटाया तो फिर वह जग गया। उसके चीख़ने से पहले ही माया ने उसे फिर कन्धे से लगा लिया और टहलने लगी। घूमते-घूमते उसके पैर थक गए, कन्धा दुखने लगा पर भाई साहब दही लेकर नहीं लौटे। भाभीजी रोटी बनाने का सारा आयोजन कर चूल्हे के पास चुपचाप बैठी थीं। माया से कहा, "देखा,

जहाँ जाते हैं वहीं के हो रहते हैं। दो क़दम पर बाज़ार है।'' फिर एकाएक उठती हुई बोलीं, ''जाने कब तक आएँगे, मैं नहा लूँ। आप कहें तो आपको खाना परस दूँ।''

''भाई साहब को आ जाने दीजिए।'' माया ने कहा।

भाभी उठकर अन्दर गईं। गुसलख़ाना बन्द किया ही था कि भाई साहब आ गए। प्रश्न-भरी दृष्टि से इधर-उधर देखा। माया ने अपने-आप ही कह दिया, ''नहाने गई हैं।''

''नहाने गई हैं ? यह नहाने का टाइम है, इनके सब काम उलटे होते हैं।'' कहकर दही उन्होंने रख दिया और बाहर से कुंडी खड़काई। भाभी चुप रहीं। माया ने बच्चे को पालने पर लिटा दिया। इस बार वह सोता ही रहा। वह थकी थी और भाई साहब झुँझलाए, दो-एक बात कर दोनों चुप हो गए, और प्रतीक्षा करते कि कब भाभी निकलें।

भाभी साफ़-सुथरी धोती पहनकर बाहर आईं, माथे पर बिन्दी लगाई। माँग से सिन्दूर छुआया। बिना किसी जल्दी के धीरे-धीरे चौके में आकर बैठ गईं। रायता बनाया। चूल्हा फूँका। फिर उन्होंने पूछा, ''कहाँ खाएँगे ? चटाई बिछा लें। वह रखी है कोने में।''

माया ने चटाई बिछा ली, सैंडिल उतार डाले, हाथ धोकर चौके में गई, और थालियाँ उठाकर बाहर ले आई। दाल एकदम ठंडी और पतली थी। रायते में कॉफ़ी ज़्यादा नमक। माया को बरबस चैती की बनाई नरम-नरम पूरियाँ और मेवे की खीर की याद आ गई। खाने के बाद कुछ देर वह और बैठी। जब भाभी स्वयं भी खा चुकीं, तब वह विदा लेकर आई।

चैती शायद इन्तज़ार करते-करते थककर चली गई थी। माया ने अपने पास की दूसरी चाभी से ताला खोला, घड़ी की सुइयाँ तीन पार कर चुकी थीं। कमरे की छाँह में मधुर शीतलता थी। माया ने सैंडिल उतार दिए। पर्स कुर्सी पर डाल दिया और चौके की तरफ़ गई। खाना सब ढँका रखा था। पूरियाँ, सूखी मटर, दम आलू तथा गाढ़ी मेवे की खीर। लगता था कि चैती ने भी खाया नहीं था, कुपित हो भूखी ही घर चली गई थी। माया वहाँ से गुसलख़ाने में गई। उसकी आँखें जल रही थीं। सोचा कि ठंडे पानी से धो ले, तब उसकी दृष्टि पड़ी उन कपड़ों पर, जिन्हें गरम पानी और साबुन में डुबाकर वह बिल्कुल भूल गई थी। उसने झटपट कपड़े अलग-अलग उठा लिए। एक ब्लाउज़ का पीला और हरा

रंग निकलकर दूसरी ब्लाउज़ों और सफ़ेद सिल्क की साड़ी में लग गया था। दोष अपना ही था, फिर भी न जाने क्यों उसे रोना आ गया। रेशमी ब्लाउज़ के कच्चे निकल जाने पर और कपड़े ख़राब हो जाने पर नहीं, बल्कि अपनी ज़िन्दगी के पैटर्न पर, उसके खोखलेपन और सारहीनता पर। किसलिए वह घर-बार छोड़कर इतनी दूर आकर पड़ी थी, किसलिए वह सुबह से शाम तक कॉलेज में मगज-पच्ची करती थी। इसलिए कि ज़िन्दगी के दिन एक-एक करके गुज़रते जाएँ और हर गुज़रा हुआ दिन उसके जीवन का ख़ालीपन और भी गहरा करता जाए और एक दिन, सोचे कि इस जीवन में उसने क्या पाया, तो पता चले कि वह एक लम्बे अनन्त मरुस्थल की तरह था।

माया ने ब्लाउज़ फिर उन्हीं कपड़ों में डाल दिया और आकर औंधी ही पलंग पर पड़ गई।

जब वह जगी तो कमरे में अँधेरा था। धूप न जाने कब की खिड़की की राह चली गई थी। घड़ी की सुइयाँ अँधेरे में चमक रही थीं। रोते-रोते सो जाने से उसका सिर बुरी तरह दर्द कर रहा था। इतवार की शाम को चैती नहीं आती थी। माया ने उठकर पानी पिया और कमरे में बत्ती जला दी। मेज़ के पास कुर्सी पर बैठ गई। मेज़ पर कॉपी खुली पड़ी थी। लाल पेंसिल के निशान चमक रहे थे। माया बहुत देर तक बैठी-बैठी बाहर देखती रही। आसमान में दो-एक तारे निकल आए थे। पड़ोस में दूधवाला बाल्टी खटका रहा था। दूध नापता हुआ, मोटे से एक रस स्वर में कह रहा था, ''दो-तीन...चार...।'' सीढ़ियों पर ऊपर-नीचे आते-जाते जूतों की आवाज़ आ रही थी। ग़ुसलख़ाने में कपड़े भींग रहे थे। चौके में ठंडा खाना रखा हुआ था और कनपटी के पास एक शिरा बुरी तरह दुःख रही थी।

धीरे-धीरे आकाश काला हो गया। तारों की ज्योति में उज्ज्वलता आ गई। आने-जानेवालों का रव थम गया, माया एक साँस लेकर उठी। बिजली बुझाकर फिर पलंग पर लेट गई। उसे पता था कि नींद रात में बहुत देर से आएगी। फिर भी आँखें बन्द कर लीं।

कहीं घड़ी ने धीरे-धीरे आठ के घंटे बजाना आरम्भ किया, माया ने करवट बदली। अगला दिन, काम का दिन...।

# कोई नहीं

अक्षय को अपने ठीक सामने पा, विस्मय-भरा 'अरे तुम' भी हृदय की धड़कन में डूब गया।

"पहचाना नहीं ?" अक्षय ने हँसते हुए पूछा।

मैंने बाएँ हाथ की किताबें दाहिनें हाथ से थामते हुए, ऐसे स्वर में जो स्वाभाविक से कुछ मन्द पड़ गया था, कहा, "तुम यहाँ क्या कर रहे हो ? मैंने सुना था तुम कहीं विदेश में थे!"

"विदेश से लौट भी आते हैं। तुम यहाँ क्या कर रही हो ?"

मेरी दृष्टि दूर भटक गई। पत्थर की बनी सत्तर साल की पुरानी इमारत, टावर की घड़ी, दूर-दूर तक फैले लॉन और जैकेरेंडा के वृक्ष जिनमें अभी कुछ दिन पहले तक फूल थे।

"क्या कर रही हूँ अक्षय! वहीं हूँ, जहाँ तुम मुझे छोड़ गए थे। मेरा मतलब, वहीं हूँ जहाँ तुम्हारे जाने के पहले थी।"

"वही घर, वही जगह, वही लोग ?" अक्षय ने पूछा।

"हाँ, वही घर, वही जगह, वही लोग।" मैंने दोहराया।

फिर मैं अचानक ही सँभल गई। बहुत ही व्यावहारिक स्वर में मैंने पूछा, "अभी तुम ठहरोगे अक्षय ? अगर रुको तो आज शाम मेरे पास चाय पीना!"

"मैं तो तुम्हें निमंत्रित करनेवाला था," कुछ रुककर उसने कहा, "तुम मिलोगी, इसकी मुझे आशा न थी।"

इसके उत्तर में मुझसे क्या अपेक्षित है, यह न जान पा मैं अक्षय की ओर ताकती रही। मेरी और अक्षय की आयु में थोड़ा ही अन्तर रहा होगा। अक्षय अब एक सफल व्यक्ति है। और मैं ?

न जाने क्यों अक्षय से उसके लड़के-बच्चों के बारे में न पूछ सकी।

"अच्छा, तो आओगे न ? मैं इन्तज़ार करूँगी।" कहकर मैं चल पड़ी।

पानी की टंकी के पास के आम बौर से ढँक गए थे। क्यारियों में अभी भी सूखी बदरंगी पिटूनियाँ और हॉली हाक्स अपने धूल-भरे चेहरे लिए मुझे देख रहे थे। कितना कुछ था, अक्षय से पूछने को। और मैं ऐसे भाग आई थी जैसे अक्षय की उपस्थिति मेरे लिए अचानक ही असह्य हो उठी हो। अपने कम्पाउंड में घुसते हुए मैं अपने उस घर को आँखों से देख उठी। खपरैल का

बड़ा-सा बहुत ही पुराना बँगला—सड़क की ओर सहजन के पेड़ों की लम्बी क़तार और गुड़हल की बाढ़, जहाँ लॉन होना चाहिए था वहाँ अब पीले फूलों से ढँके भटकटैया के कँटीले पेड़ थे।

मुझे वहाँ खड़े-खड़े समय की गति का बोध हुआ। इन सात वर्षों में हमारा घर और वीरान लगने लगा था। इस बीच न तो कोई बरात यहाँ आकर रुकी थी, न कोई नवजात शिशु रोया था। केवल मिसेज़ कुँवर पागल हो चुकी थीं और सुमन श्रीअरविन्द आश्रम में चली गई थी। पहले उसके नियमित रूप से पत्र आते रहे थे और अब तो कभी उसकी बात भी नहीं होती थी। हम सबकी ज़िन्दगी निर्बाध गति से चली जा रही थी। उसमें नन्ही-सी हिलोर उठती जब पहली तारीख़ को हमें चेक मिलते।

जब हमारी नौकरानियाँ पीली साड़ियाँ पहनकर आतीं तो हम चौंककर याद करते कि वसन्त का पर्व आ गया है। कुछ दिन बाद गर्द-गुबार-भरी हवा हमारी खिड़कियाँ और दरवाज़े भड़भड़ाती हुई आगे निकल जाती। और फिर उन लम्बे उकताहट-भरे दिनों का अन्त करती बरसात आ जाती। हमारी खपरैल की छत जगह-जगह से टपकती और कीचड़-मिट्टी से अपनी साड़ियाँ बचाते हुए, ऐसी ऋतु को कोसते हुए हम कॉलेज जाने लगते। ऐसे ही दिन बीतते रहे और हमारी आँखों की चमक फीकी पड़ती गई, हमारे काले बालों में कहीं-कहीं सफ़ेद तार दिखने लगे और हमारे युवा, हँसते हुए चेहरों पर न जाने कैसी रूखी, रीती, कठोर मुद्रा आकर जमकर बैठ गई।

मैं आकर अपने कमरे की सफ़ाई में जुट गई। शाम को जब अक्षय आया तब भी मैं उससे सन्तुष्ट न हो पाई थी। कितने जाले हटाने थे, गर्द की कितनी तहें दूर करनी थीं, अपने को सजाना था, चेहरे की झाइयाँ, बालों का रूखापन और एड़ियों की कलौंच साफ़ करनी थी। इन सबके बीच जब अक्षय आ गया, उसने सब ओर देखकर कहा, "अब मुझे लग रहा है कि मैं घर आ गया हूँ। कुछ भी तो नहीं बदला है।"

अक्षय बात को ढाँप-तोपकर नहीं कहता। मेरे पास लौटकर उसे अच्छा लगा है, और उसने सहज भाव से कह दिया है। अब यह मेरे ऊपर है कि उसे कैसे ग्रहण करूँ।

मैंने मेज़ पर खाद्य पदार्थों के ढेर लगा दिए। अक्षय हरेक चीज़ थोड़ी-थोड़ी चखता है। मुस्कराता है और मेरी ओर देखता है। मैंने कितने सालों बाद

बिन्दी लगाई है, हाथों में चूड़ियाँ डाली हैं। इस समय मैं कोटा की जालीदार साड़ी पहने हूँ जो कि कच्चे बैंगनी रंग में रँगी हुई है। मैं अच्छी लग रही होऊँगी, यह भाव मेरे मन में गाढ़ा होता जा रहा है। मैं ढीले होकर कान पर झूल आए बाल पीछे कर अक्षय के प्याले में चाय छानती हूँ। अक्षय मुझे देखता है।

बच्चे नहीं हैं हम...अक्षय और मैं...यौवन का प्रथम उल्लास हम पीछे छोड़ आए हैं। हम दोनों के आचरण में एक-दूसरे की पूर्ण स्वीकृति है। हम दोनों के बीच कभी कोई दुराव न था, वही सहज ग्रहणीयता इस समय भी है। अक्षय के फॉरेन सर्विस में जाकर मुझे पीछे छोड़ देने की कटुता मेरे उन अनगिनत आँसुओं में डूब चुकी है।

खुशी की एक छोटी-सी लहर मुझे छू गई। मैं इस क्षण के प्रति कृतज्ञ थी, क्योंकि अक्षय मेरे निकट था। नहीं, अक्षय को मैं अब प्यार नहीं करती। पिछले सात वर्षों की जी हुई ज़िन्दगी में वह प्यार धीरे-धीरे मर चुका है। मुझे कोई अफ़सोस नहीं है। इस जीवन को मैंने स्वीकार कर लिया है!

''अब चलें?'' अक्षय ने प्याला रखते हुए कहा।

''कहाँ?'' मैंने पूछा।

''कहीं भी,'' अक्षय उठ खड़ा हुआ। मैंने जूठे प्याले और तश्तरियाँ जल्दी-जल्दी नल के नीचे रखीं। बाक़ी सामान उठाकर जाली की अलमारी में रखती हुई मैं मुड़कर अक्षय से कहने लगी, ''तुमने तो कुछ भी नहीं खाया।''

अक्षय मुस्कराया। हर बात की अक्षय की अपनी विशिष्ट मुस्कान थी। सात साल में जो कुछ भूला गया है वह एक शाम में कैसे याद किया जा सकता है! मैं दोनों हाथों से साड़ी की सिलवटें सीधी करती हूँ और फिर हम दोनों भटकटैया के पेड़ों से बचते हुए निकल आते हैं। सड़क पर एक ख़ाली रिक्शा गुज़र रहा है, रिक्शेवाला हमें आशावान नेत्रों से देखता है, उसकी गति कुछ क्षणों को मन्द होती है, फिर वह सीधी सड़क पर बढ़ता चला जाता है। रिक्शे में लगी रंग-बिरंगी फिरकियाँ हवा में नाचती रहती हैं और सड़क पर गच्चा खाकर सारे घुँघरू एकसाथ बज उठते हैं।

हम दोनों यूनिवर्सिटी की ओर बढ़ते हैं। रेल की सीटी सन्नाटे को एकाएक चीर देती है। बिजली के तारों पर एक नीलकंठ बैठा है, और प्रोफ़ेसर नारायण

के बरामदों में टँगे मिट्टी के गोल गमलों में मनीप्लांट की लम्बी शाखाएँ हिलती हैं। बाईं ओर हमारे कॉलेज की लाल बिल्डिंग है।

"पोर्टिको की मालती लता क्या हुई?" अक्षय के प्रश्न पर मैं चौंक पड़ी।

"बहुत घनी हो जाने के कारण कटवा दी गई।" मैंने कहा।

"वाट ए पिटी!" अक्षय कहकर चुप हो गया। हमारे आगे सड़क बिखरी पड़ी है। निर्जन, सुनसान सड़क—बरसों पहले के हमारे पद-चाप क्या आज जाग सकेंगे? प्रोफ़ेसर नारायण की छत के पीछे से उगता चाँद—और हिना की खुशबू—लाल इमारतवाला हमारा कॉलेज और पानवाले की दूकान के रेडियो से आते संगीत के स्वर—और इन सबके ऊपर यूनिवर्सिटी की घड़ी के घंटों की मीठी अनुगूँज। यह सब मुझे फिर क्यों याद आ गया है!

"आओ, अन्दर से चलें।" अक्षय ने कहा।

मैं चुपचाप उसके साथ मुड़ गई। अक्षय एक जगह रुका।

"यहाँ का गेट बन्द कर दिया गया है, अक्षय! लड़कियाँ होस्टल से बिना पूछे चली जाती थीं। हमें मेन गेट से जाना पड़ेगा।"

यूनिवर्सिटी की मीनारें और गुम्बद छूती हुई शाम उतर रही है। अंग्रेज़ी विभाग के ऊपर एक चमकीला तारा है, और पास-पास लगे अनारों के पेड़ों में नए-नए फूल! मैं अक्षय को देखती हूँ। शायद उसने भी अनार के फूलों को देखा है।

"तुम्हें याद है नमिता..."

"हूँ!" मैं कहती हूँ! न जाने क्यों कंठ में एक बगूला-सा आकर टिका हुआ है। इन पिछले सात वर्षों में मुझे कभी ऐसी भावना नहीं हुई। कितनी बार इस सड़क से गुज़री हूँ पर अंग्रेज़ी विभाग के ऊपर चमकते तारे को देख कभी आँखें गीली नहीं हुईं। सुनसान पड़ी यूनिवर्सिटी में अपूर्व शान्ति है। इस समय एक विचित्र-सा विचार मन में आता है। कितने आकुल चरण इन राहों में भटके होंगे—कितना हर्ष और विषाद, आँसू और फूल, शब्द प्यार के और भूल जाने के आग्रह—कितनी चीज़ों की साक्षी होंगी यह दीवारें...

"तुम यहाँ कब तक हो अक्षय?" मैंने पूछा।

"बस एक दिन!" अक्षय गम्भीर है।

"कुछ काम था?"

"नहीं, दिल्ली जा रहा था, जब स्टेशन रास्ते में पड़ा तो रहा न गया, उतर

पड़ा। सोचा कि एक दिन रुककर उन सब जगहों को एक बार फिर देख लूँ, जो मुझे अब तक हांट करती हैं। तुम यहाँ होगी, मैंने यह आशा भी न की थी। सोचता था कि तुम्हारा विवाह हो गया होगा और तुम अब तक पक्की गृहस्थिन बन चुकी होगी। तुमसे कभी अकस्मात् मिलूँगा, यह कल्पना तो मैंने बहुत बार की थी, पर इस सबके मध्य, तुम वैसी ही होगी यह नहीं सोच पाया था। अच्छा नमिता, एक बात पूछूँ, तुमने विवाह क्यों नहीं किया?''

''पता नहीं क्यों?'' मैं इसका उत्तर देती हुई अपने अन्दर की गहराइयों में डूब जाती हूँ, ''तुम्हारे जाने के बाद दो-तीन साल तो मैं ऐसे ही बेजान, सुन्न-सी पड़ी रही। फिर पाया कि धीरे-धीरे सारे समवयस्कों की शादी हो गई है। मेरे लिए कोई बैठा रहता, ऐसा था ही कौन। और फिर बस...ऐसे ही जीवन बीत गया।'' मेरे स्वर में न तल्खी है, न शिकायत। रिक्तता का जो सागर मेरे अन्दर है वह कभी सूख सकेगा, यह अकल्पनीय लगता है। ''रुपया काफ़ी जमा हो जाने पर एक मकान बनवा लूँगी। बुढ़ापा उससे कट जाएगा।'' मैं सहज भाव से फिर कहती हूँ।

रुककर अक्षय देर तक मेरी आँखों में क्या देखता है! उसके चेहरे पर चीन्हा-सा भाव है, पर मैं उसे पहचानूँगी नहीं।

अब हम लाइब्रेरी के पास आ गए हैं। कुन्द की लताएँ सफ़ेद फूलों से भरी हैं। मैं एक फूल बालों में खोंस लेती हूँ। अक्षय किसी गहरे विचार में डूबा हुआ है। और हम दोनों देर तक एक-दूसरे से कुछ नहीं कहते। फिर छोटी-सी मुस्कान मेरे होंठों को छू गई। हम प्रगाढ़ प्रेमियों का सात वर्ष बाद यह कैसा मिलन है? अक्षय से मैं क्या-क्या पूछना चाहती थी, पर चुप हूँ। शब्द वह सेतु हैं जिन्हें हम मौन के सागर पर बाँधते हैं। मैं उसे तोड़ना नहीं चाहती। यदि यह क्षण फूल होते तो उन्हें बटोरकर रख लेती, सूखने पर भी वह हाथ से तो छूए जा सकते। मैं जानती हूँ कि अक्षय के चले जाने के बाद मुझे फिर, उसे नए सिरे से खो देने का दुख होगा। उन अनाहूत आँसुओं और निद्राहीन रातों की स्मृति मैं पीछे ठेल देती हूँ और अक्षय की ओर मुस्कराकर देखती हूँ। अभी तो मेरे माथे पर लाल बिन्दी है और बालों में कुन्द का फूल। यदि हाथ बढ़ाऊँ तो घने रोओं से ढँकी अक्षय की बाँहें छू भी सकती हूँ।

दाहिनी ओर होस्टल की रेलिंग पर कुछ तौलिए सूख रहे हैं और नीचे कोर्ट में तेज़ बल्बों के प्रकाश में बैडमिंटन का खेल ज़ोर से चल रहा है। हम लोग

अब यूनिवर्सिटी रोड पर निकल आए हैं। जगमग करते हुए रेस्तराँ, जिनमें ज्यूक बॉक्स पर रिकॉर्ड बजते हैं और कॉफ़ी के प्यालों पर साहित्य, राजनीति और सेक्स की बातें होती हैं।

"मैंने तुम्हें कोपेनहेगेन से पिक्चर पोस्टकार्ड भेजे थे।" अक्षय ने कहा।

"हाँ, मुझे याद है। उस पर हैंस एंडरसन की कहानीवाली जलपरी की तसवीर थी और तुम्हारा लेक डिस्ट्रिक से भेजा हुआ कार्ड भी मिला था और नियाग्रा फाल्स का भी। मैंने कई बार सोचा कि उत्तर में तुम्हें यहाँ की कुछ तसवीरें भेजूँ...संगम का सूर्यास्त, अपने कम्पाउंड में उगे भटकटैया के फूल, मगर फिर; फिर मिसेज़ कुँवर पागल हो गई और बात मेरे ध्यान से उतर गई।" मैं एक लम्बी साँस लेती हूँ।

"पुअर थिंग!" अक्षय ने कहा।

"अच्छा अक्षय, अगर कभी मैं पागल हो जाऊँ तो?" मैं अकस्मात् प्रश्न करती हूँ।

अक्षय ने अचानक ही मेरी दाहिनी हथेली पकड़कर दबा दी। मैं झटके से अपना हाथ छुड़ा लेती हूँ। भीड़-भरी यूनिवर्सिटी रोड पर!

अक्षय की मुस्कान में बड़ा निजत्व है पर मुझे रोष-सा है कि अक्षय ने मुझे क्यों छुआ? मैं होंठों को सिकोड़ती हुई दूसरी ओर देखने लगी। हँसते हुए अक्षय ने कहा, "ऐसा न करो नमिता, तुम काफ़ी अग्ली लगती हो।"

ना, ना, अक्षय की हँसी मुझे अपनी ओर न खींच पाएगी। मैं एक कगार पर खड़ी हूँ, तनिक-सा भी झटका मुझे नीचे अथाह जल में गिरा देगा और इस बार मैं उससे न उबर पाऊँगी।

"मैं अग्ली तो हूँ ही!" मैंने बुरा-सा मानकर कहा। मुझे ऐसा लगा कि अक्षय ने देर तक मेरी ओर देखा है। मैं जानती हूँ कि मैं कुरूप नहीं हूँ। अब हम दोनों साइंस फैकल्टी में आ गए और घास पर बैठ गए। यहाँ बैठकर लगा कि चाँद काफ़ी देर पहले निकल आया होगा। लॉन पर दूर तक पीली झरी हुई पत्तियाँ बिखरी थीं। चाँदनी में डोम के टाइल्स बेतरह चमकने लगे। स्टेडियम ख़ाली आँखों से हमें देखते रहे।

"यहाँ अब भी क्रिकेट होता है?" अक्षय ने पूछा। अपने समय में अक्षय क्रिकेट टीम का कैप्टन था।

"सबकुछ वैसा ही चला जा रहा है अक्षय! इतनी भीड़ में कौन कहाँ खो

गया, इसका लेखा-जोखा कौन रखे।''

''तुम भी नहीं रखतीं?''

''नहीं, अब मैं भी नहीं रखती। साल के साल बीतते चले जाते हैं। स्पोर्ट्स, कनवोकेशन, इम्तहान, छुट्टियाँ...सभी नियमित रूप से होता रहता है। नोट्स पीले पड़ जाते हैं। फिर भी हम वही पढ़ाए चले जाते हैं। इस जीवन में कोई गति नहीं बची। होस्टल से कभी कोई लड़की भाग गई, किसी लड़के ने आत्महत्या कर ली, किसी अध्यापक को लेकर कोई स्कैंडल हो गया, यही हमारी ज़िन्दगी के हाईलाइट्स बचे हैं।''

मैं बाँहों से घुटनों को घेर लेती हूँ। मेरी आँखें कभी अक्षय, कभी चाँदनी में चमकते डोम पर चली जाती हैं। सभी कुछ बड़ा अपरिचित-सा लगता है।

''फिर भी मेरे लिए यह सभी सुन्दर हैं। अब भी! देश-विदेश में घूमकर भी मैं इस सबको नहीं भूल पाया।'' अक्षय का स्वर अनजान रास्तों पर भटक गया। मेरे बालों में लगा कुन्द का फूल नीचे घास पर गिर जाता है। मैं उसे उठाकर अपने होंठों पर रख लेती हूँ और फिर अक्षय कहता है, मैं सुनती हूँ—चुप, निश्चल बैठी हुई। मुझे यह सब रात्रि के पिछले पहर देखा गया। स्वप्न-सा लगता है। अक्षय मुझे उन जगहों के बारे में बताता है जहाँ-जहाँ वह रह चुका है। वह अपनी नौकरी की समस्याएँ डिस्कस करता है और अन्त में वह उस ऑस्ट्रियन युवती के बारे में भी बताता है जिससे वह विवाह करना चाहता था, पर फॉरेन सर्विस के नियम के कारण उसे छोड़कर आना पड़ा। अब अक्षय ने एक जनरल की बेटी से विवाह कर लिया है जो बहुत अच्छे डिनर सर्व करती है, जिसे स्कॉच के अनगिनत पेग पीकर भी नशा नहीं चढ़ता और जो कि फर्राटे से फ्रेंच बोलती है। मैं अक्षय की पत्नी की कल्पना करती हूँ पर मेरे आगे वह अपरिचित ऑस्ट्रियन लड़की आ खड़ी होती है जिसे अक्षय छोड़कर चला आया था। बातें करते-करते अक्षय घड़ी की ओर देखता है। उसे साढ़े ग्यारह बजे वापस जाना है। और, अक्षय अब चुप है। उसे शायद आशा है कि मैं भी उससे अपने दुख-सुख की बातें कहूँगी। तार पर फैली साड़ी समेटकर अपनी फैला देने पर मिसेज़ धर और कान्ता के झगड़े, नज़र बचाकर किसी और की चीनीदानी से अपने डिब्बे में मालती का चीनी उँड़ेल लेना, शाम से शारदा और मिसेज़ धर का अपना कमरा बन्द कर लेना। सारे दिन काम कर शाम को रो लेना। और, रात में अपनी चारपाइयों पर बैठ पासबुक खोलकर

दिन-प्रतिदिन बढ़ता धन देखना। क्या उसे मैं यही सब बताती?

मैं अक्षय की ओर देखकर मुस्कराती हूँ, चुप रहती हूँ। किसी और के लिए अपना एक भटकी स्मृति बनकर रह जाने का यह सम्वेदन विचित्र-सा है। मुझे अक्षय से कुछ नहीं कहना है। वह पूछे-अनपूछे प्रश्न मेरे होंठों के पीछे निस्पन्द पड़े हैं। मैं चाहती हूँ कि मैं चाँदनी में घुलती जाऊँ, घुलती जाऊँ और फिर मैं, मैं न रहूँ—अक्षय के सामीप्य का बोध, दुख, दर्द, तल्खी, शिकायतें, एक्सप्लेनेशंस, रिक्तता...मेरे व्यक्तित्व के यह सारे तीखे कगार चाँदनी के हाथों द्वारा चिकने कर दिए जाएँ और फूल-सा हल्कापन मेरे ऊपर छा जाए। मैं अक्षय के पास बैठी, उसे उत्सुक, आकुल आँखों से ताकती, कच्चे बैंगनी रंग की साड़ी पहने नमिता को देखूँ और इस बात पर हैरत करूँ कि उसने किन अलक्ष्य गाँठों में अपने को कस रखा है।

'अक्षय, तुम मेरे कोई नहीं हो,' मैं उससे कहना चाहती हूँ। और, हम दोनों उठ खड़े होते हैं, क्योंकि वहाँ बैठे-बैठे बहुत समय बीत गया है और अक्षय को वापस भी जाना है।

हम लोग यूनिवर्सिटी बहुत पीछे छोड़ आए हैं। टी.बी. अस्पताल की बत्तियाँ दूर से चमकती हैं। पुल पर अँधेरा है, नीचे रेल की पटरी पर कोई ट्रेन निकल जाती है और ऊपर खड़े हम उसकी धमक महसूस करते हैं। मैं आँखें फैलाए उस अँधेरे में न जाने क्या देख रही हूँ। गंगा सूख गई है और दूर-दूर तक बालू चाँदनी में चमक रही है।

"नमिता!" अक्षय कहता है, "नमिता, तुम कैसी हो गई हो? ठंडी, बेजान!" अक्षय के स्वर में थोड़ी उलझन, थोड़े दुख की खनक है। अँधेरे में मेरी टेढ़ी-सी मुस्कान अक्षय को नहीं दिखेगी।

"जब बसन्त आता है तो तुम्हारे कम्पाउंड में नींबू के फूलों की महक मँडराती होगी?"

"पता नहीं, अक्षय!"

"और फिर बरसात में झर-झर पानी बरसता होगा और तुम्हारे गेट पर लगी सावनी गुलाबी फूलों से भर जाती होगी।"

"पता नहीं...।"

"आसमान के कच्चे गड़हों में कुमुद खिलते होंगे, और यूनिवर्सिटी में रजिस्ट्रार ऑफ़िस के पास गन्धराज गमकते होंगे। तुम रो रही हो नमिता?"

"नहीं अक्षय..." मैं धम् से पुल के पास पड़े पत्थर पर बैठ जाती हूँ। हम दोनों बच्चे हैं। भटक गए हैं। दो शिशु डरे हुए, अँधेरे में सिसकते हुए।

अपने कमरे में लेटी हुई मैं रेल की सीटी सुनती हूँ। अक्षय इसी ट्रेन में जा रहा होगा। मैं करवट ले बिस्तर पर औंधी हो जाती हूँ। भटकटैया के वे सारे काँटे जैसे एक साथ ही मेरे शरीर में चुभ उठते हैं।

## सुरंग

बेबी आँगन में ऐसे बैठी रहती है जैसे कोई वृक्ष उग आया हो। मौन, निस्पन्द, आत्मरता। इधर-उधर का शोर लहरों की तरह घटता-बढ़ता रहता है। और शायद बहुत बार ऊपर से, उसे बिना छुए निकल जाता है। बाईं बाँह को सर के नीचे तकिए-सा लगाए अरुणा चारपाई पर लेटी है। गहरी नीली साड़ी की चुन्नटें पैरों पर होती हुई नीचे लटक आई हैं। अरुणा की आँखें एक जगह स्थिर नहीं रह पातीं, ऊपर आकाश है, धूमिल-सा नीला, फिर मटमैली और बहुत पुरानी उपेक्षित-सी दिखती पर्वत-शृंखलाएँ, दृष्टि और नीचे आकर आँगन की दीवार पर रुक जाती है, ईंटों की दीवार, जिस पर न जाने कब से माँ ने पुताई नहीं करवाई है। फिर टपकता नल। लाल किनारे की धज्जी जिस पर लिपटी हुई है।

"बेबी, एक प्याला चाय तो बनाना।" अरुणा ने देखा कि माँ जी की इस आवाज़ पर बेबी बेतरह चौंक पड़ी, उसके चेहरे पर झुँझलाहट की एक रेखा आकर मिट गई और फिर बड़ी विनीत-सी वह रसोई में चली गई।

माँ गंगा-स्नान के बाद लौटी हैं। तीन घंटे के भजन-कीर्तन के बाद भी उनके चेहरे से खीज की रेखाएँ नहीं जातीं। अरुणा उनके चेहरे पर एक दृष्टि डालकर फिर नीचे देखने लगती है। माँ तार पर भीगे कपड़े फैलाने लगी हैं।

बेबी चाय का प्याला लेकर रसोई से निकली, झुककर उसे तिपाई पर रख दिया और बिना कुछ कहे, वापस जाकर अपनी जगह बैठ गई।

बेबी अब तक घर के अन्दर फ्राक पहनती है। देखने में दुबली-पतली है, इसलिए फ्राक अभी आँखों में खटकती नहीं। शायद बेबी अभी भी अपने बचपन से लगे रहना चाहती है। पर बेबी बच्चा नहीं। अरुणा को उसकी आयु

ठीक-ठीक याद है। जब बीचवाला भाई मरा था तो बेबी आठ साल की थी, और भाई को मरे पूरे नौ साल बीत गए हैं। माँ का पूजा-पाठ तभी से शुरू हुआ था, जो कि अब इतना बढ़ गया है कि वह प्रायः सारा दिन घर से बाहर ही रहने लगी हैं। अरुणा को अब वह बुरा नहीं लगता, बेबी को कैसा लगता है, यह वह जानती नहीं। वह बहुत वर्षों बाद लौटकर आई है, और अभी तक उसने एक बार भी खुलकर बेबी से बात नहीं की। मकान पैतृक है, रहना छोटे शहर का, पिता के मरने से बाहर का जो कमरा ख़ाली हुआ उसमें कभी-कभी कोई किराएदार आ जाता है। आजकल कोई नहीं है। बेबी अभी तक पढ़ती थी पिछले वर्ष सप्लमेंटरी में आई थी इसलिए यह वर्ष ख़ाली ही जा रहा है। घर में आना-जाना कम है, बल्कि बेबी की कोई सखी-सहेली भी नहीं है, इस बात पर अरुणा को थोड़ा आश्चर्य हुआ था, पर अधिक नहीं, स्वयं अरुणा के परिचित उँगलियों पर गिने जा सकते हैं।

चाय पीकर माँ रसोई में चली गईं और शायद भोजन की तैयारी करने लगीं।

''बेबी, ज़रा यह आलू छील देना।''

बेबी फिर उठी, थोड़ी-सी अनिच्छा से।

''लाओ, मैं ही छील दूँ,'' अरुणा ने कहा।

''नहीं, मैं ही छील दूँगी'' बेबी कहती हुई नल की ओर बढ़ गई।

आधा दिन हो गया है और उन दोनों के बीच यह पहला वार्तालाप हुआ है। फिर भी आपस में लड़ाई-झगड़ा नहीं है। बल्कि अरुणा ने लौटते समय सोचा था कि शायद माँ और बेबी खुश ही हों कि इतने दिन जगह-जगह भटकने के बाद अरुणा अपने शहर में ही लौट रही है।

अब तक उसकी नियुक्ति बाहर के शहरों में ही रही थी। बीमारी, दुःख, किसी में घर से कोई नहीं आ पाया था, माँ का पूजा-पाठ था, बेबी का बचपन, हारी हुई अरुणा ही लौट आई। उसने सोचा था कि घर से ही प्राइवेट एम.ए. कर लेगी, पर आए हुए उसे कई सप्ताह हो गए और उसने अभी तक किताबें भी नहीं ख़रीदीं। जैसे बेबी आँगन में बैठी रहती है, अरुणा अपने कमरे की दहलीज़ के पास चारपाई पर। बेबी के उस मन में क्या-क्या विचार दौड़ते हैं या वह गहरी काई से ढके, बँधे जल-सी निरुद्विग्न है, यह अरुणा नहीं जानती। वह यह जानती है कि जिन स्थितियों, विचारों और डरों ने उसे अब तक ग्रसा है, उन पर वह सायास रोक लगाना चाहती है। अगर पहाड़ी नदियों पर बाँध

बाँधे जा सकते हैं तो अरुणा भी, अब तक की निरुद्देश्य जी हुई ज़िन्दगी को नया मोड़ दे सकती है। अभी तो वह उन विचारों को फ्रीज करने की प्रक्रिया में है, कि कुछ न सोचो, पीछे मुड़कर न देखो।

आलुओं के छिलके बेबी हाथ झटकते हुए नीचे गिराती जा रही है। कैसी लापरवाह है, अब कल तक आँगन में ये छिलके पड़े रहेंगे।

"बेबी," अरुणा ने कहा।

बिना कुछ कहे बेबी ने उसकी ओर देखा। उसकी आँखों में कुछ ऐसा विस्मित भाव था कि अरुणा भी यहाँ है, ऐसा उसने पहली बार जाना हो।

"कूड़ा हो रहा है। और अपनी सूरत तो देखो, कैसी बना रखी है! धूप में बैठकर रंग कैसा होता जा रहा है!" अरुणा नहीं जानती कि वह यह सब क्यों कह रही है। बेबी मुस्कराती है, एक बड़ी गूढ़-सी मुस्कान, और छिलके नीचे गिरते रहते हैं।

बेबी से कहने से कोई फायदा नहीं। होपलेस केस है। अरुणा करवट बदल लेती है।

रोज़ शाम को अरुणा टहलने जाती है। स्टेशन तक, दूर नहीं जाना पड़ता, घर से निकलकर कुछ लाइनें पार कर स्टेशन आ जाता है। शाम के समय वहाँ काफ़ी भीड़-भाड़ हो जाती है, क्योंकि देहरादून से आने-जानेवाली सभी गाड़ियाँ जल्दी-जल्दी इसी समय आती हैं।

उनके जाने के बाद ही अरुणा घर से निकलती है। अरुणा को ट्रेनें बचपन से अच्छी लगती हैं। पश्चिमी आकाश के हल्के गुलाबी आलोक में सिगनलों की कतार खड़ी है, और बहुत दूर स्लेटी धुएँ के एक छोटे-से पेंच ने सूर्य को ढक लिया है।

अरुणा एक ख़ाली पड़ी पटरी पर बैठ गई। रेल की पटरियों के आस-पास बैठने से पिता हमेशा नाराज़ होते थे, और जब से भाई मरा तब से तो विशेष तौर से। पर आज तो कोई नहीं है उसे मना करने को, और वह खुले आकाश के नीचे जहाँ भी चाहे बैठ सकती है।

कुछ दूर पर उसे कोई आकृति आती दिखाई दी। पास आने पर पहचानती है, बेबी है।

बेबी अरुणा के पास आकर पटरी पर बैठ गई। वह काली सलवार पर पीले रंग की कमीज़ पहने हुए थी, आँखों में एकदम खुब जानेवाले रंग। चेहरा

चमकता हुआ, पर आँखें उदास, हमेशा की तरह।

"जीजी," बहुत आश्चर्यभरा बेबी का स्वर है, "जीजी, तुम्हारी कलाई पर यह लम्बा-सा निशान कैसा है?"

जब से आई है तब से अरुणा ने हमेशा पूरी बाँहों का ब्लाउज़ पहना है। स्लीव्ज कलाइयों तक आती हुई तंग हो जाती हैं और उन्हें बटनों से बन्द करना पड़ता है। कभी-कभी अरुणा अनमनी हो स्लीव्ज को ऊपर खिसकाकर कोहनी तक कर लेती है।

"चोट लग गई थी।" अरुणा ने मन्द स्वर में कहा।

"और इस हाथ में भी, दोनों में?"

"हाँ।"

"कैसे?"

वह सब अरुणा बेबी को नहीं बता सकती। उसने स्लीव्ज खिसकाकर बाँहें पूरी-पूरी ढक लीं।

कुछ और कहने के प्रति अनिच्छा शायद बेबी ने भाँप ली होगी, क्योंकि उसने कुछ और नहीं पूछा। नीचे से कंकड़ उठा-उठाकर दूर फेंकने लगी।

पहले नम्बर के प्लेटफॉर्म पर खड़ी ट्रेन ने सीटी दी।

अरुणा प्रकाश के उन अनगिनत चौखटों को देखती रही।

बेबी ने दोनों हाथ घुटनों पर रख लिए हैं, वह भी देहरादून की ओर जाती हुई ट्रेन को देख रही है। ट्रेन के जाने के बाद बहुत थोड़ी देर के लिए सन्नाटा लौट आया। पश्चिमी आकाश में केवल फीका-सा ही उजाला शेष रहा है।

ट्रेन शायद पहली सुरंग पर खड़ी है, उसकी तेज़ सीटी की आवाज़ से अरुणा और बेबी, दोनों ही उस ओर देखने लगीं। देहरादून जाने पर हमेशा ये दो सुरंगें पार करनी पड़ती हैं, और हर ट्रेन थोड़ी-सी देर को पहली सुरंग पर खड़ी होती है। शुरू-शुरू में जब परिवार यहाँ आया था तो बेबी छोटी थी, और ट्रेन जब सुरंगों में घुसी तो भयावह अँधेरे से डरकर उसने चीख़-चीख़कर रोना शुरू कर दिया।

और भाई की मृत्युवाली उस दुर्घटना के बाद, कई महीनों तक, शाम की यह ट्रेन सीटी देती तो माँ घर के अन्दर ही सुबकने लगतीं। फिर उन्हें उनके भगवान मिल गए।

"जीजी," बेबी के कंठ में आकुलता है, एक अनजाना आवेग।

अरुणा की दृष्टि घूमकर उसकी ओर आती है, ठंडी निरुद्विग्न।

"जीजी—मैं—" होंठ काटती हुई बेबी चुप हो आई।

"हाँ बेबी।"

"कुछ नहीं।"

जो भी एक आकस्मिक उद्गार के रूप में निकलनेवाला था, बेबी ने रोक लिया है और उसके चेहरे पर वही, सदा का-सा सूनापन आ गया है। अरुणा आग्रह नहीं करेगी। बेबी ने कुछ कहना चाहा था, पर कहा नहीं। जो सहज रूप से बताया नहीं जाएगा उसके जानने का आग्रह या जिज्ञासा अरुणा में नहीं है। अरुणा याद करती है कि पिछले वर्षों में कभी भी बेबी और माँ के साथ बैठकर सुख-दुख की बातें नहीं हुई हैं। अकेले बेटे की मौत की ट्रेजेडी ने माँ को डस लिया है। अरुणा के अपने अलग दुख हैं, जिनसे निष्कृति पाने की चेष्टा में उसकी कलाइयों पर परमानेंट दाग़ रह गए हैं और फैशन न होने पर भी उसे पूरी बाँहों के ब्लाउज़ पहनने पड़ते हैं। बेबी भोली है, वह समझती नहीं।

"मैं घर जा रही हूँ," अरुणा ने उठते हुए कहा।

बिना कुछ कहे बेबी भी उठकर खड़ी हो गई।

पटरियाँ पार करने के बाद बाएँ हाथ को घूमना पड़ता है, तब घर को जाने की सड़क आती है। कुछ दूर चर्र-चूँ करता हुआ रहट चल रहा है, शायद काछी लोग खेतों में पानी दे रहे हैं। घर के पीछे ग्वालों के यहाँ गायें रँभा रही हैं। पड़ोसी घर में बच्चे मास्टरों से पढ़ रहे हैं। अपना घर एकदम अँधेरा पड़ा है।

"बेबी, एक प्याला चाय तो पिलाना," अरुणा ने कहा और अपनी चारपाई को अन्दर कमरे में खींच ले गई। कोने में रखा बिस्तर उस पर जैसे-तैसे डाल लेट गई और चाय आने की प्रतीक्षा करने लगी।

रसोई से स्टोव जलने की आवाज़ आ रही है।

अरुणा छत की ओर ताक रही है, कमरे में हल्का-सा बल्ब जल रहा है।

बाहर का दरवाज़ा एक बार फिर खुला। शायद माँ होंगी, हर की पैड़ी की आरती से आ रही होगी।

"बेबी, एक प्याला चाय तो पिलाना," कहती हुईं वे अन्दर आ गई हैं।

"अरे, बाहर से अन्दर तक अँधेरा क्यों कर रखा है?"

रसोई से केवल स्टोव जलने की आवाज़ आ रही है।

ऐसा लगता है कि माँ दीवारों से बात कर रही हैं। उन्हें उत्तर की प्रत्याशा नहीं। और यह बेबी भी अजीब है। प्रश्न का जवाब क्यों नहीं देती?

कुछ देर में माँ की कोठरी में पूजा की घंटी बजने लगी है, वे आरती कर रही हैं और मन्द स्वर में कुछ गा रही हैं।

माँ का कंठ अब भी सुरीला है।

क्या सचमुच इतने सारे पूजा-पाठ से माँ के मन को शान्ति मिलती है! अगर अरुणा यह पूछे तो वह कितनी चकित होंगी! पर वे माँ न होकर अजनबी हो गई हैं। अरुणा को याद नहीं है कि इन नौ वर्षों में उन्होंने कभी अरुणा के सर पर हाथ फेरा है या पास आकर बैठी हैं। बेबी जब कभी रोकर उनसे चिपट जाती थी तो वे उसे सिर्फ़ निर्मम हाथों से अलग कर देती थीं। अरुणा को माँ से शिकायत नहीं, अब वह उनसे गहन संवेदना रखती है, बेटे की मौत से माँ ऐसी क्यों हो गई हैं, अब अरुणा खूब समझती है। वह स्वयं भी तो जड़ होती जा रही है, तभी तो चाहकर भी बेबी को नहीं उबार पाती, बेबी को कोई सहारा नहीं दे पाती। जो स्वयं ही नेत्रहीन है, वह दूसरे का पथ-प्रदर्शक कैसे बने!

रात को अरुणा की नींद टूट गई। कोई रो रहा है, बुरी तरह, सिसक-सिसककर।

वह मोटी शाल उठाकर कन्धों पर डालकर बाहर आई।

"बेबी," उसने पुकारा। हाँ, आवाज़ बेबी के कमरे से ही आ रही है। बाहर बरामदे और आँगन में घुप अँधेरा है और ठंडी हवा से अरुणा के पूरे शरीर में रोएँ खड़े हो गए।

"बेबी! दरवाज़ा खोलो। क्या बात है बेबी?" अरुणा का स्वर उद्विग्न हो आता है।

सिसकियाँ मन्द हो जाती हैं। चारपाई चर्र से बोलती है।

"बेबी," अरुणा ने ज़ोर से पुकारा। माँ की कोठरी से उनके खर्राटों की आवाज़ एकाएक बन्द हो गई।

"कौन है," उनींदी आवाज़ में पूछा गया।

कुछ पल रुककर अरुणा ने कहा, "मैं हूँ।"

"अच्छा।"

बेबी दरवाज़ा नहीं खोलेगी। शायद उसे किसी की ज़रूरत नहीं है। पर माँ की कोठरी में बत्ती जली।

"क्या बात है?"

"ऐसा लगा कि जैसे बेबी रो रही है। कहीं कोई तकलीफ न हो।"

"इस लड़की ने दुखी कर दिया है। क्या करे कोई!" माँ बाहर निकलीं, फिर लौट गईं।

माँ की कोठरी का दरवाज़ा बन्द हो जाने और बत्ती बुझ जाने के बाद भी अरुणा बेबी के दरवाज़े पर झुकी खड़ी रही। स्तम्भित-सी, माँ ने बाहर आकर एक बार भी नहीं पूछा कि बेबी क्या बात है! क्या माँ सचमुच बेटियों के सुख-दुख से इतनी दूर हट गई हैं।

बेबी के कमरे के अन्दर अब पूर्णतः मौन है। कुछ देर में अरुणा चप्पल घसीटती हुई वापस आई और अपने बिस्तर में लेट गई। दरवाज़ा खुला रह जाने के कारण बिस्तर बर्फ़-सा हो गया है। स्टेशन से शायद कोई मालगाड़ी गुज़र रही है।

अरुणा ने रजाई खींचकर मुँह तक ढाँप लिया। वह काँप रही है। ठंड से नहीं, बल्कि इसलिए कि उसके चारों ओर जो घट रहा है उस पर उसका रंचमात्र भी कंट्रोल नहीं है। बेबी अकेली है और उसे अन्दर कोई बड़ा भारी दुख साल रहा है, जो कि रात के बीच, इतने विवश हृदय-विदारक और अनियंत्रित रूप में फूट पड़ा है। वह उस दुख को बाँट नहीं सकती, क्योंकि बेबी अपने को अकेला समझती है।

अरुणा इस दिन-दिन एकत्र होते दुख का अन्दाजा लगा सकती है। वह स्वयं जानती है कि वर्षों तक धीरे-धीरे बढ़ते हुए, एक ऐसी स्थिति आ जाती है जबकि वह भार और नहीं ढोया जा सकता। ऐसा ही एक असह्य क्षण अभी कुछ ही पहले उसके जीवन में भी आया था। अरुणा ठंडे बिस्तर में लेटी उस क्षण को फिर जी रही है।

राँची की एक शाम। घर अकेला है, बाक़ी सह-अध्यापिकाएँ पिकनिक पर गई हैं और रात गए लौटेंगी।

अरुणा एक झटके से उठी है, उसके मन में कोई घबराहट या उत्तेजना नहीं है। स्नानगृह में जाकर उसने बेसिन में लगा नल पूरा खोल दिया है। गुनगुने पानी की धारा के नीचे दोनों हाथ डाल दिए हैं। फिर उसने दाहिना हाथ बढ़ाकर एक नया रेजर उठाया है और बाईं कलाई पर घिसना प्रारम्भ कर दिया है, ठीक

वहीं जहाँ नब्ज देखने के लिए डॉक्टर हाथ पकड़ते हैं।

पीड़ा थोड़ी ही देर की है, अरुणा कहती है, पर रक्त-बिन्दुओं को पानी में गिरता देख रही है। फिर उस घायल बाएँ हाथ में रेजर पकड़कर दाहिनी कलाई। उसकी उँगलियाँ शिथिल होती जा रही हैं, चेष्टा कर रही है। फिर एकदम आँखों के आगे अन्धकार, पैरों के अशक्त होने से पीछे गिरते हुए अरुणा के मन में एक बड़ा-सा सन्तोष भाव है। अन्त; एक त्रासभरे, खोखले जीवन का अन्त।

पर अन्त नहीं हो सका।

उसे नौकरी छोड़कर आना पड़ा, और अब उन दाग़ों को ढँकना पड़ता है, क्योंकि अभी तो वे बिलकुल हरे हैं।

सुबह, स्टेशन पर देहरादून से जानेवाली गाड़ियों की सीटियाँ। बाहर खटपट।

"जीजी, चाय" बेबी चारपाई के पास खड़ी है। अरुणा ने हाथ बढ़ाकर चाय का प्याला पकड़ लिया।

बेबी लौटने लगी, वह फ्राक पहने है और ठंड में सिमटते हुए दोनों बाँहें उसने आगे सीने पर बाँध रखी हैं।

"बेबी, यहाँ आना," बेबी ठिठक गई।

"आओ, यहाँ बैठो," अरुणा ने साग्रह कहा।

बेबी पलंग की पाटी पर बैठ गई।

"क्यों रो रही थी?"

बेबी के मुख पर सलज्ज मुस्कान आ गई, "ऐसे ही।"

"ऐसे ही कैसे?"

"कभी-कभी रात में बड़ा डर लगता है।"

"कैसा डर?"

"तुम्हारे लिए।"

"मेरे लिए?"

"हाँ," बेबी की सलज्ज उँगलियाँ अरुणा की दाहिनी कलाई को छूती हैं, "तुमने एक बार कोशिश की थी न, तुम फिर कभी..."

अरुणा देर तक चुप रहती है। इतना सब कहकर बेबी लजा जाती है और उसने मुँह दूसरी ओर कर लिया।

आँगन में धूप काफ़ी चढ़ आई है। बाहर का दरवाज़ा खुला और हाथ में गीले कपड़े लिए माँ गंगा-स्नान के बाद अन्दर आईं। "बेबी ज़रा—" जैसे उन्हें कुछ ऐसा अप्रत्याशित-सा दिखा है कि वह वाक्य बीच में छोड़ चुप हो गईं।

अरुणा चारपाई पर बैठी है और बेबी उसके लम्बे-लम्बे बाल सुलझा रही है।

माँ तार पर कपड़े डाल रसोई में चली जाती हैं, फिर चाय का प्याला लेकर बाहर आती हैं। वे मोढ़ा खींचकर पास बैठ जाती हैं।

"आज बड़ा लाड़ हो रहा है जीजी का।"

"बेबी मुझे शाम को सिनेमा भी ले जा रही है," अरुणा धीरे-से हँसती है।

अरुणा को खुली बाँहों पर धूप अच्छी लग रही है।

वह आँखें मूँद लेती है।

# मछलियाँ

विजी सड़क के किनारे खड़ी है। पतझर की सुनहरी, रंगभरी शाम सड़क और इमारतों पर छाई हुई है। पूर्व से रह-रहकर हवा आती है जिससे विजी की हल्की, पारदर्शी नॉयलोन की साड़ी पर छपे फूल धीरे-धीरे हिलते हैं। सारे दिन के बाद जूड़ा ढीला हो नीचे गर्दन पर टिका है और बैम्बूक्लिप का एक सिरा मांस में निरन्तर चुभ रहा है।

विजी अकेली नहीं है, पास ही नटराजन भी खड़ा है। पर विजी ने नटराजन की ओर से मुँह फेर लिया, क्योंकि विजी की आँखों में आँसू हैं। विजी नहीं चाहती कि नटराजन जाने कि वह रो रही है। तीन महीनों के बाद लौटकर विजी ने जो समाचार सबसे पहले सुना, वह यह था कि नटराजन शीघ्र ही मुकी, नयनतारा मुकर्जी से विवाह करने जा रहा है। कहाँ वह डायन, कहाँ बेचारा नटराजन!

विजी चाहती है कि इस बात का बुरा न माने कि नटराजन को मुकी अच्छी लगती है, कि मुकी ने विजी को निमंत्रण नहीं दिया है, कि स्वयं नटराजन ने

अब तक एक बार भी नहीं पूछा है, "विजी, तुम आओगी न!" अगर पूछे तो विजी को वह सब कहने का अवसर मिले तो, जो हृदय में कल से उमड़-घुमड़ रहा है।

शाम को सड़क पर आवा-जावी बहुत बढ़ जाती है। लालबत्ती के बदलने पर दोनों सावधानी से सड़क पार करने लगे। कुछ दूर चलने पर भीड़ और रोशनियोंवाली सड़क अचानक ही अँधियारी और उदास दिखने लगती है। अब नटराजन को विजी का चेहरा स्पष्ट नहीं दिखाई देता। यहाँ खड़े होकर वह विजी का सिर अपने सीने से लगा लेना चाहता है, क्योंकि उसका उदास-सा, दुःखी चेहरा नटराजन से नहीं देखा जाता। पर वह स्वयं जानता है कि वह ऐसा नहीं करेगा। नटराजन को अपने संयम पर गर्व है, और उसके मन में यह सन्तोष है कि उसने कभी विजी के सम्मुख अपनी भावनाओं को नहीं व्यक्त किया। जो अभी तक विजी से गोप्य रखा है, उसे अब कहने की ज़रूरत भी क्या!

विजी का घर पहले आता है। वह वहाँ एक पल ठिठकी और बोली, "आओ, एक कप कॉफ़ी पीकर चले जाना।"

विजी के स्वर में आग्रह न था, आत्मीयता भी न थी; पर कुछ था अवश्य। नटराजन जाते-जाते रुककर खड़ा हो गया।

मुकी को पता लगेगा तो वह बहुत बुरा मानेगी। विजी और मुकी में लम्बी अनबन है। विजी तो मुकी का नाम तक नहीं सुन सकती। पर नटराजन अभी तो स्वतंत्र है। उसने देखा कि विजी दरवाज़े के ताले में चाबी डालकर घुमाते हुए मुड़कर देख रही थी कि वह आता है या नहीं।

"अच्छा," नटराजन ने कहा।

विजी ने दरवाज़ा खोला, अन्दर जाकर बत्ती जलाई।

"आओ," अपने पर्स को मेज़ पर रखते हुए विजी ने कहा।

नटराजन ने कमरे के मध्य में खड़े होकर चारों ओर नज़र दौड़ाई, दीवार पर एयर इंडिया का पुराना कैलेंडर, मेक्सिकन बास्केट के शेडवाला लम्बा लैम्प, सोफ़े पर छींट का वही खोल।

"चाय पीयोगे या कॉफ़ी?" विजी ने पूछा और उत्तर की आशा में विमनस्क भाव से खड़ी रही।

"कॉफ़ी हो तो कॉफ़ी, नहीं तो एक गिलास पानी से काम चलेगा।"

"लगता है कि मीठा बोलना भूल गए हो।"

"कौन? मैं कि तुम?"

"मैंने तो मीठा बोलना जाना ही कब था। मीठा तो वह बोलती है..." विजी ने कहते-कहते अपने को रोक लिया, और रसोई की ओर चली गई।

कमरे से रसोई का दरवाज़ा दिखता है। नटराजन ने कुर्सी से थोड़ा-सा आगे उठँगकर पूछा, "कौन?"

विजी रसोई के अन्दर हो गई, जिससे नटराजन को न दिख सके। तब नटराजन ने कुछ स्वस्ति-सी अनुभव करते हुए पैर फैलाकर सामने रखी मेज़ पर टिका दिए। रसोई में से पानी गिरने की झर-झर आवाज़ आ रही थी। खिड़की के प्लास्टिक पर्दों के उस पार कुछ नहीं दिखता। अमरीका के इस शहर में विजी नाम की लड़की के घर में अकेले बैठे नटराजन को इस समय, कुछ भी असंगत नहीं लगता। वह भूल-सा जाता है कि कुछ ही दिन बाद वह एक दूसरी लड़की से विवाह करने जा रहा है। जैसे उसने अपनी भावनाओं-विचारों को अलग-अलग कक्षों में बाँट दिया है। छह साल से वह विदेश में रहते-रहते ऊब गया है, पर भारत में पसन्द की नौकरी न मिलने से यहीं कुछ वर्ष और रहना होगा। उसने मुकी से विवाह करने का निश्चय बहुत ठंडे दिमाग़ से सोचने-विचारने के बाद किया है। मुकी उसे कुछ मायनों में अच्छी लगती है, मुकी के मन में नटराजन के लिए आदर है। दोनों जानते हैं कि विवाह का दायित्व वे अच्छी तरह निबाह सकेंगे।

पर यह सब विजी को कैसे समझाया जाए!

कमरे में घी गर्म किए जाने की सुगन्ध भर उठी, फिर ढेर-सी प्याज मक्खन में छोड़ दी गई।

"विजी, क्या बना रही हो?" नटराजन ने आवाज़ ऊँची करते हुए पूछा।

स्टेनलैस स्टील की कलछी हाथ में पकड़े विजी ने रसोई से थोड़ा-सा इधर आकर कहा, "यों ही कुछ थोड़ा-सा।"

"कितनी बार बताया कि पहले सरसों के दाने चटका लिया करो, प्याज पहले डालने से वह ठीक से नहीं चटकते," नटराजन कहते-कहते कुर्सी से थोड़ा उठा, फिर बैठ गया।

आज वह विजी का अतिथि है, रसोई में जाकर बीच में अड़ंगा लगाना उसके लिए शोभन नहीं है। वे दिन नहीं हैं जबकि अपार्टमेंट मनीश और नटराजन का था, और रसोई में उसका आधिपत्य। मनीश को दक्षिणी भोजन अच्छा लगता

है, यह जानकर विजी ने सोत्साह नटराजन की शिष्या बनना स्वीकार कर लिया था। विजी ने कैसे पूर्णरूप से मनीश की रुचियों के अनुसार ढलना आरम्भ कर दिया। उन दिनों विजी रह-रहकर हँसा करती थी और उसकी उज्ज्वल, तरल आँखों में आन्तरिक उल्लास की आभा झरती थी। अब तो उसके गोरे चेहरे पर कलौंस आ गई है, हँसी जैसे होंठों को हल्के-से छूकर लौट जाती है।

विजी दो तश्तरियों में उपमा ले आई और मेज़ पर रखकर कॉफ़ी लेने वापस लौट गई। नटराजन की एक्सपर्ट आँखें देख रही हैं कि प्रिपरेशन ठीक नहीं है, सूजी कहीं-कहीं जल गई है, कॉफ़ी लाकर विजी ने तश्तरी उसे दी, तो वह चुपचाप खाने लगा। विजी ने स्वयं भी दो चम्मच उपमा खाकर तश्तरी रख दी और कहा, ''ठीक नहीं बना न?''

उस क्षणांश में जैसे पहलेवाली प्रफुल्लहासिनी विजी इस क्लान्त मुख में झाँक गई।

''नहीं तो, अच्छा है,'' नटराजन ने कहा। उसे लगा कि जैसे इस बीच विजी ने अपने को थोड़ा-सा और दूर हटा लिया है। दोनों के बीच की दूरी, अनकही बातों की दीवार, बढ़ती जा रही है।

विजी ने कॉफ़ी का प्याला उसकी ओर बढ़ाया। नटराजन ने प्याला थामते हुए, वातावरण को यथासाध्य सहज बनाने के प्रयत्न में पूछा, ''वाशिंगटन में कैसा लगा विजी? यहाँ कब तक रहने का इरादा है?''

''वाशिंगटन में मैंने एक नाटक देखा था, जो बहुत पसन्द आया : 'छोटी मछली, बड़ी मछली,' जिसमें बड़ी मछली छोटी मछलियों को निगलती रहती है। तब से कभी-कभी सोचती हूँ कि क्या छोटी मछली उलटकर वार भी नहीं कर सकती?'' कहकर वह अनमनी-सी हँसी, ''तुम नहीं समझोगे।''

''घर में सब ठीक प्रकार है? पिता, भाई, बहन?''

विजी ने इस प्रश्न पर चकित आँखें उठाईं और कहा, ''वे लोग मुझे चिट्ठी ही कहाँ लिखते हैं?''

''तुमने उन्हें सूचना नहीं दी?''

''इतना लड़-भिड़कर, इतने गर्व के साथ चली आई थी। यह किस मुख से लिखती कि शादी टूट गई है! मनीश का जी मुझसे भर गया है!''

विजी की बात में हल्की-हल्की कड़वाहट है। नटराजन नहीं चाहता कि यह बात आगे बढ़े। विजी और मनीश के विवाह न करने में मुकी का जितना

हाथ रहा है, नटराजन से छिपा नहीं। इस नाटक का वह आद्योपान्त दर्शक रहा है।

"थोड़ी कॉफ़ी और दोगी, विजी?" उसने पूछा।

बाहर अँधेरा गाढ़ा हो गया है। कमरे में लैम्प-शेड की झिंझरियों से निकलकर दीवार पर प्रकाश अच्छा दिखता है।

विजी ने अपने बालों में अटका क्लिप निकालकर मेज़ पर रख दिया और सिर को धीरे-धीरे कई झटके दिए, जिससे बाल पूरे खुल जाएँ।

"और तुम कैसे हो?"

"ठीक हूँ। और तुमने समाचार तो सुना ही होगा?" नटराजन ने हल्के-से पूछा। पर झगड़ने का मूड अब विजी पर नहीं था। वह एकाएक असीम थकान से भर उठी। दाईं बाँह फैलाकर उसने सोफ़े पर टिका दी।

"हाँ।"

विजी के स्वर से नटराजन को कुछ अन्दाज़ न हुआ कि विजी की क्या प्रतिक्रिया है। पर विजी ने सायास आँखें पूरी खोलकर पूछा, "अच्छा नटराजन, तुम्हें वह बहुत पसन्द है? बहुत अच्छी लगती है? उसके बिना रह नहीं सकते?"

नटराजन चौंक गया। एकाएक कुछ उत्तर न दे पाकर वह विजी को देखता रह गया।

"जानती हूँ, जानती हूँ।" विजी ने कहा, "उसकी आँखें लम्बी-लम्बी हैं, वह सोफ़ेस्टिकेटेड है, कार चलाती है, अंग्रेजी में कविता लिखती है, पीली मछलियाँ पालती है। वह सभी को अच्छी लगती है, तुम्हें, मनीश को, सबको..."

पहले विजी का कंठ रुद्ध हुआ, फिर ढेर से आँसू आँखों में उमड़ आए। पर वह कहती गई, "मैं उसके आगे क्या हूँ। अत्यन्त क्षुद्र, उपेक्षणीय! मुझे तो तुम निमंत्रण पाने तक का अधिकारी भी नहीं समझते..."

नटराजन उठकर विजी के पास बैठ गया, "कैसी पागलपन की-सी बातें कर रही हो विजी? तुम्हें क्यों नहीं बुलाएँगे? मुकी आजकल बहुत बिजी है, इसी से निमंत्रण भेजने में देर हो गई होगी।"

नटराजन कह रहा है और मन ही मन अपने को धिक्कार रहा है। क्यों उसमें स्पष्ट बात कहने का साहस नहीं है! अनेक बार चाहने पर भी मुँह से विजी

को न जता सका कि वह उसके लिए कितनी प्रिय है! छह वर्षों के इस दीर्घ प्रवास में अनेक युवतियों से परिचय हुआ, पर विजी के मात्र नैकट्य से उसमें जो प्रतिक्रियाएँ होती थीं, वह नटराजन के लिए एक नया ही अनुभव था। पूरी तरह जानते हुए कि विजी मनीश की वाग्दत्ता है, कि कुछ ही महीनों बाद दोनों विवाह कर लेंगे, नटराजन को विजी के बारे में सोचना भला लगता था। दिन-भर अपने को काम में व्यस्त रखने पर भी यह आशा मन में जगी रहती कि शाम को शायद विजी मनीश से मिलने आए। मनीश के पास उन दिनों पैसों की बहुत तंगी थी, इसलिए विजी को अधिक घुमाने-फिराने के बजाय वह सन्ध्याएँ अपार्टमेंट में बैठकर बीयर पीते और संगीत सुनते हुए गुज़ारता था। विजी इधर-उधर अत्यन्त उदास भाव से मँडराती थी, और नटराजन दोनों के अकेलेपन में बाधक न बन अपने कमरे में लेटा पुस्तक पढ़ता हुआ, दीवार के उस पार विजी की हँसी सुना करता था, और सुगन्ध-सी सारे घर में छाई रहती थी।

पर वे दिन अब नहीं हैं। नटराजन अब बैठकर उन खो गए दिनों की याद में सिर नहीं धुनेगा।

अगले सप्ताह वह नयनतारा मुकर्जी नाम की एक सोफेस्टिकेटेड लड़की से शादी करेगा; मनीश और विजी के साथ जिस दायरे में घिर गया था, उसे काट फेंकेगा। मुकी फाइन आर्ट्स की छात्रा है, वह ताँबे के पात्र गढ़ती है, चित्र बनाती है। नटराजन ने विवाह से पहले ही अपने बैंक के अकाउंट में उसका नाम भी चढ़वा लिया है, और उसे पूरी छूट दे दी है। मुकी की राय से एक नई अपार्टमेंट-बिल्डिंग की पाँचवीं मंज़िल पर तीन कमरों का फ़्लैट ले लिया गया है। मुकी ने डेनिश पद्धति का फर्नीचर ऑर्डर किया है, और उसकी एक मित्र परदे बना रही है। मुकी ने अपने आपको नए घर को सजाने में व्यस्त कर दिया है। नहीं, मुकी के साथ घर जमाकर रहना नटराजन को बुरा नहीं लगेगा। पर यहाँ बैठे-बैठे मन में वेदना की एक खरोंच बाक़ी है, यह पास बैठी, रुदिता विजी मन में जितनी अपनी है, वह शायद मुकी कभी न होगी। विजी के प्रति इन भावनाओं में एक पागलपन-सा है जो मुकी, मनीश अच्छी तरह जानते हैं, नहीं स्वीकारती है तो विजी। मनीश के लिए उसके मन में अब भी वही, बिना शिकायत उतना ही प्यार है, जितना पहले था। नटराजन एक दर्शक रहा है, उसे इससे अधिक प्राप्त न होगा।

नटराजन एकाएक कठोर हो आया। ऐसी छिन्न, दलित तो विजी कभी न थी। बन्धु-बान्धवों से दूर, सुबह से शाम तक परिश्रम के बाद अकेले सन्ध्या और रात बिताते हुए विजी को कैसा लगता होगा, इसका नटराजन कुछ-कुछ अनुमान लगा सकता था। और ऐसी साधना मनीश के लिए! मनीश, जिसने एक बहुत ठंडे, अनासक्त भाव से नटराजन से कह दिया था, ''विजी के लिए मेरे मन में अब कुछ नहीं बचा। वह बहुत सीधी, सरल अनकाम्प्लिकेटेड लड़की है। मुझे बाँध सके, सन्तुष्टि दे सके, ऐसी मानसिक गहराइयाँ नहीं हैं उसमें। मुझे पत्नी चाहिए तो मुकी जैसी कलात्मक, स्फूर्तिदायक, इंटेलेक्चुअल।'' फिर मुकी भी उसे न बाँध सकी।

''विजी, रोओ मत,'' नटराजन ने कहा।

''कितना चाहती हूँ कि दृढ़ बनूँ, पर फिर न जाने क्यों बहुत दुर्बल हो आती हूँ, और आँसू नहीं रुकते...''

''विजी, तुम अब भी...''

''हाँ, नटराजन, मनीश कहा करता था कि प्यार चुक जाता है, भावनाएँ मर जाती हैं; अक्सर सोचती हूँ कि मुझमें ऐसा क्यों नहीं होता। मैं क्यों निर्मम, कठोर नहीं हो पाती! मुकी मुझ पर हँसती थी—मेरे भारतीय संस्कारों पर, मुझे इस पर लज्जा नहीं है कि मैं उसकी तरह आधुनिक नहीं हूँ,'' विजी कुछ याद आने पर चुप हो गई। कुछ देर वह दीवार को एकटक ताकती रही, फिर उसने आँखें पोंछकर झेंपी-सी मुस्कान होंठों पर लाकर कहा, ''न जाने क्यों, तुम्हें सम्मुख पाकर मैं बिखरने लगती हूँ—जो कुछ मन की तहों में है, उसे बिछा-बिछाकर रखना चाहती हूँ!'' वहाँ अधिक बैठे रहना नटराजन को असहनीय प्रतीत होने लगा। वह उठ खड़ा हुआ और कुर्सी पर पड़ा अपना कोट पहनते हुए कुछ तल्खी से बोला, ''इसकी चिन्ता न करो विजी। मैं हमेशा हरेक की बातें सुनने को उद्यत हूँ।''

जैसे नटराजन एक बहुत कंवीनियंट व्यक्ति है, जिससे सभी अपने-अपने मन की बात कह लेते हैं। पर उसके अन्दर भी तो कुछ है जो काटता रहता है, हर समय घुनता रहता है।

कमरे से बाहर आकर ठंडी हो आई रात में नए घर की ओर चलते हुए नटराजन की आँखों के आगे विजी का आहत, दमनीय हो आया चेहरा घूमता रहा। फिर अपने ऊपर आक्रोश भी कि जो स्वयं ही आहत है; उसे और दुःखी

करने से क्या फायदा! अगर चुपचाप उसकी बात सुन लेता तो क्या जाता! पर साथ ही मन में थोड़ी-सी झुँझलाहट, खूब झकझोरकर विजी को जगा देने की इच्छा कि मनीश अब नहीं लौटेगा। फिर वह क्यों उसके नाम को पकड़े बैठी है! मनीश ने तो क़भी ज़रा भी विजी की सुविधा या सुख का ख़याल नहीं किया। एक ही मकान में मनीश के साथ रहकर उसके स्वभाव व प्रवृत्तियों से अच्छी तरह परिचय हो गया था। और यह मनीश-सा लापरवाह व्यक्ति ही कर सकता था कि लगातार पत्र लिखकर विजी को भारत से बुलाए, और उसके पहुँचने से पहले ही प्रतीक्षा करने से ऊब अकेला मैक्सिको चल दे। उसके जाने के बाद नटराजन घर में अकेला रह गया था, एक सोई-सी दोपहर में फ़ोन बजने लगा, और एक डरी-सी, रुआँसी आवाज़ मनीश को पूछने लगी। मनीश को अब भी अनेक आवाज़ें पूछा करती थीं, इस बार जो कुछ नटराजन ने सुना, उससे वह कुछ क्षण स्तब्ध बैठा रह गया। फिर जल्दी-जल्दी कपड़े बदल, गैराज से कार निकालकर एयरपोर्ट की ओर जाते हुए नटराजन को लगता रहा कि कहीं कुछ गड़बड़ी है। मनीश की मँगेतर भारत में है, दोनों की कॉलेज से मैत्री रही है, यह उसे मालूम था। पर वह यहाँ अचानक आ पहुँचेगी, इसका उसे अनुमान भी न था। फिर, मनीश की आर्थिक स्थिति भी अभी विवाह कर गृहस्थी बसाने की न थी।

एयरपोर्ट पहुँचकर नटराजन ने लाउंज के द्वार पर खड़े होकर चारों ओर देखा। अलग हटकर एक कुर्सी पर बैठी विजी सहज ही दृष्टि में आ गई। पास जाकर अपना परिचय देते हुए नटराजन को विस्मय का दूसरा झटका-सा लगा। जिस स्मार्ट सेट में मनीश रहता था, उससे विजी भिन्न थी। उसके वस्त्र, केश-विन्यास और झिझकते हुए स्वर में, स्पष्ट निम्न मध्यवर्गीयता थी।

नटराजन ने उससे कुछ मिनटों तक क्या बातें कीं, यह उसे स्वयं याद नहीं। पर उसका सार यह था कि वह चिन्तित न हो, नटराजन उसके रहने का प्रबन्ध कर देगा, और शाम को वह फ़ोन पर मनीश से बातें कर ले, और फिर जैसा भी कुछ निश्चय हो। यह सब कहते हुए नटराजन को गोरे चेहरे पर दो बड़ी-बड़ी तरल, विश्वास-भरी आँखों का ही ज्ञान रहा। उसी क्षण, उसके मन में उस पर छाँह करने, उसे कभी कोई कष्ट न होने देने की भावना जन्म आई होगी। विजी उसके साथ आकर कार में बैठ गई और कार जब शहर की ओर चली तो जैसे विजी अपने को संयत न कर सकी, नटराजन की ओर पीठ करते हुए

वह दाईं ओर थोड़ा-सा मुड़कर बैठ गई और बाँहों पर सिर रखकर रोती रही। कितनी दुबली-पतली असहाय-सी लग रही थी तब। नटराजन के मन में मनीश के प्रति अत्यन्त क्रोध उमड़ आया। बाद में, जब-जब भी विजी का पक्ष ले, मनीश से लड़ा, मनीश ने विद्रूप-भरी हँसी से कहा, "विजी को तुम चाहते हो न, इसी से उसका दुख तुमसे नहीं सहा जाता।"

मनीश के कनाडा चले जाने के बाद नटराजन के मन में एक बहुत छोटी-सी आशा जगी थी। पर वह शीघ्र ही जान गया था कि विजी उसे सदा एक करुणामय मित्र की तरह समझती है। प्रेमी या पति वह कभी नहीं हो सकता।

नया घर अभी भी तरतीब से सजा है। कमरे के बीच में, कुर्सी पर मुकी बैठी है, और सामने मेज़ पर झुकी हुई लिफाफों पर पते लिख रही है। नटराजन दरवाज़े से टिककर खड़ा हो जाता है और मुकी को कुछ देर ताकता है। मुकी ने बादामी रंग की रेशमी साड़ी पहन रखी है, गले में बड़े-बड़े अनगढ़ मनकों की लम्बी काली माला है, बिना बाँहों का ब्लाउज़, गोल-चिकनी-साँवली बाँहें। नटराजन को देखकर मुकी ने कलम रख दी और हल्की-सी मुस्कराहट उसके चेहरे पर फैल गई। कमरे में बैठने को कुछ नहीं है, केवल एक कुर्सी है, जिस पर मुकी बैठी है। पूरे कमरे में अँधेरा-अँधेरा-सा है, प्रकाश का एक वृत्त मेज़ पर है—लिफ़ाफ़े के ऊपर।

"क्या अब तक लैब में थे?" मुकी ने पूछा। मुकी अपेक्षाकृत मन्द स्वर में बोलती है, पर वह स्वाभाविक नहीं लगता। नटराजन आकर मेज़ के पास खड़ा हो गया, मुकी की आँखें सचमुच लम्बी हैं, पलकों पर बरौनियाँ जहाँ उगती हैं, शायद आई-लाइनर से खींची गई काली रेखा है, बरौनियाँ घनी हैं, और आँखों पर छाया-सी है। माथे से ऊपर सँवारे गए बाल कानों को पूरा ढके हुए हैं। होंठ बहुत फीक़ी गुलाबी। पर यह सबकुछ मुकी पर बहुत फबता है। मुकी के व्यक्तित्व में ठहराव है, जो कुछ वह सोचती है, उसे आवेष्टित करती है। विजी की तरह तुरन्त विचलित या खुली हुई नहीं है।

नटराजन ने चाहा कि वह विजी और मुकी की तुलना छोड़ दे। पर वह ऐसी आदत बन गई है कि सहज नहीं टूटती।

नटराजन ने एक निमंत्रण-पत्र उठा लिया और कहा, "तुमने विजय-लक्ष्मी को निमंत्रण भेज दिया?"

उसकी आँखें मुकी के चेहरे पर स्थिर हैं। पर उसमें कोई परिवर्तन नहीं होता।

"अभी नहीं भेज पाई हूँ।"

नटराजन ने निमंत्रण-पत्र लिफाफे में डालते हुए कहा, "यह मैं रखे ले रहा हूँ। कल दे दूँगा।"

मुकी ने हाथ बढ़ाया और लिफाफा नटराजन से ले लिया, "तुम क्यों कष्ट करोगे! मैं ही भेज दूँगी।" बात ख़तम हो गई। मुकी को यह प्रसंग अच्छा लगा या नहीं, नटराजन के पास यह जानने को कोई साधन नहीं था।

उसने ख़ाली कमरे में एक चक्कर लगाया। अभी नया फर्नीचर नहीं आया है। मुकी अपने पुराने फ़्लैट से थोड़ा-थोड़ा सामान लाती जा रही है। शयनकक्ष में बक्स, किताबें, कैनवसें दीवार के किनारे-किनारे रखी हुई हैं। रसोईघर में उपहार-रूप में आया तमाम सामान इकट्ठा हो गया है। मुकी हर काम बड़ी निष्ठा और चाव से कर रही है, पर नटराजन क्यों अपने को इस उत्साह में नहीं डुबा पाता। प्यार की बातें दोनों के बीच कभी नहीं हुईं, यद्यपि काफ़ी समय दोनों ने साथ बिताया है—घूमने-फिरने, पार्टीबाजी और उत्सवों में जाने में। मुकी ने कभी न प्यार माँगा, न प्यार देने का वादा किया। जैसे दोनों ने ही सहज भाव से ग्रहण लिया कि विवाह के बाद सब ठीक हो जाएगा। पर अब, नटराजन के मन में कुछ संशय जाग उठा है। विजी अब भी मन को बाँधे हुए है, शायद मुकी भी मनीश को मिस करती हो। नटराजन को अपने बारे में भ्रम नहीं है, मनीश को स्त्रियाँ सहज ही आकर्षक पाती हैं, नटराजन दुबला-पतला, मँझोले कद का, बहुत-कुछ स्त्रैण प्रवृत्ति का युवक है। कम बोलता है, अपने में सिमटा-घिरा रहता है। मुकी को रिझा सके, ऐसा है ही क्या? नटराजन ने थोड़ा-सा मुस्कराकर, अपने विचारों पर आवरण-सा डालते हुए पूछा, "तुम कब से यहाँ पर हो?"

"शाम से ही आ गई थी। बची हुई किताबें पैक कर ली थीं, नीचे कार में ही हैं अभी।"

"मैं ले आता हूँ," नटराजन चलने को तैयार हुआ।

"नहीं, रहने दो। जब तक यहाँ शेल्फ नहीं है, तब तक बक्स में रहने से कोई हर्ज नहीं?"

"कब आ रही हैं शेल्फें?"

"इस सप्ताह के अन्त तक। पर्दे भी तब तक बन जाएँगे," मुकी कुर्सी पीछे खिसकाती हुई उठ खड़ी हुई और लिफाफे इकट्ठे कर बड़े-से पर्स में डाल दिए। फिर वह नटराजन के पास आकर खड़ी हो गई और खिड़की के पार देखने लगी। रात के समय बाहर देखने को रम्य कुछ भी नहीं है, दूर तक फैला काला, प्रगाढ़ अँधेरा है, और फिर बहुत बिजलियों की एक लम्बी धूमिल पाँत।

मुकी के इतने निकट होने पर उससे किसी महँगे सेंट की सुगन्ध आती है। नटराजन मौन है।

मुकी ने पूछा, "मुझे मेरे घर तक छोड़ने चलोगे?"

"चलो।"

मुकी ने कार की चाबी नटराजन के हाथ में पकड़ा दी और दोनों साथ ही दरवाज़े तक आए, और जब तक नटराजन ने ताला बन्द किया, मुकी तिरछी-सी खड़ी उसकी प्रतीक्षा करती रही।

नटराजन की कार बाहर खड़ी थी, नटराजन मुकी को उसके घर तक पहुँचाकर लौटने लगा। मुकी ने उतरते हुए एक बार खाने के लिए रुकने को कहा था, पर उसे असुविधा होगी, यह कहकर नटराजन ने अस्वीकार कर दिया। मुकी अन्दर चली गई, और नटराजन ने एक अँधेरी सड़क पर कार मोड़ दी। अभी नींद नहीं आएगी, यह जानकर उसका मन अपने घर लौटने का नहीं हुआ। सड़क सुनसान थी और तीव्र गति से दौड़ती कार की खिड़की से तेज़ हवा अन्दर आ रही थी। दाईं ओर मुड़ने पर कब्रगाह है, और विजी को कई बार इस ओर सैर के लिए ला चुका है। प्रारम्भ में विजी और मुकी कितनी अच्छी मित्र थीं। विजी को एयरपोर्ट से लाकर मुकी के पास ही छोड़ गया था। पर मनीश को मुकी से प्यार है, यह जान विजी बाद में विक्षिप्त-सी हो गई थी, उसने रोते हुए मुकी की बनाई पेंटिंग्स दीवारों से उतारकर फाड़ डाली थीं, उसके गढ़े हुए बर्तन ज़मीन पर पटक दिए थे, और जब मनीश की वर्जना का उस पर कोई असर नहीं हुआ तो उसने विजी को तड़ातड़ दो चाँटे मार दिए थे। तब नटराजन और न देख सका, मनीश को अलग करते हुए उसने विजी को पकड़ लिया था। विजी शिथिल-गात उसकी पकड़ से सरककर भूमि पर बैठकर रो उठी थी।

मुकी यह सब सुनकर रसोई से निकली थी, और उसके चेहरे का भाव अब भी नटराजन के मन पर अंकित है।

शाम की शुरुआत ठीक हुई थी। मुकी और विजी ने उन दोनों को भोजन पर बुलाया था।

मनीश और विजी को बैठक में छोड़कर मुकी रसोईघर में चली गई और नटराजन के साथ जाकर उसकी सहायता करनी चाही। मुकी ने कहा, "यहाँ सब ठीक है नटराजन। सिर्फ़ सलाद बनाना है, मैं कर लूँगी। तुम तब तक बीयर क्यों नहीं पीते?"

बैठक में जाकर मनीश और विजी के एकान्त में बाधक न बनने के लिए नटराजन टैरेस पर चला गया, जहाँ न चाहते हुए भी उनके वार्तालाप का कुछ अंश उसके कानों में पड़ता रहा। शायद विजी ने कहा कि यहाँ आकर अभी तक विवाह न होने के कारण उसकी काफ़ी बदनामी हो रही है।

मनीश का उत्तर वह सुन न सका, पर अचानक ही चीख़ने-झगड़ने और चीज़ों के फेंके जाने के स्वर से नटराजन चौंककर कमरे की ओर झपटा। परिचित, भीरु विजी प्रचंड, दुर्दमनीय बन गई थी। बाद में नटराजन द्वारा झकझोरे जाने पर उसने चौंककर आँखें खोलीं, जैसे होश में आई हो। फिर उसकी आँखों से झर-झर आँसू गिरने लगे और उसने कहा, "मैं यहाँ एक पल भी न रह सकूँगी, मुझे कहीं और जगह ले चलो।"

समझा-बुझाकर नटराजन ने उसे जाकर शय्या पर लेटने को बाध्य किया। विजी का चेहरा ऐसा हो आया था कि उसके अन्दर का सारा प्रकाश बुझ गया हो। वह बिना प्रतिवाद किए शयन-कक्ष में चली गई। नटराजन जब विजी को अन्दर भेजकर मुड़ा तो देखा मुकी भूमि पर से फटे काग़ज़ के टुकड़े इकट्ठे कर रही है। फिर उसने ताँबे का दीपाधार उठाया, जो मेज़ के नीचे जा पड़ा था, उसमें पड़ गए गड्ढे को बार-बार छूने लगी।

मनीश इस बीच जा चुका था।

"इस सबके लिए आप मुझे ही दोषी ठहरा रहे होंगे?" नटराजन को अपनी ओर देखते पा मुकी ने कहा। फिर वह उठकर खड़ी हो गई और बोली, "अगर मनीश को मैं विजी से अच्छी लगती हूँ तो इसमें मेरा क्या दोष? आप ही बताइए, यदि मैं विजी से अधिक आकर्षक और सोफेस्टिकेटेड हूँ, तो क्या यह कोई अपराध है?"

मुकी की इस बात पर नटराजन ने चकित हो उसको देखा। पर यह सब बहुत स्पष्ट दो-टूक भाव से कहा गया था, इसमें न दम्भ था, न अहंकार! मुकी

शायद कुछ लोगों को विजी से अच्छी लगी, रंग साँवला है, पर आँख लम्बी, होंठ सुगढ़, देहयष्टि सानुपात। उठने-बैठने में एक लचक, चारों ओर एक व्यक्तित्व-वैशिष्ट्य का आभास।

"मनीश की और मेरी रुचि मिलती है। वह लेखक, मैं कलाकार...विजी इज ए नाइस गर्ल, मगर उसमें मनीश-से व्यक्ति को आजन्म पकड़कर बाँध रखने को है ही क्या?"

मुकी कभी भी उद्वेलित नहीं होती, उसके स्वर में एक ठंडापन है। वह विजी की तरह केवल एक गृहिणी-मात्र बनकर सन्तुष्ट नहीं रह सकेगी।

पर इसके बाद जब विजी ज्वर और सर्दी के कारण बीमार हो गई तब मुकी ने ही एम्बुलेंस बुलाकर उसे यूनिवर्सिटी अस्पताल में भेजा।

अगली सुबह विजी के लिए गुलाब का एक फूल ख़रीदकर नटराजन उसे देखने गया।

विजी अनिश्चित भाव से थोड़ा मुस्कराई, नटराजन उसे कृत्रिम रोष से देखने लगा।

कुछ देर दोनों चुप रहे, तकिए के सिरहाने टिकी विजी हाथों में गुलाब की लम्बी डंडी घुमाती रही, फिर पतली-सी आवाज़ में बोली, "एक काम कर दोगे?"

"कहो।"

"कहीं एक छोटा-सा, सस्ता-सा अपार्टमेंट ढूँढ़ दो। मैं उस डायन के साथ नहीं रहूँगी।"

आगे इस पर बात नहीं हुई, इधर-उधर की छोटी-छोटी निरर्थक बातों में समय बीत गया। दोनों ही ओर एक तनाव-सा था। नटराजन चलने को उठा तो विजी ने पूछा, "नटराजन वो मनीश कैसे हैं?"

"ठीक हैं," कहते हुए नटराजन ने झुककर उसके बाल थपथपा दिए।

अगले दो दिन अपार्टमेंट ढूँढ़ते हुए बीते, इसी बीच लाइब्रेरी जाकर भी कुछ लोगों से मिल आया। भारतीय भाषाओं की पुस्तकों की कैटेलॉगिंग करने के लिए एक जगह ख़ाली थी, वहाँ विजी काम करे, इसका प्रबन्ध किया और फिर लाइब्रेरी के पास ही एक छोटा-सा अपार्टमेंट भी मिल गया। एक कमरा, छोटी-सी रसोई, बाथरूम।

विजी के अस्पताल से लौटने से पहले ही नटराजन ने उसका सामान वहाँ पहुँचा दिया। सामान मुकी ने पैक कर दिया था। वह नटराजन के साथ आकर चीज़ें ठीक कर गई। बाज़ार से थोड़ा ज़रूरी सामान, फल, दूध, मक्खन आदि लाकर रेफ्रिजरेटर में रख दिया। फिर उदास-सी दीवार पर एयर-इंडिया का कैलेंडर लगा दिया।

न चाहते हुए भी नटराजन को लगा, मुकी भली है, मुकी उदार है। और इसी से मन में थोड़ी-सी श्रद्धा जागी।

विजी ने लौटकर पहली बार अपना नया घर देखा। कुछ देर चुपचाप खड़ी रही, फिर कहा, ''तुमने सामान जमाने की क्यों जहमत की?''

''वह तो मुकी आकर ठीक कर गई। मुझे कुछ नहीं करना पड़ा।''

''ओऽ,'' विजी ने कहा और दूध की बोतल सिंक में उलट दी।

''विजी?''

''मेरे सामने फिर उसका नाम मत लेना नटराजन,'' विजी ने कहा।

इसी स्मृति से जुड़ा एक और प्रसंग है।

नटराजन प्राय: विजी की ओर चला जाता था। चाहता कि उसे किसी तरह उलझाए रखे, जिससे विजी को अधिक सोच-विचारकर अपने को दुखी करने का मौक़ा न मिले। कभी उसे सिनेमा ले जाता, और यदि समय हुआ तो तीस-बत्तीस मील दूर वाशिंगटन, विशेषकर जब मार्च-अप्रैल में वहाँ चेरी के फूल खिलने लगें। पहली बार विजी ने गहरे नीले रंग की साड़ी पहनी थी। उस पर ढेर सारे आड़े-तिरछे-सीधे सफ़ेद हाथी छपे हुए थे। उस साड़ी के गहरे नीलेपन ने विजी के चेहरे का गोरापन बढ़ा दिया था, और वह बहुत कोमल अनछुई-सी लग रही थी। बाद में जब कभी भी विजी को बाहर जाते देखा तो उसी साड़ी में। फिर वह साड़ी आँखों में चुभने-सी लगी, और मन में रह-रहकर प्रश्न उठने लगा कि विजी शादी की तैयारी में सूटकेस-भर जो साड़ियाँ लाई थी, उनमें से क्यों नहीं पहनती।

एक दिन न रहा गया। हँसी में पूछ बैठा, ''जब देखता हूँ, यही साड़ी पहने दिखती हो। बहुत अच्छी लगती है क्या?'' विजी ने दीर्घ, समतल दृष्टि से देखते हुए हल्के-से उत्तर दिया, ''बाक़ी साड़ियाँ मुकी ने रख ली हैं। किराया बाक़ी था!''

कुछ पल चुप रहकर नटराजन ने पूछा, ''मुझे क्यों नहीं बताया तुमने?''

विजी चुप रही।

नटराजन ने कुछ आगे झुककर कहा, "विजी, तुम अब भी मुझसे दुराव-सा रखती हो। मैं तो चाहता हूँ कि तुम्हारे हर दुख, हर चिन्ता का भागीदार बन सकूँ। मेरे पास जो कुछ भी है, वह तुम अपना ही समझो...।"

विजी, जो अब तक बैठी पोटोमैक नदी के उस पार एअरपोर्ट की बिजलियाँ देख रही थी, अत्यन्त त्रस्त हो उठी। एक झटके के साथ खड़े होते हुए उसने कहा, "आगे कुछ मत कहो नटराजन। मैं तुमसे विनती करती हूँ।"

नटराजन कुंठित हो चुप हो गया।

उसके बाद विजी जैसे खो गई। नटराजन ने अपने को काम में व्यस्त कर लिया और विजी लाइब्रेरी के बेसमेंट में कहीं छिप गई, नटराजन की दृष्टि से ओझल। जून में मनीश सामान बाँध-बूँधकर कनाडा चला गया और विजी वाशिंगटन लाइब्रेरी ऑफ कांग्रेस में काम करने। अकेले घर में गर्मी बिताते हुए नटराजन को लगता कि अब जिधर भी मुड़ता है, हल्के रंगों की सूती साड़ियों में मुकी ही दिखाई देती है। मुकी, जिसे पार्टियों में भी ले जाया जा सकता है, कॉफ़ी पीते हुए जिसके साथ देर तक चुप भी बैठा जा सकता है, जो कुछ ही देर में आकर्षक, सुस्वादु भोजन तैयार कर देती है, और जिसकी दृष्टि, हर समय नटराजन को पुरुषत्व का बोध कराती रहती है।

हर सुबह दैत्याकार मशीनों के शोर से ही आँखें खुलती हैं। घर के बिलकुल पास यूनिवर्सिटी की एक बड़ी-सी बिल्डिंग बन रही है। उस सुबह जागकर विजी निश्चल पड़ी हुई सीमेंट कटने की मशीन का भारी घरघराना सुनती रही और रह-रहकर लगता रहा कि ऐसी ही एक मशीन के बीच आकर वह चूर-चूर हो गई है।

कई दिनों से वही सब फिर दोहराया जा रहा था, पहले मन पर छा जानेवाली घनघोर उदासी, बिना कुछ खाए हुए पूरा-पूरा दिन बिता देना, और एक अव्याख्येय आकुलता से ऊपर-नीचे डोलते रहना। विजी अपने को धोखा नहीं दे पाती, वह जानती है कि मुकी और नटराजन का विवाह उसे ज़रा भी नहीं रुच रहा है। वाशिंगटन से मेरीलैंड लौटी ही थी कि मिसेज चन्दोला से भेंट हो गई। बोलीं, "मुकी अब लड्डू खिलानेवाली है।"

"क्यों ?" विजी ने पूछा।

"नटराजन और मुकी ब्याह करने जा रहे हैं। आप ही इनविटेशन लिखे हैं, आप ही बाँट रही है। तुम्हें नहीं मिला क्या?"

मिसेज चन्दोला मुकी को कभी नहीं अच्छी लगीं। उसकी झुँझलाहट थोड़ी-सी और बढ़ गई, जब उन्होंने आगे कहा, "तुम्हारी बारी कब आ रही है विजयलक्ष्मी? कनाडा कब जा रही हो?"

वह बिना कुछ कहे आगे बढ़ गई। पर मन में कुछ आँस रहा था। एक बार भी नटराजन ने व्यक्त नहीं किया कि मुकी से उसकी मित्रता है, और मित्रता इतनी बढ़ गई। विजी ने चाहा कि एक 'उँह' के साथ इस बात को मन से झटक दे। पर वह तो कुँडली-सी मार, मन, विचारों पर जम गई थी।

विजी ने वसन्त की उस सन्ध्या को याद किया जब नटराजन ने घुमा-फिराकर यह कहना चाहा था कि उसे विजी अच्छी लगती है। विजी ने नटराजन को एक मित्र के रूप में ही देखा था, तब वह घबरा उठी थी कि यदि नटराजन को स्पष्ट कहने का अवसर दिया, तो उत्तर में 'न' कैसे कहा जाएगा! उसके कितने अहसानों से लदी हुई थी, और नटराजन को पति-रूप में स्वीकार करना तब असम्भव-सा लगता था। नटराजन बहुत भला था, सहायता करने को तत्पर, उदार विशाल हृदय, पर विजी को तब भी आशा थी कि शायद मनीश उसके पास फिर लौट आए।

तीन महीने में अलग, अकेले वाशिंगटन में रहकर विजी ने बार-बार इस बारे में सोचा था। अपने को अनेक प्रकार से समझाया था, और अन्त में इस निश्चय पर पहुँची थी कि मनीश की जगह नटराजन नहीं ले सकता, यह ठीक है, पर नटराजन के साथ भी नई ज़िन्दगी गढ़ी जा सकती है। इसलिए विजी बहुत-कुछ इस मनःस्थिति में थी कि यदि नटराजन ने फिर यह प्रसंग छेड़ा तो कह देगी कि उसे सबकुछ स्वीकार है।

पर यहाँ आकर जाना कि मुकी ने एक बार फिर उसे पराजित कर दिया है। निमंत्रण तक बँट गए हैं और विजी अपने को इन झूठे स्वप्नों में बहलाती रही कि नटराजन को वह बहुत-बहुत अच्छी लगती है, कि नटराजन उसे फिर अवश्य पूछेगा।

अब मुकी की गर्दन पकड़कर उसे भींचने की इच्छा होती है, मन होता है कि उसकी कॉफ़ी में जहर मिलाकर पिला दे, उसके अपार्टमेंट में आग लगा दे, और सिल्क की तहों में लेटी मुकी लपटों में घिर जाए और उसकी चीख़ें

धुएँ और चटखती लकड़ियों में खो जाएँ।

विजी ने माथे पर हाथ रख लिया, जैसे इन विचारों पर प्रतिबन्ध लगा देगी, पर मुकी के लिए जो वैर-भाव है रोम-रोम में भिद गया है। उसे कम से कम अपने से नहीं छिपाया जा सकता। विजी चाहती है कि कुछ ऐसा कर सके जिससे मुकी तड़पकर रह जाए, जिससे बहुत, बहुत दिनों तक उसके मुख पर हँसी न आए और वह ऊँचा, दर्पभरा सिर नीचे झुक जाए। नटराजन के कहने से वह मुकी के पास रहने को तैयार तो हो गई थी, पर उस पहली ही भेंट में वह जान गई थी कि मुकी ने एक दृष्टि डालकर, उसे हेय जानकर त्याग दिया है। विजी को मुकी में ऐसा विशिष्ट तो कुछ न दिखाई दिया। साधारण रंग-रूप, कटे हुए बाल कानों को पूरा ढके हुए थे, और अकेले घर में भी बहुमूल्य साड़ी पहने थी। और तब विजी अपने को बहुत शैबी, बहुत हल्का-सा अनुभव करने लगी। बाद में जाना कि मुकी के पिता अत्यन्त धनिक थे, और उसकी सारी शिक्षा विदेश में हुई थी। तीन साल अमरीका में रहकर भी उच्चारण इंगलिश था। यह 'फेजथ्री' कॉफ़ी-हाउस में देर रात तक बैठी रहती थी, ऊँची साहित्यिक बातें करती थी और अंग्रेजी में कविताएँ लिखती थी, जो कि कभी-कभी भारत में छप जाती थीं। विजी अपने स्वभाव के झेंपूपन पर कभी-कभी लज्जित हो आती, और अपनी भारतीयता पर मुकी और उसके मित्रों के व्यंग्य से कभी-कभी छिपकर रो लेती। वह स्मार्ट या आधुनिक नहीं है, यह जानती थी, होती भी कैसे, बी.ए. में पहली बार लड़कों के साथ क्लास में बैठना हुआ। तब भी सब लड़कियाँ झुंड बनाकर क्लास में जातीं, साथ-साथ बैठतीं और इकट्ठे ही लौट आतीं।

मनीश से परिचय तो मौसी के घर हुआ।

मनीश के यहाँ से चले जाने के बाद भी पत्र-व्यवहार होता रहा, और एक साल बाद अपने लौट आने के बजाय उसने विजी को बुला भेजा तो विजी ने अपनी माँ के गहने मौसी के द्वारा ही बिकवाकर आने का प्रबन्ध किया था। पिता नाराज़ हुए थे, विमाता भुनभुनाई थीं, पर गहने नाना के दिए हुए थे, इसलिए किसी का वश न चला। पर यहाँ पहुँचने पर पाया कि मनीश मैक्सिको गया है। यह बात विजी को बहुत खटकी थी, पर करती भी क्या! उन लम्बे कार्यहीन दिनों को नटराजन ही ने भर दिया था। अपनी लैब से छुट्टी पाकर रोज़ ही उसे सैर के लिए ले जाता, कभी-कभी वाशिंगटन में पूरा दिन बीत जाता। तब

मुकी ने अजीब, बहकी-बहकी बातें करनी शुरू कर दीं।

एक दिन बोली, "मनीश लौटने पर पाएँगे कि उनकी भावी पत्नी को उनके मित्र ने हड़प लिया है।"

"क्या?" विजी ने अचकचाकर पूछा।

"कैसी भोली हो! उनकी आँखें नहीं देखतीं, तुम्हारे चेहरे से हटती नहीं हैं। नटराजन की तो लैब थी और वे थे। किसी लड़की से मतलब न था। अब रोज़ वाशिंगटन की सैर होती है, कभी लिंकन मेमोरियल घुमाया जा रहा है, कभी जैफरसन।" मुकी उस समय कैनवस पर रंग लगा रही थी, ब्रश को थोड़ा-सा हवा में उठाकर बोली, "और विजी, यदि तुम्हारी जगह मैं होती तो दोनों में नटराजन को ही चुनती। छह साल से यहाँ हैं, पी-एच.डी. हैं, इंडिया जाकर जोरदार नौकरी मिलेगी, यहाँ भी आठ हज़ार तो मिल रहे होंगे। मनीश के पास तो एक टुटपुँजिया फेलोशिप ही है।"

विजी से कुछ देर कुछ भी कहते न बना, फिर उसने कहा, "कैसी बातें करती हो मुकी, नटराजन मेरे लिए बड़े भाई के समान हैं। मैं उन्हें इसी दृष्टि से देखती हूँ।"

मुकी हँसने लगी। ब्रश रखकर उसने आगे झूल आए बालों को पीछे करते हुए कहा, "तुमने भी क्या वही संकुचित गली-मुहल्लेवाली बात कही। नटराजन तुम्हारे भाई कैसे हो गए, वे मैसूर के हैं, तुम पटना से आई हो? तुममें और नटराजन में केवल एक रिश्ता है, तुम एक सुन्दर, स्वस्थ युवती हो और वे एक ऐसे युवक हैं जिन्हें तुम अच्छी लगती हो। ऐसी सिचुएशन में मालूम है, क्या होगा?"

"बस मुकी, मुझे और कुछ नहीं सुनना। मुझे और मेरी मान्यताओं को तुम अलग छोड़ दो।" विजी ने बुरा मानते हुए कहा।

और अब यह विवाह होने जा रहा है, उसमें निश्चय ही नटराजन से अधिक उसके वेतन व भविष्य की सम्भावनाओं का ख़याल किया होगा मुकी ने, विजी को यह दृढ़ विश्वास है। पर दुख तो इस बात का है कि नटराजन कैसे मूढ़ हो गया, क्या वह मुकी की असलियत नहीं जानता।

विजी ने उठकर चाय का पानी स्टोव पर रख दिया, और हथेली पर दो ऐस्परिन की टिकियाँ रख उन्हें कुछ देर देखती रही। पटना में सब कुछ वैसा

ही होगा, विमाता का बुदबुदाना, पिता की लम्बी चुप्पियाँ या खीझ, झुँझलाहट-भरा स्वर, छोटी बहन का रेडियो के साथ फिल्मी गीत गाना, क्या कभी किसी को उसकी, विजयलक्ष्मी की, कभी भी याद न आती होगी ? इन डेढ़ सालों में कितनी दूर आ गई है वह, मुड़कर देखने से मन में ऐसा आश्चर्य-सा भर जाता है कि क्या कभी ज़िन्दगी इससे भिन्न भी थी ? अब तो लाइब्रेरी का बेसमेंट है, और किताबों के ऊँचे-ऊँचे ढेर हैं। कभी-कभी काम करते हुए कुछ याद आ जाता है, मनीश की बाँहों की कसी जकड़, उसका मुस्कराना, और कभी-कभी वह क्रूर शब्द। तब विजी यहाँ से कहीं दूर चली जाना चाहती है, वह जानती है कि वापस लौटना असम्भव ही सा है, कहाँ से आएँगे किराए के पैसे, और किस मुँह से पिता की देहरी पर जाकर खड़ी होगी! कहीं और नौकरी कर सकती है, पर जैसे विजी के अन्दर की समस्त शक्ति रिस गई है। उस छोटी-सी रसोई में खड़ी विजी सोचती है कि औरों की तरह सहज-सरल जीवन क्यों नहीं हुआ उसका! कब अजाने ही कुछ ऐसा घट गया जिससे वह औरों से अलग छिटक गई! यदि मनीश पर विश्वास न किया होता तो शायद इस दशा तक न पहुँचती, यदि मुकी-सी कुटिलता आती तो भी आज अकेले यों अपने से द्वन्द्व न करना पड़ता।

चाय का पानी उबलने लगा।

एजाइम लैब से लाइब्रेरी तक पहुँचने में सात-आठ मिनट लगते हैं, पर पौने पाँच बजे लैब से निकलकर वहाँ पहुँचने तक नटराजन ने पन्द्रह मिनट लगा दिए, और तब पाया कि विजी अभी-अभी लाइब्रेरी की सीढ़ियाँ उतर रही है।

नटराजन को देखकर वह थोड़ा-सा मुस्कराई और आकर लाल बत्ती के पास खड़ी हो गई। आठ घंटे कड़े श्रम के बाद मुख क्लान्त हो ही जाता है, पर उसके व्यवहार में कल-जैसी रुखाई न थी। अधिक बातें न हुईं, और सड़क पार कर दोनों अपनी गली में आ गए। विजी का घर पहले आया और पिछले दिनों की तरह फिर कॉफ़ी के लिए पूछा गया। स्वीकृति देकर नटराजन अन्दर आया तो एकाएक मस्तिष्क में कौंध गया कि यदि विजी ने कॉफ़ी के लिए न पूछ उसे उसके रास्ते चले जाने दिया होता तो बहुत बुरा लगता।

नटराजन विजी के पीछे-पीछे रसोई तक चला गया और बोला, ''एक प्रार्थना है।''

"क्या ?" विजी के प्रश्नभरे नेत्र उसके मुख पर ठिठक गए।

"आज खाने को कुछ न बनाना।"

उसके कहने के ढंग पर विजी थोड़ा-सा हँस दी, नटराजन को वह हँसी उजली धूप-सी सुखद लगी।

"बहुत बुरा बना था न! फिर भी तुमने खा लिया।"

विजी की रसोई इतनी छोटी है कि दो लोग खड़े नहीं हो सकते। सिंक में एक प्लेट पर पानी गिर रहा था। विजी ने कॉफ़ी नापकर पर्कोलेटर में डालते हुए कहा, "तुम चलकर बैठो, मैं अभी आई।"

नटराजन वापस लौट आया।

कुछ देर में जब विजी लौटकर आई तो टूटी हुई मैत्री पुनः स्थापित हो गई है, ऐसा ही कुछ भाव उसके मुख पर था। नटराजन ने मेज़ पर पैर टिका लिए थे, उन्हें समेट लिया और कहा, "तुम्हारे किसी काम में बाधा तो नहीं दे रहा हूँ विजी ?"

"न," विजी ने अपनी साड़ी की सलवटें चिकनी-सी करते हुए कहा, "व्यस्त तो तुम होगे आजकल।"

"कुछ विशेष नहीं। अगले सप्ताह छुट्टी पर जाने से पहले लैब में थोड़ा काम निबटाना है, बस। अपार्टमेंट तो ठीक हो गया है, फर्नीचर आने पर जमाना बाक़ी है।"

विजी कल से अधिक रिलैक्स्ड लग रही है। उसने हरे रंग की, बिना किनारे की सूती साड़ी पहन रखी है, वह इधर काफ़ी दुबली हो गई है, चेहरे पर पीलापन-सा है, पलकें घनी हैं और नीचे तरल आँखें चमकती हैं।

वह उसे एकटक देखता रहा।

"एक बात कहूँ, बुरा तो न मानोगे ?" विजी ने पूछा।

रसोई में कॉफ़ी पर्कोलेटर खुद-बुद करने लगा और कॉफ़ी की सुगन्ध पूरे कमरे में छा गई।

"कहो।"

"बहुत आनन्दित, उत्सुक दूल्हे-से नहीं दिखाई देते, कुछ अनमने, कुछ उदास-से नज़र आते हो।"

नटराजन चौंक गया, सँभलने के लिए कुछ क्षण लेता हुआ बोला, "जैसी कि तुम दिखती थीं उन दिनों ? उल्लसित, निरन्तर मुस्कराती हुईं ?"

विजी रसोई में जाकर पर्कोलेटर ले आई और मेज़ पर रखती हुई बोली, "अब सोचती हूँ कि वे भी क्या दिन थे! कितने सपने कितनी उमंगें! कितनी नादान, कितनी विश्वासभरी! इन डेढ़ वर्षों में कितनी पक गई हूँ, जैसे दस वर्ष जी लिए हों!"

"तुम्हें अकेले रहना अच्छा लगता है?"

"अकेले रहना तो नटराजन किसे अच्छा लगता है! कभी खिन्न हो जाती हूँ दीवार से सिर टकराना चाहती हूँ, फिर अपने को सँभाल भी लेती हूँ, इसी में किसी उपलब्धि की चेष्टा करती हूँ।"

नटराजन को लगा, विजी सचमुच बड़ी हो आई है। पहले तो रह-रहकर हँसती थी, और निरर्थक बातें करती थी।

"अच्छा नटराजन, तुमने बताया नहीं, तुम इस विवाह से प्रसन्न हो?"

पूछ तो लिया, पर उसी क्षण विजी को लगा कि इतना उद्धत, व्यक्तिगत प्रश्न उसे न पूछना चाहिए। जैसे रह-रहकर भूल जाती है कि नटराजन के जीवन में एक नया आयाम आ गया है, वह मुकी का पति बनने जा रहा है। विजी अब उसके लिए कुछ नहीं है, कभी कुछ थी, अब मात्र परिचिता है। अब मुकी उसके जीवन के समग्र अनुभवों की संगिनी बनेगी।

"हाँ विजी।"

"मुकी सचमुच बड़ी भली, बहुत अच्छी है," विजी ने कहा।

नटराजन ठठाकर हँस पड़ा, "छल-कपट तुमसे नहीं निभता विजी, मुकी की प्रशंसा करने का प्रयत्न न करो। मैं जानता हूँ कि तुम उसकी परछाईं तक से घृणा करती हो। आश्चर्य है कि मुझे तुमने अब तक घर से बाहर क्यों नहीं किया।"

विजी का चेहरा अप्रतिभ हो आया, "क्या लोग बदलते नहीं? धारणाएँ नहीं बदल सकतीं?"

"ओ विजी, यू आर सो स्वीट। अच्छा, कॉफ़ी दोगी या नहीं?"

विजी के पास से उठकर नटराजन अपने घर आया। अलमारी में थोड़े-से आवश्यक कपड़े छोड़ उसने बाक़ी चीज़ें सूटकेस में रखीं, और फिर मुकी को उसके घर फ़ोन किया। ख़ाली घर में घंटी देर तक बजती रही। नटराजन ने जान लिया कि वह नए घर में होगी।

वह लिफ्ट में ऊपर जाने की बजाय सीढ़ियाँ चढ़ने लगा। उसने पाया कि

वह सीटी बजा रहा था। दरवाज़े खटखटाने पर मुकी ने खोला, वह भी गहरे हरे रंग की सूती साड़ी पहने थी, पर उसकी साड़ी में चौड़ा लाल बॉर्डर था जिसमें जरी के तारों का घना काम था।

"मैंने लैब में फ़ोन किया था, पर तुम नहीं थे," मुकी ने कहा।

नटराजन एक पल रुका, फिर बोला, "विजयलक्ष्मी मिल गई थी, उसके साथ क़ॉफी पीने चला गया था।"

मुकी दरवाज़े के पास से हट आई, बोली, "शेल्फें आ गई हैं, मैं किताबें लगा रही थी।"

नटराजन ने कोट उतारकर कुर्सी पर डाल दिया, मुकी की दृष्टि उस पर पा उसने कोट टाँग दिया, और कुछ हँसता-सा बोला, "अभी से डिसिप्लिन करने लगीं?"

नटराजन का मन हल्का-सा है, वह जान-बूझकर नहीं सोचेगा कि इसका कारण क्या है? पर फिर भी जान रहा है कि आज विजी हँसी थी, खुली-खुली थी। विजी की हँसी मन को भाती है। चाहता है कि विजी पहले की तरह हँसा करे। विजी प्रसन्न रहे।

किताबों को बक्सों से निकालकर मुकी ने फ़र्श पर फैला दिया था, वह उठा-उठाकर नटराजन को देने लगी और नटराजन उन्हें लगाने लगा। सात खानों की शेल्फ है, दीवार को पूरा ही ढक लिया है, जब सारी किताबें करीने से रख जाएँगी तो कमरा भरा-भरा लगेगा।

मुकी एक कपड़े से किताबों की धूल पोंछती जा रही है।

"तुम्हारी साड़ी धूल से अट जाएगी मुकी। लाओ, मैं साफ़ करूँगा।"

"पुरानी ही तो है," मुकी ने कहा।

तीन खाने भर सकने के बाद दोनों बक्सों पर बैठकर सुस्ताने लगे।

"कमरे में गर्मी-सी हो रही है। बाहर थोड़ा-सा टहलने चलोगे?"

"चलो।"

कमरे में बत्ती जलती छोड़ दोनों बाहर निकल आए। नीचे पहुँचकर लगा कि शाम सचमुच ठंडी और मोहक है। सड़क की बत्तियाँ बहुत चमकीली और पेड़ चुप, खामोश।

नटराजन ने पूछा, "कार पर थोड़ी दूर चलोगी मुकी?"

"अच्छा।"

नटराजन ने दरवाज़ा खोला और मुकी रुक गई। नटराजन बाईं सीट पर आ बैठा, और कार स्टार्ट की। बिना जाने उसने कार कब्रगाह की ओर मोड़ दी।

कार में मुकी के सेंट की सुगन्ध है।

दीर्घ मौन को तोड़ते हुए नटराजन ने पूछा, ''मुकी, क्या तुम्हें यह सब सच लग रहा है?''

मुकी गर्दन मोड़ बाहर देखने लगी, जैसे इस बात का उत्तर नहीं देना चाहती।

नटराजन को हरी साड़ी में लिपटी मुकी सच नहीं लगती। उसने आज तक मुकी का स्पर्श नहीं किया है। इस समय हाथ बढ़ाकर खुली बाँह छूना चाहता है, जैसे वह जानने को कि क्या उसकी त्वचा उतनी ही उष्ण और चिकनी है, जैसी कि मनीश कहा करता था।

कुछ समय पहले तक मन में भरी हुई अनजान-सी खुशी तड़ककर टूट गई। नटराजन के मन में अचरज-सा भर आया कि वह बग़ल में इस नितान्त अपरिचित को बैठाकर कहाँ और किसलिए ले जा रहा है! क्या उसके मन की मुकी के लिए सचमुच कहीं ममत्व या स्नेह छिपा है, या यह विवाह चौंतीस साल के जीवन का अकेलापन दूर करने के निमित्त ही किया जा रहा है? पास बैठी नयनतारा मुकर्जी के बारे में वह क्या जानता है? नटराजन ने आकुल होकर पूछना चाहा—तुम क्या हो मुकी, तुम्हारा सत्य रूप क्या है? तुमने मुझसे विवाह करना क्यों स्वीकार किया है? क्या सत्ताइसवें वर्ष में तुम्हें एक पति की कमी महसूस हुई? या मेरे लिए तुम्हारे मन में आदर के अतिरिक्त और भी कुछ है? क्या तुम वैसी ही लोभी, स्वार्थी, क्षुद्र हो जैसा कि विजी ने तुम्हें चित्रित किया? क्या तुम उतनी ही सहज प्राप्य हो जैसा अवज्ञा से मनीश कहा करता था?

''बी केयरफुल,'' मुकी ने कहा। सँकरी सड़क पर सामने से एक कार आती दिखाई दी और नटराजन ने अपनी कार जल्दी से बाईं ओर मोड़ी तो कार सड़क छोड़ कँकरीली भूमि पर उतर आई। सामनेवाली कार तेज़ी से गुज़र गई। नटराजन फिर सड़क पर आ गया, और कुछ देर बाद याद आया कि मुकी ने बात का कोई उत्तर नहीं दिया है।

विजी न उस रात सो सकी, न उससे अगली रात। और नटराजन विजी को अपनी लैब में आया पा चौंक उठा। हाथ का बीकर मेज़ पर रखकर वह लैब से बाहर

निकल आया और बोला, ''क्यों विजी, खैरियत तो है?''

''कुछ समय होगा तुम्हारे पास?'' विजी ने पूछा।

''हाँ,'' और विजी कुछ कहे, इस प्रतीक्षा में खड़ा रहा। फिर बोला, ''आओ कॉफ़ी-लाउंज में चलें। वहाँ इस समय कोई नहीं होगा।''

विजी चुपचाप साथ चल दी।

''कॉफ़ी लोगी?''

''नहीं, कोकाकोला।''

नटराजन ने मशीन में पैसे डालकर दो बोतलें निकालीं और फिर ढक्कन खोलकर एक विजी के आगे रख दी।

''मैं ज़्यादा भूमिका नहीं बाँधूँगी नटराजन। दो दिन से लगातार सोच रही हूँ कि इस ज़िन्दगी का क्या करूँ! समझ नहीं पाती,'' विजी रुककर नटराजन का मुख ताकने लगी। फिर एकदम कह डाला, ''नटराजन, मुझे एक हज़ार डालर चाहिए। मुझसे अब यहाँ एक दिन भी न रहा जाएगा। मैं वापस जाना चाहती हूँ। कुछ भी हो, वह अपना देश है, वे लोग मेरे अपने हैं। दे सकोगे नटराजन?''

विजी ने उसके चेहरे पर अपनी उत्सुक, कातर आँखें जमा दीं।

''तुम इतनी जल्दी कैसे जा सकोगी?''

''मैंने पता लगा लिया है, मुझे प्लेन पर जगह मिल जाएगी।''

''न्यूयार्क से लन्दन?''

''नहीं, पहले मैं कनाडा जाना चाहती हूँ।''

''ओ!'' नटराजन ने कहा।

''मालूम नहीं कब तुम्हें यह वापस कर सकूँगी, पर मुझे और कोई उपाय नहीं दीखता।''

''पर विजी, तुम पूरी तरह श्योर हो न?''

विजी ने सिर हिलाकर जताया कि हाँ। विजी का हठ नटराजन को मालूम है।

नटराजन ने ज़ेब से चैक-बुक निकाली और पन्द्रह सौ डालर का चैक लिखकर दे दिया।

''नटराजन...'' विजी ने कुछ कहना चाहा।

''अगर कुछ और ज़रूरत हो तो बताना, विजी। मांट्रियल कब जाओगी?''

"कल शाम। पर तुम एयरपोर्ट मत आना। अकेले ही जाना चाहती हूँ।"

पर नटराजन उसे एयरपोर्ट ले गया। विजी चुप थी, शायद वह भी वह दिन याद कर रही थी जबकि मनीश के स्थान पर नटराजन उससे यहाँ मिलने आया था।

"एक बात कहना चाहती हूँ नट्टू," विजी ने जहाज़ पर चढ़ने से कुछ क्षण पहले कहा, "मेरे प्रति बहुत अनुदार मत हो जाना। थोड़ी-सी करुणा..." और उसका गला भर आया।

उसे पहुँचाकर लौटते हुए नटराजन को लगता रहा कि जैसे उसके जीवन में कभी न भर सकनेवाले अनेक अभाव हो गए हैं। साथ ही थोड़ा-सा धीरज कि हर समय विजी की उपस्थिति दंश देने को न रहेगी।

फिर नटराजन को याद आया कि अब तो कुल तीन ही दिन बीच में रह गए हैं। शनिवार को कुछ मित्रों ने उसे और मुकी को भोज पर बुलाया है। रविवार को लैब के मित्र मिलकर नटराजन के लिए स्टैग पार्टी दे रहे हैं, और सोमवार को साढ़े चार बजे सिविल सेरेमनी ही है। फिर उसी रात प्लेन लेकर मेन चले जाएँगे, और वहाँ दसेक दिन बिताएँगे। मुकी के लिए उसकी माँ ने लाल बनारसी साड़ी, शंख चूड़ियाँ, कुंकुम भेजा है। वही पहनेगी। इस बीच फर्नीचर आ गया है, करीने से रखा भी गया है। घर भरा-पूरा लगता है। रसोई अत्यन्त आधुनिक है, सफ़ेद और हल्की पीली, मुकी ने पाँत के पाँत चमकदार स्टेनलेस स्टील के बर्तन सजा दिए हैं, रेफ्रिजरेटर में कुछ बीयर की बोतलें रख दी हैं। सबकुछ साफ़-सुथरा चमकता हुआ, नया! नटराजन को मन में थोड़ा-सा विस्मय है, मुकी घर-गृहस्थी में इतनी रुचि लेगी, इसकी उसे आशा न थी।

एयरपोर्ट से नटराजन अनमने भाव से अपने फ़्लैट में लौट आया। थोड़ी चीज़ें पैक करनी थीं, पर उन्हें वैसा ही छोड़कर वह कमरे में बैठा रहा। विजी जाते-जाते भी एक बार मनीश से मिलने का मोह न छोड़ सकी। इस भेंट से उसे थोड़ी यातना ही और मिलेगी।

पर नटराजन जानता है कि विजी के अन्दर बल का एक स्रोत है; टूटती है, बिखरती है पर अपने को सँभाल लेती है। कोई और लड़की इन परिस्थितियों में पागल हो गई होती।

सात बजे नटराजन ने उठकर स्नान किया, धुले कपड़े पहने, और फिर मुकी को लेकर कहीं बाहर भोजन करने के विचार से उसकी ओर चल दिया।

सोच रहा था कि सन्ध्या के अन्त तक मुकी को बता देगा कि विजी चली गई है। सदा के लिए। अब उसका नाम-निशान, उसकी छाया तक दोनों के बीच नहीं रहेगी। एक सूटकेस लेकर विजयलक्ष्मी आई थी, और केवल वही लेकर लौट गई, पर साथ ही कितनी वेदना का भार भी।

मुकी के घर ताला बन्द था, नटराजन पैदल ही नए घर की ओर चल पड़ा। जो रंग-भरे पत्ते पेड़ों पर छाए थे, जैसे दो-तीन दिनों में ही झर गए थे, और इस समय पैरों के नीचे आकर दीन, आर्त्त स्वर कर रहे थे, और वे सारे ऊँचे पेड़, अपनी काली बाँहें उठाए, अपनी नग्नता में असहाय-से खड़े थे।

नीचे से लिफ्ट लेकर ऊपर तक पहुँचते हुए भी नटराजन यह निश्चय न कर सका कि वह मुकी को विजी के जाने का समाचार किस प्रकार देगा। कोई निकट का आत्मीय खो गया है, ऐसे या फिर ठंडे, निर्विकार भाव से—मुकी, विजी चली गई है।

अपनी चाबी से ताला खोल नटराजन ने दरवाज़ा अन्दर ठेला। कमरे में आकर उसने पाया कि मुकी नए सोफ़े पर औंधी लेटी है, दाईं बाँह शिथिल-सी नीचे लटक रही है, बाईं को मोड़कर उस पर चेहरा गड़ाए है, और उसका पूरा शरीर रह-रहकर हिल रहा है।

"मुकी," उसने बहुत चिन्तित हो आए स्वर में पुकारा।

मुकी ने सिर उठाकर उसे देखा, फिर तेज़ी से बाईं उँगली से अँगूठी निकालकर उसकी ओर फेंकती हुई बोली, "यह लो अपनी अँगूठी और चले जाओ यहाँ से। मैं तुमसे बोलना तक नहीं चाहती।"

इस अप्रत्याशित घटना से नटराजन कुछ क्षण को स्तब्ध खड़ा रहा। फिर उसने झुककर मुकी के कन्धे पकड़ लिए, "क्यों, मुकी, क्यों?"

मुकी ने उत्तर नहीं दिया, उसके शरीर में तड़पती मछली की तरह एक लहर दौड़ गई।

नटराजन ने उसके कन्धे छोड़ झुककर फ़र्श पर गिरी अँगूठी उठा ली और मुकी की बँधी मुट्ठी को खोलकर उसमें अँगूठी ठूँसता हुआ बोला, "ऐसी आसानी से मुझसे छुटकारा नहीं पाओगी मुकी। मुझे बताओ न, इतने दुख की क्या बात है?"

मुकी वेग से उठकर बैठ गई। सारे दिन रोने से उसकी आँखें फूलकर लाल

हो आई थीं, और चेहरे पर गहरी अशान्ति थी।

"मुझसे पूछते हो ? क्या स्वयं जानते नहीं ? मुझे तो रह-रहकर यही आँसता है कि तुम इतने झूठे, चालबाज कैसे हो सके! पूरी गर्मी तुम वाशिंगटन उससे मिलने जाते रहे, मुझे एक बार भी नहीं बताया। मैं यहाँ फर्नीचर ऑर्डर कर रही थी, पर्दे बना रही थी, तुम वहाँ सैर कर रहे थे!"

"तुमसे यह किसने कहा ?" नटराजन ने धीर कंठ से पूछा।

"जाने से पहले विजी मेरे पास आई थी। जिसे सदा से उसने नफरत की, उसे यह बताए बिना कैसे चली जाती! उसी ने बताया कि तुमने उसे पन्द्रह सौ डालर दिए हैं, डॉक्टर के पास जाने और इंडिया लौट जाने के लिए। पहले मैंने उस पर विश्वास नहीं किया। मुझे ख़याल भी न था कि तुम इतना आगे बढ़ जाओगे। पर...पर आज फर्नीचर की दूकान से फ़ोन आया कि मैंने जो चैक उन्हें दिया, वह बैंक से वापस लौट आया कि वहाँ पर्याप्त धन नहीं है। तब मुझे लगा कि..." मुकी का स्वर टूट गया और एक बार फिर भावनाओं की बाढ़ से उसकी आँखों में आँसू भर आए।

"विजी के सारे अत्याचार मैंने चुप होकर सहे। सोचती थी कि वह पागल है, और नादान है। मुझसे विवाह का प्रस्ताव करके भी तुम उससे चुपचाप मिलते रहे, तब भी मैंने कुछ नहीं कहा। सोचती थी कि एक बार जब मेरे निकट आकर पहचान लोगे, तो उसे भूल जाओगे। सोचा था कि तुम्हें इतना सुख दूँगी..." एक लम्बी सिसकी।

"मुकी, मेरी बात भी तो सुनो।"

"न। अब कुछ नहीं सुनूँगी। मैं भी बहुत मानिनी हूँ, नटराजन। बहुत दर्प मेरे अन्दर भी है। और मैंने बहुत धीरज रखा, पर अब मैं और नहीं सह सकूँगी। गो अवे! यह विवाह नहीं होगा। मैं किस प्रकार तुम्हें आदर और श्रद्धा से देख सकूँगी! मुझे तुम्हारा धन नहीं चाहिए था। मेरे पिता के पास बहुत धन है। मैं समझती थी कि तुम छल-कपट से ऊपर, अत्यन्त विशाल हो, और इसीलिए, मन ही मन प्रारम्भ से ही तुम्हें चाहती आई थी।" बाहर रात झुक आई है, कमरे में सन्नाटा है, केवल नयनतारा का पतला, टूट-टूट जाता, उठता-गिरता स्वर है। इतने दिनों से जो कुछ अन्तस्तल में प्रच्छन्न रखा, वह सब एकबारगी फूटकर बाहर आना चाहता है।

नटराजन उसके पास, सब-कुछ सुनता, चुप बैठा है। मुकी के शब्दों ने

उसे हिला दिया है। वह समझ नहीं पा रहा है कि विजी ने चलते-चलते ऐसा क्यों किया? उसे प्रतीक्षा है मुकी के थककर चुप हो जाने की, तब वह धीर शब्दों में अपनी बात कहेगा। मन में आशा की नन्ही-सी रेखा है कि शायद नयनतारा उसकी बात पर विश्वास कर ले।

# पुनरावृत्ति

जागने के बाद भी भयंकर आतंक बना रहा। वह सब घट चुका था, फिर भी उसकी पुनरावृत्ति मन में बार-बार होती रही। एक तीखी दारुण पीड़ा, कुर्सी से गिरने से पहले एकदम अन्धकार, हाथ कुछ थामने को बढ़े पर उन्होंने कुछ पकड़ भी पाया या नहीं, इससे पहले ही अचेतावस्था; आश्चर्य है उस क्षण में उन्हें बच्चों का ख़याल, अधूरा पड़ा हुआ काम, या पूरा जीवन—किसी का भी ख़याल नहीं आया—वह तो निमिष मात्र था, उसे पीड़ा ने निगल लिया था।

बाक़ी कहानी तो चिरन्तन ने बाद में सुनी, कैसे वह धड़ाम से नीचे गिर गए, मूर्छा में, आवाज़ सुनकर बग़ल के कमरे से सेक्रेटरी दौड़ी आई, फ़ौरन उसने आपात्कालीन नम्बर मिलाकर एम्बुलेंस भेजने को कहा, जब तक एम्बुलेंस आए-आए, इमारत के सुपरवाइज़र ईथन ने फ़र्स्ट-एड उपचार शुरू कर दिया। यद्यपि यह दिल का दौरा पहला था और जानलेवा भी हो सकता था, अगर तुरन्त उपचार की व्यवस्था न हुई होती तो। दौरा दो घंटे के भीतर ही घातक होता है। बच गए—चिरन्तन ने बार-बार अपने को समझाना चाहा, और तब, अस्पताल के साफ़-सुथरे, वातानुकूलित कमरे में लेटे-लेटे पहली बार सोचा—क्यों बच गए? अभी तो चालीस पार किया है; शायद पत्नी और बच्चों का भाग्य होगा, या अभी जीवन में कुछ और उपलब्ध होना बाक़ी है क्या? उनके शिथिल हाथ सफ़ेद चादर पर निस्पन्द पड़े रहे; मन में एक तसल्ली थी कि बच गए। पर साथ ही साथ दिल धड़का—कि फिर कभी ऐसा हुआ और यहाँ जैसी सुविधा न हुई तो क्या होगा? मर जाएँगे, पर क्या इतना आसान है मर जाना। प्राण आसानी से नहीं जाते। मौत के इतने निकट जाकर क्या कभी वह यह अनुभव भूल सकेंगे। बच गए—और तब एक आह्लाद की लहर शरीर में दौड़ गई। हाँ, भाग्य ही कहना चाहिए, नहीं तो अभी किया ही क्या था? पुरानी

हवेली ढह रही थी, लड़के-बच्चे सब स्कूल-कॉलेजों में ही थे, कोई लड़का ठिकाने से नहीं लगा था, किसी लड़की की ब्याह-शादी की भी नहीं सोची थी। सब छोटे-छोटे तो थे ही। कितनी ज़िम्मेदारियाँ सिर्फ़ उन्हीं पर थीं, यद्यपि छह भाइयों में सबसे छोटे थे।

चिरन्तन के शिथिल हाथ भकाभक सफ़ेद चादर पर पड़े रहे। घर और बाहर की ज़िम्मेदारियों की याद आते ही एक बार फिर साँस रुकने लगी। ऐसा लगा कि एक शिकंजा फिर उनके दिल को गिरफ्त में ले लेगा। नहीं कुछ और सोचो—सुखद; मुँदती आँखों के आगे सुनहले बालों की एक झलक। और नींबू के फूलवाले शैम्पू की गन्ध लपेटे किसकी महक थी ? क्या वह विवियन थी, सेक्रेटरी; जो रोज़ आती थी, फूलों के गुलदस्ते और उजली मुस्कान लिए हुए। पर उसके बाल तो सुनहले नहीं थे। फिर चिरन्तन को अपनी बीच में रुक गई पुस्तक का ख़याल आ गया, फिर भारत में अपने विद्यार्थियों के एक हुजूम का और अपनी तीन-तीन बेटियों का जो छींटदार सलवार-कुर्तों और लहरिया चुन्नियों में धीरे-धीरे क़दम रखतीं, आँखें नीचे झुकाए स्कूल जाती थीं—अपनी पत्नी का जो कई सालों से कत्थई ऊन का वही स्वेटर बुन रही थी। बुनती थी और फिर सारा उधेड़ देती थी, फिर फन्दे डालती थी और फिर नए सिरे से शुरुआत करती थी, एक-एक करके वह परिवार के हरेक सदस्य के नाम से बुना जा चुका था पर पहनना किसी को नसीब नहीं हुआ था। पुरातत्त्वी खुदाइयाँ और अन्वेषण, आलेख-निमंत्रण, आधी पुस्तकें—संग्रहालय के लिए ढेरों चीज़ें, यह सब उनके स्वस्थ होने का इन्तज़ार कर रहे थे। अभी कितना काम बाक़ी है; क्या मालूम था कि यह अपनी मशीन ही थक जाएगी। बरसों-बरसों धड़कता है दिल, बस एक दिन अकस्मात् चुप। यह कोई बात हुई, न कोई चेतावनी, न कोई पूर्वसूचना—सुबह से भारी-भारी महसूस कर रहे थे, पर पढ़ाने चले ही आए थे। और अच्छा ही हुआ, नहीं तो अकेले फ़्लैट में कौन देखने-सुननेवाला।

चिरन्तन की दृष्टि बार-बार पास रखी मशीन पर चली जाती थी, जहाँ उनके दिल की धड़कन एक छोटी-सी आवाज़ के साथ रिकॉर्ड होती रहती थी—अगर अगले किसी क्षण यह रुक जाए तो ?

शामवाली डॉक्टर सुन्दर थी; जब वह कमरे में आई और उनके पलंग के पास आकर खड़ी हुई तो चिरन्तन को लगा कि डॉक्टर के ही बालों की झलक

और महक का ही अक्स उनके अवचेतन में रहा होगा। उसके जाने के बाद उनके ख़याल फिर दिल की ओर चले गए, दिल की धड़कनें और चुप हो जाने पर नहीं; बल्कि जिस दिल को लेकर हज़ारों ग़ज़लें और गीत गाए जा चुके हैं, जो मिलते हैं, जुड़ते हैं, टूटते हैं, दिए जाते हैं, चुराए जाते हैं—चिरन्तन स्वयं अच्छा गा लेते थे। पर उस समय उनके मन में वह गुनगुनाहट गूँजने लगी जो हर समय उनकी सबसे बड़ी बेटी के होंठों पर रहती थी—दिल दीवाना बिन सजना के—या फिर दर्दे दिल, दर्दे जिगर सहते रहें। उस समय चिरन्तन के मन में उस बेटी के लिए बहुत ममत्व जाग उठा।

न जाने कब वह सो गए। नर्स ने जब उन्हें दवाइयाँ देने के लिए जगाया तो वह चौंक पड़े।

"आप आज अच्छा सोए..." उसने कहा।

चिरन्तन ने उसकी यूनिफ़ॉर्म पर लगे नाम के बिल्ले को पढ़ने की कोशिश करते हुए कहा, "शैरन! दवा का समय हो गया क्या?"

"शैरोन," नर्स ने कहा, "मेरा नाम शैरोन है। आज आपसे कोई मिलने नहीं आया?"

इससे पहले वह इंटेंसिव केयर में थे, जहाँ केवल निकट सम्बन्धी ही आ सकते थे। यहाँ कोई ऐसा न था निकट सम्बन्धी जो कि मिलने आता। घर पर इत्तला देने को उन्होंने मना कर दिया था।

शहर में कुछ लोगों से पहचान थी; विद्यार्थी, सहयोगी, दूर से हाल पूछ लेने की रीति पूरी कर देते थे। भारतीय विद्यार्थी यूनियन का प्रेसीडेंट कई दिन आया था।

सूप के दो-चार चम्मच लेकर चिरन्तन ने ट्रे हटा दी। आदत थी परत के परत शुद्ध घी में डूबे हुए पूरी-पराँठे की, तरातर मांस-मछली की, चटपटी मुर्गी और तड़केवाली दाल की। सबकुछ गया। घी-मक्खन एकदम बन्द; बस उबली सब्ज़ियाँ, सूखी रोटी, सादी दाल, ऊपर से रोज़-रोज़ कसरत करो, और स्ट्रेस घटाने के लिए मेडीटेशन। इस वक़्त एक ठंडी बीयर और एक कसे-कसे शरीरवाली स्त्री के लिए क्या नहीं दे सकते। ख़ास तौर से अगर वह स्त्री शामवाली नकचढ़ी डॉक्टर हो तो और भी—हर बार जब वह उन पर झुकती है, उसके बाल सहलाने का मन होता है। डॉक्टर अलीशिया ऐंडरसन; नाम उनके होंठों पर हिलगा हुआ है, सामने ठंडे होते हुए सूप, फलों के सलाद की ट्रे है।

पीने को सेवेन अप। बस। वह अस्पताली गाउन पर अस्पताली कम्बल ओढ़ लेते हैं और धीरे से लेट जाते हैं। खाने के बाद अस्पताल का अपना एक रुटीन है। धीरे-धीरे आहटें कम होती जाती हैं, गलियारे शान्त हो जाते हैं। नर्सें अपने-अपने काम में व्यस्त हो जाती हैं। बस मशीनें चलती रहती हैं, और उनसे जुड़े पेशेंट धीरे-धीरे साँस लेते रहते हैं।

मैं ठीक हो जाने पर आपके प्रति धन्यवाद व्यक्त करने के लिए आपको खाने पर ले जाना चाहूँगा डॉक्टर—कितनी बार सोचते रहने पर भी यह शब्द उच्चरित नहीं हो पाते। वह चिढ़ न जाए, चिरन्तन अँधेरे में पड़े-पड़े सोचते हैं। इससे पहले तो कभी ऐसी झिझक नहीं अनुभव की। शायद इसलिए कि वह डॉक्टर है। और वह पेशेंट। डॉक्टर-पेशेंट का रिश्ता ही ऐसा है कि वह डेट नहीं करते, या फिर उसके विदेशी होने का अजनबीपन तो नहीं।

चिरन्तन जानते हैं कि यह दोनों कारण डॉक्टर अलीशिया को लेकर नहीं हैं। प्रोफ़ेसर और विद्यार्थी का रिश्ता भी ऐसा ही होता है। एक सत्र के लिए विज़िटर होकर आने पर वह पुरुष व स्त्री के बीच के व्यवहार को तुरन्त समझ गए। फैकल्टी हैंडबुक में सफ़े के सफ़े इस विषय पर थे—और एक वरिष्ठ सहयोगी हाल में ही एक छात्रा की शिकायत पर जल्दी रिटायर कर दिए गए थे।

तब; फिर; चिरन्तन जानते हैं कि अलीशिया केवल डॉक्टर होने के नाते ही औपचारिक नहीं है। उसका व्यवहार दूर तक ठंडा है। वह ठंडी है, बरफ़ की तरह—सीधे-सपाट देखती है। बात करती है, हाल पूछती है—दवाएँ कम-बढ़ करती है। उसके लिए वह केवल एक पेशेंट हैं। पुरुष नहीं। कभी-कभी इस बात से उन्हें चिढ़ उठती है। वह चाहते हैं कि वह भर आँख उन्हें देखे; देखे और समझे कि चिरन्तन को कभी भी इसकी कमी नहीं महसूस हुई। कभी उन्हें किसी के लिए प्रयत्न नहीं करना पड़ा, क्या चेहरे की बनत थी या पद की गरिमा—बाल-बच्चों की कचपच, पत्नी की एकरसता को दूर करने के लिए कोई न कोई जीवन में मौजूद ही रहता था, चाहे फ़ाइल पकड़े हँसती, शर्माती, आह्लादित अपराजिता, अन्विता, अनन्या या अपर्णा हुई। या साइट के सर्किट हाउस की सुखमी, जो बाद में खानसामा के साथ भाग गई। जैसे अनायास, अनिर्धारित यह सब प्रारम्भ होता था, वैसे ही अकस्मात अन्त भी हो जाता था। अन्विता की जगह अपर्णा ले लेती थी, और अपर्णा के बाद अनन्या। घर में पत्नी बैठी-बैठी स्वेटर बुना करती थी—और चिरन्तन के जीवन में एक दूसरी

धारा भी बहती रहती थी। कोई एक रात, कोई सप्ताहान्त, कोई दो हफ्ते; पूर्ण समर्पण और प्यार से वह जल्दी ही ऊब जाते थे। पर कभी-कभी कोई अधिक समय के लिए बाँध भी लेता था--जैसे उनकी अध्यक्षता में एम. फ़िल करती मधूलिका—पर अब उतनी हाथापाई करने का दम कहाँ रहेगा। अब तो चिरन्तन अपनी स्टडी में जमकर बैठेंगे, अपनी अधूरी पुस्तकें पूरी करेंगे, नाम करेंगे, प्रशस्ति पत्र, सम्मान और पुरस्कार बटोरेंगे। गए वह सब नमकीन चेहरे, वह थरथराते समर्पण, सर्वांगतोष की चीख़ें—अपने कसे-कसाए शरीर पर कितना गर्व था। तीन दिन में ही बुढ़ा गया। फिर भी उन दिनों की याद करके अच्छा-अच्छा लगा; अपने कहे वाक्य हवा में टँगे रहे, "तुम प्यार करते समय बेहद खूबसूरत लगने लगती हो, कितनी चिकनी है तुम्हारी त्वचा—जैसे असली रेशम, मालूम है तुम्हारे शरीर पर क्या फबता है? मैं! तुम्हारे जाने के बाद भी तुम्हारी हँसी की खनक यहाँ रसी-बसी रहती है।" मौक़े-मौक़े पर बहुत सच्चाई और सादेपन से वह यही वाक्य हर किसी से दोहराया करते थे। कभी किसी ने उन्हें झूठा नहीं कहा; चाहे मधूलिका, मंजूलिका या अवन्तिका जैसे नामों की छात्राएँ हों, चाहे डीन या वाइस-चांसलर की बीवी। कभी-कभी उन्हें ताज्जुब होता था कि समझदार से समझदार या विदुषी स्त्रियाँ भी तब सच और झूठ में फर्क नहीं बता पाती थीं, या फिर वही सब सच मानना चाहती थीं जो चिरन्तन कह रहे होते थे। अपनी बारी पर वह क्या स्वयं सच बोलती थीं, "मुझे विश्वास नहीं हो रहा है कि मैं यहाँ हूँ तुम्हारे पास, तुम्हारी बाँहों में—कितने अच्छे प्रेमी हो तुम—काश! मेरा पति रवि या राहुल, आशीष या अनिल तुमसे यह टेक्नीक सीख सकता; जल रहे हो क्या, पति तो जायज़ है न; उसके अतिरिक्त बस तुम ही तुम हो— " उसकी ऐसी बातें सुनकर, उठकर कपड़े पहन रहे चिरन्तन हँस देते थे; वही सम्मोहन-भरी हँसी। और उनके मन में उस निर्वस्त्रा, लज्जाहीन स्त्री के प्रति वितृष्णा भर उठती; बरामदे की सीढ़ियाँ उतरते हुए वह उसे भद्दी और गन्दी गालियाँ देने लगते; परन्तु इससे उसकी पकड़ कम नहीं होती और अगली बार वह उसके घर की सीढ़ियाँ चढ़ते हुए पाते कि उस वितृष्णा की जगह उनके अन्दर एक नई उत्कंठा जाग उठी है। और फिर वही बातें, वही झूठ-सच, लपटा-झपटी, खींच-पकड़; चाहे हड़प्पा हो या हस्तिनापुर, नालन्दा हो या तक्षशिला; बर्कले हो या कोलम्बिया; हर स्थान पर अतृप्त, भूखी स्त्रियों की कमी नहीं जो चन्द मिनटों या घंटों या एक रात प्यार और रस में लिपटे कुछ

टुकड़ों पर ही तुष्ट हो जाती हैं, और बनी रहती हैं उम्र-भर कृतज्ञ। कैसी होती हैं ऐसी स्त्रियाँ, घर-गृहस्थी, पति-बच्चे होते हुए भी यह सब उन्हें नहीं बाँध पाता। उधर है उनकी पत्नी; केवल उनके प्रति समर्पिता—पन्द्रह-सोलह साल से लेकर अब तक—यह बात उन्हें हर समय बड़ा सुख, बड़ा सन्तोष देती है और अब अस्पताल के अँधेरे-अँधेरे-से कमरे में वह उसके बारे में सोचने लगे। विवाह के समय छोटी-सी थी। शर्मीली, अननुभवी, एकदम भक़ गोरी। हँसती थी तो बड़े-बड़े दाँत दिखने लगते थे। इसलिए वह हँसती कम थी। बस सिर झुकाकर मुस्कराया करती थी। खूब-खूब रौंदा-कुचला था उसे। क्या उम्र थी अपनी—चौबीस-पच्चीस साल की उम्र में जैसे हर वक़्त नशा-सा चढ़ा रहता था—घर में बूढ़ी माँ थी, भाभियाँ, नौकर-चाकर, सन्दीपनी को समय ही समय था। वह हमेशा चुपचाप पास चली आती थी, कभी ना नहीं की उसने। एक ठाकुर परिवार की सामान्य-सी लड़की, सामान्य-सी आकांक्षाएँ; बात भी करती थी तो बड़ी भाभी के जुगनुओं की, मँझली की भारी करधनी की; और अपने सोने के पायल जो उसने विवाह पर पहने तो उतारे ही नहीं। चिरन्तन की थीसिस के पन्नों पर धूल जमने लगी। लगता था कि उनकी अपनी सन्दीपनी पर ही सारी चाहत, सारी प्यास टिकी हुई है। और वह थी कि उसने कभी अपनी मर्यादाओं से बाहर निकलना ही नहीं चाहा। वह भाभी की ठिठोलियों पर सिर झुकाकर मुस्कराया करती थी। माँ की सख़्ती और डाँट-डपट वैसे ही सह लेती थी। सन्दीपनी, जिसने साल के साल बच्चे पैदा करना शुरू कर दिया, एक के बाद एक तीन बेटे, फिर तीन बेटियाँ और अन्त में जुड़वाँ बच्चों की जोड़ी, जिनकी मृत्यु कुछ ही दिनों बाद हो गई, और सातवें प्रसव के बाद सन्दीपनी पागल हो गई थी। वह प्रसंग याद आते ही चिरन्तन एकाएक चिन्तित हो गए। उन्हें लगा कि अब रात-भर नींद नहीं आएगी। वही सब आँखों के आगे फ़िल्म की रील की तरह, पैर में गड़े काँटे की तरह त्रास देता रहेगा।

"नर्स," उन्होंने घबराकर कहा, "मुझे सोने के लिए दवा चाहिए।"

सन्दीपनी को किसी प्रकार का दुख है; और वह इतना-इतना गहरा होगा, इसका अन्दाज़ कैसे होता? पूरे घर में उसका रुदन गूँजता रहता था, वह न नहाती थी, न सिर गुँथवाती थी। बस, बैठे-बैठे रोया करती थी। माँ कहती थी कि सब प्रपंच है, दिखावा है, बच्चों से घर में उतरायन पड़ी है; ईश्वर की कृपा से छह-छह हँस-खेल रहे हैं—फिर भी—चिरन्तन को लगा, माँ ठीक कहती हैं। वह

हमेशा कहती थीं, सन्दीपनी कुछ दिनों में ठीक हो जाएगी, और अभी कौन उमर निकल गई। जहाँ नया बच्चा पेट में आया, ठीक हो जाएगी। इसी बीच में नाइन से सिर ठोंकवा ले, तेल डलवा ले, दिमाग़ में खुश्की हो गई है। वह माँ से कैसे कहते कि वह तो हाथ ही नहीं लगाने देती थी। एक दिन हलवाहा घबराया हुआ आया और बताया कि गौशाला में बहूजी शरीर उघाड़े सोई पड़ी हैं।

वह एक कोहरा-भरी जाड़ों की सुबह थी, चिरन्तन ने शाल खींचकर अपने पर डाली—अन्दर के कमरे में जहाँ सन्दीपनी ने खटोलिया पर अकेले सोना शुरू कर दिया था, अँधेरा था। वैसे तो सारे बच्चे वहीं आस-पास सोते थे। इस समय गहरी, खेल की नींद में डूबे हुए थे। चिरन्तन गौशाला में पुआल पर पड़ी सन्दीपनी को देखते रह गए। एकदम जड़, अवाक्। उसके केश खुले और अस्त-व्यस्त थे, साड़ी अलग थी, शरीर पर केवल एक पेटीकोट था, वह भी टाँगों से बहुत ऊपर—ब्लाउज़ चिंदी-चिंदी झूल रही थी, बाँहों में अटकी हुई; हलवाहा बाहर ही रुक गया था, उसने अभी गायें खोली भी नहीं थीं, वह चुपचाप खड़ी थीं, निःशब्द और बीच में सन्दीपनी पड़ी थी—सचमुच पागल। चिरन्तन ने शाल से संदीपनी को ढँक दिया—उसकी आँखें फटाक से खुल गईं और उसने अपने ऊपर चिरन्तन को देखकर उसने चीख़ें मारनी शुरू कर दीं—हटाओ-हटाओ। उसके हाथ अपने शरीर को नोचने लगे, जैसे किसी चिपकी हुई वस्तु को दूर करना चाह रही हो। चिरन्तन उसे पकड़कर अन्दर लाए, तब तक सारे घर में जगार हो गई थी, वह चीख़े जा रही थी, और अपने को नोच रही थी—बराबर 'हटाओ...हटाओ' की धुन के साथ। फिर उसने धड़ाधड़ चिरन्तन की छाती में मुक्के मारने शुरू कर दिए; तब तक घर की स्त्रियों ने आकर उसके हाथ पकड़ लिए और अन्दर ले गईं।

चिरन्तन धम्म से चारपाई पर गिर गए। पहली बार उन्होंने स्वीकार किया कि सन्दीपनी सचमुच पागल हो गई है, पूरी तरह विक्षिप्त। अब क्या किया जाए—कैसे किसी मानसिक रोगों के डॉक्टर के साथ सम्पर्क किया जाए, क्या इलाज हो। कौन देखे इन बच्चों की लाइन डोरी को—यह सब क्यों और कैसे हो गया। कितनी सन्तुष्ट और शान्त स्वभाव की थी सन्दीपनी—ऐसा क्या टूट गया उसके अन्दर, और क्यों ?

चिरन्तन सारे दिन विषादग्रस्त और चिन्तित बैठे रहे—बीच-बीच में सन्दीपनी की चीख़ें सुनाई पड़ती थीं, उसके बाद घर में फिर एक रहस्यभरी

चुप्पी छा जाती थी। तीसरे पहर तक सन्दीपनी के दोनों भाई आ पहुँचे। इस बीच घर के पिछले दरवाज़े से लोगों का आना-जाना लगा रहा था—सन्दीपनी को भूतप्रेत की बाधा है, और इसका इलाज वही लोग करवाएँगे। एक बहुत पहुँचे हुए फ़कीर हैं, उनकी बहुत मानता है। चिरन्तन ने अविश्वास से सुना। घर में सबका यही विचार था कि सन्दीपनी को मय बाल-बच्चों, भाइयों के साथ भेज देना चाहिए। यहाँ तो क़ाबू में आती ही नहीं। भाभी और माँ एक दिन में ही पस्त हो गई थीं।

चिरन्तन कुछ कह सकें, कुछ निश्चय ले पाएँ, इससे पहले ही भाइयों ने सन्दीपनी को उठाकर ज़बरदस्ती टैक्सी में ठूँसा और ले गए, "आप फ़िकर न करें।..."

"सुनिए तो...रुकिए तो..." चिरन्तन ने कहना चाहा पर आगे कुछ कहें, उन्हें उत्तर मिला, "आप बिलकुल चिन्ता न करें।"

चिरन्तन ने हठपूर्वक टैक्सी का दरवाज़ा पकड़ लिया, "मैं इन बातों में विश्वास नहीं करता। मैं नहीं चाहता कि इन्हें मिर्चों की धूनी वग़ैरह लगे...मारा-पीटा जाए..."

"हमारे मौलाना ओझाओं की तरह नहीं हैं," छोटे साले ने कहा। इसी बीच सन्दीपनी ने चिरन्तन का नाम लेकर एक फूहड़ गाली दी और चिरन्तन का हाथ अपने आप टैक्सी से हट गया। उन्हें लग रहा था कि बात उनके हाथ से निकल गई है, उन्हें स्वयं भी पता नहीं था कि कैसे सँभालें, कहाँ से सिरा पकड़ें, बार-बार अपना मांस नोचती, कपड़े शरीर से अलग करती हुई शरीर से चिपकी किसी गन्दगी को दूर करती विक्षिप्त सन्दीपनी का चित्र आँखों के आगे टँगा रह गया।

सन्दीपनी क्यों पागल हो गई, चिरन्तन इस सोच में डूबे रहे। वह बार-बार अपने चारों ओर दृष्टि डालते पर उनका प्रश्न जैसे दीवारों, पेड़ों, तार पर सूखते कपड़ों से उलझ जाता। फुलवारी में चटक धूप फैली रहती और बेतरतीब खड़े पेड़-पौधे अपने-अपने स्वभाव के अनुसार फूलते और सूखते रहते। बहुत लाड़-प्यार मिला था सन्दीपनी को, चिरन्तन की पत्नी होने के नाते। माँ कभी-कभार तेज़ बोल देती थीं, पर वह तो परिवार की सभी स्त्रियों को झेलना पड़ा था। तीन बेटे, तीन बेटियाँ; ठीक है वह उसके लिए घर से बाहर ज़्यादा न कर सके थे, पर जो था, उसी का तो था। सन्दीपनी क्यों पागल हो गई, क्या ऐसा

गलीज़, अनवांछित उसकी देह से चिपक गया कि वह खुरच-खुरचकर अपनी खाल ही मांस से अलग कर देना चाहती थी।

वह समझ नहीं पा रहे थे कि क्या करें—कभी अन्दर जाते, कभी बाहर। एक अधूरा लेख पूरा करने की चेष्टा की, पर ख़ाली काग़ज़ों को वह देर तक बैठे-बैठे घूरते रहे।

घर में वही आवाज़ें थीं, रोज़ की—पानी के पम्प का चलना, बाल्टियों की खनक, माँ के अस्पष्ट आदेश, फल-सब्ज़ीवाले की पुकारें—लोगों का आना-जाना; चिरन्तन सुनते रहे और खोए रहे; सन्दीपनी का पागलपन एक बौद्धिक चुनौती-सा बन गया था। फिर वह उठे, और पहली बार किसी से कहे-सुने बग़ैर वह ससुराल पहुँच गए। बच्चे बरामदे में खेल रहे थे—उन्हें देखते ही 'दद्दू आ गए, दद्दू आ गए' कहकर चहकने लगे। अन्दर से बड़े साले निकले और चिरन्तन को देखकर अचकचा गए। उन्हें बैठाया गया, अन्दर ख़बर लेकर गए।

"माँ कैसी है?" उन्होंने बड़े बेटे से पूछा।

उसका चेहरा एकदम लटक आया, "बहुत चिल्लाती है। हमें देखते ही मारने दौड़ती है..."

चिरन्तन के कलेजे में कुछ ठक्-सा लगा।

थोड़ी देर में गुलाबी साड़ी से सिर ढँके सास आईं, "किसी मेम का साया है?"

"मेम का?" चिरन्तन चौंक पड़े।

"हाँ, कोई मेम लग गई है, इलाज चल रहा है।"

चिरन्तन निर्वाक्।

उन्हें यह सब फालतू और बेकार-सा लगा।

"डॉक्टर को नहीं दिखाया?" उन्होंने हल्के से पूछा।

"डॉक्टर क्या करेगा बेचारा। मौलाना के पास ले गए थे, तब से कुछ आराम है।"

"कितने दिन लगेंगे..."

"क्या मालूम, बहुत ज़बरदस्त साया है।"

सन्दीपनी सारे दिन सोती रही, चिरन्तन इन्तज़ार में बैठे रहे। शाम को घर भी लौटना था, किसी से कहकर नहीं आए थे।

वह शाम को जागी—सुस्त लगी। उसके बाल बनाकर, साड़ी बदलवाकर सलहज, प्रतिभाजी उसे चिरन्तन के पास छोड़ गईं। वह बैठक के दरवाज़े पर सिमटी-सी खड़ी रही। वह अभी भी नववधू-सी लगी।

"कैसी हो? तबीयत तो ठीक है न?" उन्होंने स्वर को भरसक मुलायम करते हुए पूछा।

वह अपने में और सिमट गई। चिरन्तन उठे और पास जाकर खड़े हो गए। "आओ, बैठो...मुझे तुम्हारी बहुत फ़िक्र रहती है।" तब उसने सिर उठाकर चिरन्तन को पूरी दृष्टि मिलाकर देखा—उसकी आँखें एकदम लाल थीं, दहकते अंगार जैसी। वह कुछ क्षणों को एकदम अवाक् रह गए और असहाय-से उसे देखते रहे; उसके घुँघराले बालों की कुछ लटें माथे पर चिपक आई थीं, उसके ओठ अधखुले थे, उसके चेहरे पर आवेश था या विक्षिप्तता—पर उस क्षण वह उन्हें अपूर्व सुन्दरी लगी।

"अन्दर आओ...बैठो..." कहते हुए चिरन्तन ने उसकी बाँह पकड़कर बैठाना चाहा।

सन्दीपनी ने एक चीख़ मारी, "मुझे मत छुओ...हराऽऽमी...मैं सैली नहीं हूँ..." और दौड़कर कमरे से निकल गई।

चिरन्तन को जैसे चाँटा लगा—सैली—सन्दीपनी सैली के बारे में कैसे जान गई? वह तख्त पर बैठ गए।

"यह सैली-सैली क्या कहा करती है?" प्रतिभाजी ने पूछा। "आपको कुछ मालूम है? कोई मरी हुई मेम है क्या?"

चिरन्तन कुछ कह न सके, केवल सिर-भर हिलाया। शाम की गाड़ी से वह वापस लौट आए। घर के लोग उनके अकस्मात् आने-जाने के आदी थे, उन्होंने रात का खाना भी नहीं खाया। अपनी बाहरवाली स्टडी में बैठकर ख़ाली पेट पीते रहे।

वह जैसलमेर गई थी, "लौटकर आऊँगी" कहकर गई थी...तुमसे दूर रहा ही नहीं जाता। वह हँसने लगी थी। मगर वह लौटी नहीं...चिरन्तन ने कुछ दिनों इन्तज़ार किया, सोचते रहे उसके बारे में लगातार, पर जैसे राजस्थान ने उसे लील लिया था। फिर वह साइट पर चले गए थे, उसे कोई और मिल गया क्या, या वह उनसे बिना मिले ही वापस लौट गई थी। उन्हें विश्वास नहीं हुआ। जैसे बिना किसी से कुछ कहे, वह उसके इन्तज़ार में रहे। वह इन्तज़ार भी एक

दिन ख़तम हो गया। मधुलिका एक शाम मिलने आई थी, कुछ प्रश्न थे उसके, पानी बरसने लगा था, ऐसा कि रुका ही नहीं। सर्किट हाउस में चिरन्तन अकेले थे, मधूलिका ठहर गई थी, सुबह तड़के ही उसे बस पकड़नी थी, वह कब उठी और चली गई उन्हें पता ही नहीं चला। जागे तो कमरे में मधूलिका नहीं थी, उसके काग़ज़ों का पुलिन्दा और छतरी भी नहीं थी।

उन्हें मालूम था कि वह फिर आएगी। बस से डेढ़ घंटे का ही तो रास्ता था, उसे एम.फिल. भी तो पूरा करना था।

शनिवार को चिरन्तन थके-थकाए लौटे तो मधूलिका उनका इन्तज़ार करती हुई बैठी मिली।

मधुलिका के सो जाने पर वह सैली के बारे में सोच उठे—कितनी शान्त सोती थी वह, सीधे सतर, सपाट, न करवट बदलना, न रात में उठना, सुबह जगाने पर उसकी आँखें एकदम पारदर्शी-सी लगतीं।

"तुम हो, अभी भी।"

"क्या तुम्हें सन्देह था... ?"

"हाँ भी...नहीं भी..." वह उठकर बैठ गई, लम्बी-लम्बी बाँहों के दायरे में घुटनों को लपेटे हुए।

"सन्देह क्यों था ?" चिरन्तन ने बात को आगे बढ़ाते हुए पूछा।

सैली ने उठकर सिगरेट सुलगाया, उठकर खिड़की के पास जाकर खड़ी हो गई, पर्दा खींचकर उसने बाहर झाँका। वह एक पहाड़ की सुबह थी, धुली और निखरी, एकदम सैली की तरह।

"क्योंकि तुम मुझे प्यार नहीं करते। मैं तुम्हारे लिए सैली हूँ—बस। एक पागल-सी लड़की, सैली..."

चिरन्तन आगे कुछ न कह सके। सैली शायद ठीक ही कह रही थी...दरवाज़े पर दस्तक हुई और बैरा चाय लेकर अन्दर आया, दस्तक के साथ ही सैली अपने-आप संलग्न गुसलख़ाने की ओट में हो गई थी। हालाँकि सैली हर वक़्त उनके साथ रहती है यह बात किसी से भी छिपी नहीं थी, फिर भी एक आवरण तो रखना ही था। उस सुबह सैली की आँखें एकदम नीली थीं, एक ठंडे पानी की झील की तरह...

"मैं सोच रही थी..." उसने चाय के एक घूँट के बाद कहा। वह बिस्कुट कुतर रही थी, एक चिड़िया की तरह।

"मैं सोच रही थी कि तुम्हें उससे अलग करने में क्या प्रयास करना होगा..."

"किससे?" चिरन्तन ने समझकर भी अनजान बनने की कोशिश की।

"उसी से...तुम्हारी भारतीय पत्नी से...क्या मैं उससे जाकर सबकुछ कह दूँ...क्या तुम मुझे ज़रा भी प्यार नहीं करते?"

चिरन्तन चुप। सैली के साथ जीवनपर्यन्त रहने की कल्पना सुखद थी, मादक भी। लम्बी, दुबली-पतली सैली, जो हमेशा मुस्कराती रहती थी, जिसकी त्वचा सुनहली और चिकनी थी, और जिसके बाल पके हुए गेहुँआ रंग के थे और हर वक़्त उसके चेहरे पर गिरे रहते थे। जब कभी वह बाल इकट्ठे करके पीछे बाँध लेती तो उसके छोटे-छोटे सुन्दर कान दिखने लगते जिनकी लवों में छेद नहीं थे। वह साइट पर जींस पहनती थी और बिना बाँहों की बनियाइन, जिसके नीचे वह कुछ नहीं पहनती थी, और उसके कुचाग्र स्पष्ट दिखते रहते थे।

प्रारम्भ में चिरन्तन ने सभी विदेशी छात्रों को नियम बता दिए थे, परन्तु पहनावे के बारे में कुछ कहने का उनका ध्यान नहीं गया था। साइट पर तरह-तरह के लोग रहते थे—खुदाई करनेवाले मज़दूर, फालतू दर्शक, पुरातत्त्व विभाग के लोग और उनके अपने छात्र...सैली निस्संकोच भाव से अपने समूह के विद्यार्थियों के साथ काम करती...गर्मी पड़ने पर एक दिन जब वह दिखाई दी तो वह बेतरह छोटे शौट्‌र्स पहने हुए थी। चिरन्तन ने उसे दफ़्तर में बुलाया—वह सहज भाव से आकर खड़ी हो गई; उनकी समझ में नहीं आया कि वह बात कहाँ से शुरू करें—

"तुम भारत में हो सैली, और हमारे पोशाक के बारे में कुछ क़ायदे-क़ानून हैं..."

वह सुनती रही, बिना कुछ कहे। चिरन्तन को पहली बार आभास हुआ कि सैली एक खूबसूरत लड़की है। उसने आते हुए दफ़्तर का दरवाज़ा बन्द कर दिया था, और अब वह सीधे उन्हें ताक रही थी, एक चुनौती-सी देती हुई; अपनी जवानी और सुन्दरता को ठीक उनके सामने सजाए हुए...

चिरन्तन को वह सब एक सपने में घटा-सा लगा, उन्हें ठीक से घटनाओं के क्रम याद नहीं, सिर्फ़ यह याद रहा कि उन्हें एक तीव्र अदम्य इच्छा ने जकड़ लिया। सैली के होंठ भीगे-भीगे थे, और उसकी पटुता से चिरन्तन उस

स्वप्नावस्था में भी प्रभावित हो गए थे...

उस समय उन्हें सन्दीपनी या बच्चों का एक बार भी ख़याल नहीं आया। छह सप्ताह बाद उसके साथ के विद्यार्थियों के लौट जाने पर भी सैली पीछे रह गई। उसने चिरन्तन को भरपूर उलझाए और सराबोर रखा...बरसात आने पर जब काम बन्द हुआ और चिरन्तन वापस आए तब भी वह आई और एक कमरे का फ़्लैट लेकर उसी शहर में रहने लगी...उसकी यही एक रट थी, ''मैरी मी चीरू...मैरी मी...'' और वह कहते, ''कैसे?''

''उससे कह दो नऽ, अपनी पत्नी से...''

''यह पश्चिम नहीं है...''

वह सचमुच उन्हें चाहती थी, इसका चिरन्तन को पूरा विश्वास था...पर वह सन्दीपनी और बच्चों से कैसे बँधे थे इसका उसे अन्दाज़ नहीं था। जैसे-जैसे दिन बीतने लगे और चिरन्तन की व्यस्तताएँ उनके बार-बार मिलने में रुकावटें डालने लगीं, सैली कहने लगी, ''वह मर जाएगी।''

चिरन्तन ने कहा, ''तुम बहुत मज़बूत हो...तुम झेल लोगी...''

सैली के गालों पर दो आँसू लुढ़क आए। चिरन्तन घबड़ा उठे, उन्होंने कभी सैली को रोते हुए नहीं देखा था। और उनसे यह बर्दाश्त भी नहीं हुआ...उन्होंने सैली को बाँहों में घेर लिया—

''तुम अभी छोटी हो सैली...तुम भारत से जल्दी ही ऊब जाओगी...तुमने देखी नहीं यहाँ की गर्मी और बरसात...''

''तुम...केवल तुम, चीरू...छोड़ दो सबकुछ...मेरे लिए।''

उसे हल्के से अलग करते हुए चिरन्तन ने कहा, ''तुम जानती हो यह सम्भव नहीं है...''

सैली ने कुर्सी पर पड़ा अपना बड़ा-सा हैंडबैग उठाया और उनकी ओर बिना देखे बाहर निकल गई, उसने गेट खोला और बन्द किया, उस ठक् में एक इति-सी थी। पर चिरन्तन को विश्वास नहीं हुआ कि वह लौटकर नहीं आएगी। नहीं, उन्हें सैली से प्यार नहीं था, मगर फिर दिन इतने खोखले और बेमानी से क्यों हो गए थे? उनका मन कहीं क्यों नहीं लगता था, और उसके बालों से उभरती नींबू के फूलों की सुगन्ध क्यों दिल-दिमाग़ में समाई हुई थी।

चपरासी उनका पुर्ज़ा लेकर लौट आया था, ''मेम साहब अभी जैसलमेर से लौटी नहीं हैं।''

पर सैली को राजस्थान निगल गया था। वह तो चिरन्तन के बिना रह नहीं सकती थी। पर कहाँ ढूँढ़ें उसे ?

मधूलिका सूती साड़ी रात को ही तहाकर कुर्सी के पीछे लटका देती थी जिससे भोर में पहनकर बस पकड़ सके। वह मधूलिका को उसी पगडंडी से नीचे उतरता देखते रहे। वही पहाड़ की सुबह थी, उनका वही कमरा था और संलग्न ऑफ़िस...उन्हें एकाएक लगा कि यह सब पहले भी घटित हो चुका है, पंक्ति की पंक्ति स्त्रियाँ उनके बिस्तर से उठी हैं और पगडंडी से नीचे उतर गई हैं। पर उन्होंने उन स्त्रियों को भोगा ज़रूर हो, प्यार किसी से नहीं किया है। यह सब क्या सिर्फ़ उन्हीं के साथ घटित होता है, वह सोचने लगे, या अधिकतर विवाहित पुरुष उन्हीं की तरह परिवार और विवाह के साथ-साथ एक समानान्तर जीवन व्यतीत करते हैं। पगडंडी से तो सिर्फ़ मधूलिका उतरकर गई, पंक्ति की पंक्ति स्त्रियाँ शायद उनकी सुखद कल्पना है। मधुलिका अभी पढ़ाती है। तेईस-चौबीस वर्षों की लबालब भरी युवती। वह भविष्य में किसी सम्भावित पति के लिए अपने को बचाकर नहीं रखना चाहती, वह क्षण में जीना चाहती है। एक बार उन्होंने पूछ ही लिया, ''मधूलिका, तुम्हें अच्छी तरह मालूम है कि मैं एक इज़्ज़तदार विवाहित पुरुष हूँ, साधारण-सा...''

''आप साधारण नहीं हैं,'' मधुलिका ने कहा, ''आप एक मेधावी, जीवन्त और कोमल-से व्यक्ति हैं। आपके साथ मुझे अच्छा लगता है। बस, मेरे लिए यही पर्याप्त है...''

दर्पण में अपने को चिरन्तन रोज़ देखते आए हैं, फिर भी जैसे कभी ध्यान नहीं दिया कि आम व्यक्ति से कुछ अलग हटकर हैं। पद की गरिमा, अध्ययन-मनन का तेज, सबकुछ मिलाकर एक आकर्षक व्यक्तित्व है उनका। सन्दीपनी कभी कुछ नहीं कहती, शायद उसमें इतनी विश्लेषणात्मकता नहीं है, कपड़े सुखाओ, कपड़े उठाओ, गड्डी की गड्डी दराज़ में जमाकर रखो...बच्चों की यूनिफॉर्मों पर इस्तरी करवाओ—वह ऐसे ही कामों में उलझी रहती है।

''क्यों सन्दू, तुमने मुझे पहली बार देखा तो कैसा लगा ?''

सन्दीपनी आश्चर्य से उन्हें देखने लगी, उसके हाथ थम गए और दराज़ खुली की खुली रह गई।

''बताओ न ?''

''मैं आपको कैसी लगी ?''

"बहुत सुन्दर।"

"आप भी मुझे अच्छे लगे..." सन्दीपनी ने कहा, "जो बिंध गया सो मोती," उसने अकस्मात् जोड़ा।

"मान लो, तुम एक राजकन्या होतीं और तुम्हारे स्वयंवर में मैं आता तो, क्या तुम मुझे वरतीं?"

सन्दीपनी ने तुरन्त जवाब नहीं दिया। दराज़ बन्द की और बोली, "इन बातों का क्या तुक..."

"वरतीं न...मुझी को वरतीं?" चिरन्तन का स्वर आक्रामक हो चला।

"नियति यही थी कि आपको ही वरती..." उसने कहा और बाहर चली गई। वह रात को देर तक खटपट करती है, सबको गरम दूध भिजवाती है, चौका उठाती है, सारे दरवाज़े दो-दो, तीन-तीन बार देखती है कि ठीक से बन्द हैं या नहीं, फिर भी जब वह अपनी चारपाई पर लेटती है तो वह चर्रमर्र करती है और चिरन्तन की आँख खुल जाती है।

वह कभी प्रतिवाद नहीं करती, पर चिरन्तन को मधुलिका की थरथराती उत्सुकता, सैली की पटुता याद आती है। फिर भी वह सन्दीपनी के अलावा किसी और की पत्नी-रूप में कल्पना कर ही नहीं सकते। और वही सन्दीपनी पागल हो गई है, उस पर किसी प्रेतनी का साया है, सन्दीपनी पागलपन में सैली...सैली चिल्लाती है—क्या यह सब सम्भव है। चिरन्तन को विश्वास नहीं होता—पर वह असहाय हैं। सन्दीपनी बहुत दिनों तक वापस नहीं लौटी। चिरन्तन के आने से वह और विचलित हो जाती है, पूरी तरह ठीक न होने तक वह न ही आएँ तो अच्छा हो—यह सन्देश उन तक पहुँच गया।

चिरन्तन को समय नहीं है, 'डिग' पर जाना है, सबकुछ ठीक-ठाक करना है, पर्चे, काग़ज़, पुस्तक के प्रूफ। वह सन्दीपनी से बिना मिले ही डिग पर चले गए—उनका दफ़्तर सेट हो गया, विद्यार्थी और सहायक जुट गए। सबकुछ होते हुए भी जब सुबह बिस्तर से उठकर पर्दा खोलते हैं तो बहुत अकेला लगता है। उन्हें मालूम नहीं किसके लिए, किसकी अनुपस्थिति का अभाव उन्हें काट रहा है।

कमरे में खटपट हो रही है। बैरा बीमार है, उसकी पत्नी बिस्तर लगा रही है। कम्बल वग़ैरह ठीक करके वह पीछे हटती है और चिरन्तन से टकरा जाती है...

"नहाई-धोई है न?" चिरन्तन अपनी आवाज़ को स्वयं झटके से सुनते हैं।

एक बार सब चेहरे फिर गड्डमड्ड हो जाते हैं, सन्दीपनी की तरह ही है वह ठंडी, सबकुछ सहती, स्वीकार करती हुई। वह कुछ माँगती नहीं, पर चिरन्तन कुछ नोट उसकी तरफ़ सरका देते हैं।

"फिर कब आने को होगा?" नोट साड़ी के छोर में बाँधती हुई वह पूछती है। रोशनी उसके माथे की बिन्दी पर झिलमिला रही है, उसकी नुकीली ठोढ़ी पर गुदना है। चिरन्तन दृष्टि हटा लेते हैं, "कल," वह कहते हैं।

वह एक वहशीपने से काम में जुट जाते हैं; सारे-सारे दिन, रात देर तक उनके कमरे में बत्ती जलती रहती है। सुखमी अँधेरे में चुपचाप बैठी रहती है। बत्ती बुझने के इन्तज़ार में।

"तेरा मर्द कुछ नहीं कहता?"

"दारू पीकर रात-भर धुत्त रहता है..."

"तो तू अक्सर सर्किट हाउस में ऐसे ही आया करती है? हरेक के साथ..."

"हरेक के साथ नहीं साहब...आप तो मेरे को अच्छे लगने लगे हो। मैं तो आपसे पैसा नहीं लेना चाहती, पर क्या करूँ...घर में बच्चा है।"

सन्दीपनी के पागलपन के लक्षण सुनकर एक डॉक्टर मित्र सलाह देते हैं कि चिरन्तन नसबन्दी करा लें। सन्दीपनी को डर फिर गर्भवती होने का है, और फिर उस बच्चे को खो देने का। चिरन्तन पहले हिचकिचाते हैं। साइट से लौटकर पाते हैं कि सन्दीपनी लौट आई है। तार पर कतार के कतार बच्चों के कपड़े सूख रहे हैं। वह काफ़ी दुबली-पतली हो गई है, रंग भी झुलस गया है, बोलती तो पहले भी कम थी। कोई काम नहीं होता तो वह चुपचाप झूले पर बैठी रहती है। कभी-कभी चुपचाप रोती है सन्दीपनी, सिर उठाओ और देखो तो तुम पाओगी कि नीरव, शब्दहीन आँसुओं की धारा उसके गालों पर बह रही है। कभी-कभी काम बीच में अधूरा छोड़कर उठ आती है। जब चिरन्तन देर तक स्टडी में काम करते हैं तो वह उनका इन्तज़ार करती है। उनके आने पर ही वह बत्ती बुझाती है और अलग अपनी मसहरी में घुसकर लेट जाती है।

चिरन्तन उसे छूते हुए, उसके पास जाते हुए डरते-से हैं। उन्होंने नसबन्दी करा ली है, वह यह चाहने पर भी उससे नहीं कह पाते।

सन्दीपनी ने उन्हें छोड़ दिया है, अब वह उन्हें नहीं सहेगी...एक कमरे में,

पास के बिस्तर पर सोएगी, मगर अगर कभी वह हाथ भी बढ़ाते हैं तो वह सिमट, सिकुड़ जाती है। उसके साथ–साथ चिरन्तन का जीवन जैसे एकदम बदल गया है। घर की शैया पर पत्नी होने का विचार ही उन्हें बहुत आश्वस्त–सा रखता था। समय पर जैसे नियमित रूप से भोजन उनके सामने आ जाता है, उन्हें कोई फ़िक्र नहीं, न ज़िम्मेदारी, गेहूँ कब आया, कब धुला, सूखा, कब पिसा, बाज़ार में तरकारी मिल रही है या नहीं—इन ज़िम्मेदारियों से वह परे थे। समय पर बुलावा आता था और भोजन का थाल सामने आ जाता था। उनके आसपास जीमते बच्चों का शोरगुल चलता रहता। उसी प्रकार ज़रूरत महसूस होने पर हाथ बढ़ाकर सन्दीपनी को जगाना ही पर्याप्त होता था, अब वह हर समय एक खीझ और झुँझलाहट से भरे रहते। जैसे सन्दीपनी का हर समय मौजूद रहना बाहरी गतिविधियों के लिए ज़रूरी था। उन्होंने अधिक से अधिक समय बाहर बिताना शुरू कर दिया। देर–देर तक विभाग में बैठे रहते, पी–एच.डी. छात्रों को परामर्श देते रहते, लाइब्रेरी चले जाते या संग्रहालय में बैठे रहते। मधुलिका, मंजुलिका, अवन्तिका के साथ अनमने, विरक्त, उखड़े-उखड़े, केवल एक शारीरिक गति से बाध्य; परन्तु कहाँ और क्या कुछ खो गया है, उसे चीन्हने का उन्हें समय नहीं था, या शायद जानना चाहते भी नहीं थे।

इसी बीच जब उन्हें विदेश जाकर एक सत्र रहने का अवसर मिला तो उन्होंने बहुत उत्सुकता से स्वीकार कर लिया। विश्वविद्यालय की गर्मी की छुट्टियाँ थीं, काम बन्द था, सन्दीपनी बरांडे में झूले पर बैठी रहती थी। आगे–पीछे बगिया में अपने आप पेड़ फलते रहते, फूलते रहते। एक–एक पेड़ पर चालीस–चालीस कटहल, नींबू के लदालद भरे झाड़, अमराई में मोर और कोयल, पर सामने सिर्फ़ कुछ बेहया बोगनविलिया और नागफनी की बाड़। चाहे खाद हो या नहीं, बोगनविलिया बारहों महीने फूलती रहती थी। यह सब पीछे छोड़ते हुए चिरन्तन को कुछ भी नहीं लगा। यह उनकी पहली विदेश यात्रा थी, उनके परिचित, सहयोगी विद्यार्थी पूरे यूरोप और उत्तर अमेरिका में बिखरे थे। ढेर सारे निमंत्रण थे उनके पास।

पर यह अप्रत्याशित, अकस्मात् पड़ा दिल का दौरा; कैसे एक निमिष मात्र में दुनिया बदल जाती है।

'तो चिरन्तन ठाकुर...' उन्होंने अपने आप से कहा। 'अब ?'

उन्होंने निश्चय किया कि अब वह एक संन्यासी की तरह रहेंगे, संयम,

नियम से, सारे इन्द्रिय-सुख छोड़कर; शेष जीवन पढ़ने-लिखने में व्यतीत करेंगे।

वह सब लेने आए थे। कंठ अवरुद्ध, आँखें गीली, कृतज्ञ कि चिरन्तन सही-सलामत लौट आए हैं। बेटों और बेटियों को हृदय से लगाते हुए चिरन्तन के मन में भी एक ज्वार-सा उठा, कितने छोटे-छोटे हैं यह सब, अभी तो जैसे दूध के दाँत भी नहीं टूटे हैं।

आसपास काफ़ी परिवर्तन-सा लगा उन्हें—पूरे समय के लिए ड्राइवर रख लिया था, कभी रात-बिरात ज़रूरत पड़ जाए। पिछवाड़े मिस्त्री और मज़दूर लगे थे और आँगन को पक्का करके उधर नई रसोई बन रही थी। आगे जहाँ बंजर ज़मीन पड़ी रहती थी, माली खुदाई कर रहा था। चिरन्तन को ऊपर दुमंज़िले पर नहीं जाने दिया गया। मँझले भैया ने चाभियाँ भेजकर नीचे ही अपने हिस्से के कमरे खुलवा दिए थे।

रात को सन्दीपनी आकर पलंग पर बैठ गई। चिरन्तन ने आँखें खोलीं, वह न रोने की चेष्टा कर रही थी।

''आप एकदम ठीक तो हैं न?''

''बिलकुल। तुम क्या घबड़ा गई थीं?''

''बहुत।''

एक लम्बा सन्नाटा। चिरन्तन ने एक लम्बी आह भरी और कहा, ''जाओ...जाकर सो जाओ, थक गई होगी।''

सन्दीपनी ने बत्ती बुझा दी और पास के पलंग पर लेट गई। न जाने क्यों पलंग बराबर-बराबर नहीं पड़े थे। चिरन्तन ने पूछा, ''चारपाइयाँ ऐसे क्यों डलवाई हैं?''

''उधर खिड़की है न, आपको हवा आएगी।'' कुछ चुप रहने के बाद सन्दीपनी ने कहा, ''सुनिए, अब बाल-बच्चों की भी कुछ फिक्र करनी चाहिए?''

चिरन्तन ने हुँकारी भरी।

''बड़े भैया ने कुछ जन्मपत्रियाँ भेजी हैं—मुन्नन और लल्लन के लिए।''

''अरे अभी से? अभी छोटे हैं।''

''छोटे हैं? आपकी क्या उमर थी, याद नहीं?''

''पहले पढ़ाई तो ख़तम कर लेने देतीं।''

''मुन्नन बी.कॉम हो ही जाएँगे इस साल, लल्लन भी साल-डेढ़ साल में

कमाने-खाने लगेंगे। क्या हम बहुओं को खिला-पिला नहीं सकते?''

चिरन्तन चुप रहे।

''जन्मपत्री मैंने मिलवा ली है। बस लड़की देखकर गोद-भराई करना बाक़ी है।''

''जब तुमने सब कर ही लिया है तो मुझसे क्यों पूछ रही हो?''

''एक-एक करके काम निबटते जाएँ तो...''

सन्दीपनी डर रही है कि इनकी ज़िन्दगी न जाने कब ख़तम हो जाए। चिरन्तन अपने दिल की धड़कन को सुनते हैं, अभी तो मज़े से, सम गति से धक्‌धक्‌ किए जा रहा है।

एक के बाद एक—घर में विवाहों का ताँता लग गया—लल्लन, मुन्नन, चारुमित्रा, शाश्वत और यहाँ तक कि छुटकी की भी शादी हो गई। गोरी-गोरी कम उम्र की बहुएँ, छोटे-छोटे दामाद...घर में काम का सिलसिला ख़तम ही नहीं हुआ, बेटों के लिए ख़ाली पड़ी ज़मीन पर कमरे बने, नई तरह के गुसलख़ाने और अपनी-अपनी बैठकें। सन्दीपनी ने भी दो नए कमरे बनवा लिए, और चलते-चलाते, हवेली की लम्बी दाईं भुजा के छोर पर चिरन्तन ने अतिथिगृह बनवा लिया, दो वातानुकूलित कमरे, उनसे सटी उनकी स्टडी, प्राइवेट संग्रहालय। इधर-उधर भटकना, खुदाई, अन्वेषण यह सब उन्होंने युवा सहयोगियों और पी-एच.डी. वाले विद्यार्थियों को सँभलवा दिया था। कभी-कभी 'डिग' पर जाते तो फिर अपने को जवान और स्वस्थ महसूस करने लगते। पर फिर भी मुँह में एक बकटा-बकटा स्वाद बना रहता, बसों में भर-भरकर एक दिन के लिए आनेवाली छात्राओं के चमकते उत्सुक चेहरों में चारुमित्रा की झलक दिखती, उनके साथ की अध्यापिकाएँ आदर और सम्मान से चिरन्तन को सम्बोधित करतीं। अब न जाने क्यों उन्हें कोई स्त्री इतनी रुचती ही नहीं कि जिसके लिए इतना सब प्रयत्न किया जाए। वह समझ नहीं पाते कि अब जब जीवन में इतना सबकुछ है—पुरस्कार और प्रशस्ति पत्र, अन्तर्राष्ट्रीय ख्याति—तब भी यह अनमनापन क्यों बस गया है। उन्होंने 'डिग' पर जाना ही छोड़ दिया, बस विश्वविद्यालय जाते और अपनी वातानुकूलित स्टडी में बैठकर पढ़ते-लिखते। जब कभी दृष्टि उठाते तो दूर तार पर पौत्रों-पौत्रियों के छोटे-छोटे कपड़े सूखते दिखाई देते। मन में एक कचोट-सी उठती—अब इस जीवन में क्या इसी ख़ालीपन के साथ रहना पड़ेगा...क्या अब कुछ नहीं बचा?

चिरन्तन मुख्य आलेख पढ़ने के बाद, प्रश्नों और प्रहारों को झेलकर जब ख़ाली होते हॉल से बाहर निकलने लगे तो किसी ने हल्के से उनकी बाँह छुई। वह देखते रह गए, ''मुझे विश्वास नहीं हो रहा है...सैली ?'' वह सैली ही थी, वही नीली आँखें, वही धूप में पकी गेहूँ की बालियों के रंग के-से बाल...

''तुम कहाँ थीं अब तक ? तुम कहाँ खो गई थीं ?''

''वह एक लम्बी कहानी है,'' सैली ने बहुत आत्मीय भाव से उनकी बाँह पकड़ ली।

''...'' वह सैली को एकटक देख रहे थे। उन्हें खुशी हुई कि वह मरी नहीं है और सन्दीपनी पर उसके प्रेत की बात केवल कपोलकल्पना थी। सैली पर भी समय ने छाप छोड़ी थी, उसका चेहरा हँसते समय भी चढ़ते यौवन का वह भोलापन भी नहीं छू पा रहा था; वह दोनों कांफ्रेंस की रेल-पेल से घिरे हुए थे। सारी पैनल्स, अभी साढ़े-पाँच बजे ही छूटी थीं और लॉबी खचाखच भर उठी थी।

''हम कहीं बैठ नहीं सकते ?'' सैली ने कहा, ''बार में। मुझे प्यास लग रही है।''

बार में अभी इतनी भीड़ नहीं थी। एक दुबली-पतली स्त्री पियानो पर बैठी कोई धुन बजा रही थी। वेटर आकर भुने काजू और पिस्तों की एक कटोरी उनके सामने रखकर ऑर्डर की प्रतीक्षा में खड़ा हो गया...

''ब्रांडी मैनहैटन...'' सैली ने कहा, ''न्यूयार्क में हमें मैनहैटन ही पीना चाहिए न...'' वह चिरन्तन को देखकर मुस्कराने लगी।

''दो ब्रांडी मैनहैटन...'' चिरन्तन ने कहा। मालूम नहीं कितने के होंगे वाल्डौर्फ़ एस्टोरिया के बार में, उन्होंने मन ही मन सोचा।

''कितना सुखद चमत्कार-सा है कि इतने सालों बाद हम मिल रहे हैं...'' सैली ने एक घूँट लेकर कहा। वह टूथपिक में लगी चेरी और नारंगी की फाँक से अपनी ड्रिंक हिलाने लगी, ''तुम तो एकदम खो ही गईं, अपना सामान उठाने भी नहीं आईं...''

''हाँ...वह बक्सा। वह वहीं रह गया।'' सैली एकटक चिरन्तन को देख रही थी।

''तुम्हारी लैंडलेडी ने फिर मेरे पास ही भिजवा दिया।''

''तो वह भी तुम्हारे संग्रहालय का एक भाग बन गया होगा।''

"हाँ...अब वह प्रदर्शन पर है, इस इबारत के साथ—एक पगली लड़की का बक्सा जिसे जैसलमेर ने लील लिया।"

वह हँसने लगी, "तुम बदले नहीं, बिलकुल वैसे ही हो, कोमल-कोमल और फ़नी।"

चिरन्तन ने हाथ बढ़ाकर उसके गाल को छुआ, उनकी दृष्टि एक-दूसरे से बँधकर रह गई।

सैली ने अपनी आँखें अपने ख़ाली गिलास पर झुकाकर कहा, "आज नहीं चीरू, आज दिन ठीक नहीं है।"

चिरन्तन का हाथ झटका खाकर नीचे गिर गया। वह इतने खुलेपन के आदी नहीं रहे थे।

"तुम कितने दिन हो यहाँ ?" सैली पूछ रही थी। "रविवार तक तो रहोगे न ?"

"तीन दिन तो कांफ्रेस ही है," चिरन्तन ने कहा। "सोमवार की सुबह मैं वाशिंगटन जा रहा हूँ...वहाँ स्मिथसोनियन में एक प्रदर्शनी हो रही है।"

"आज के अख़बार में तुम्हारे भाषण का नोटिस था। मुझे बहुत अच्छा लगा। जैसे कि दैवी चमत्कार..."

बार में भीड़ बढ़ने लगी। "तुम यहीं रहती हो ? न्यूयार्क़ में ?"

"नहीं। मैं आई थी, वास्तव में मैं एक सप्ताह के लिए स्विट्ज़रलैंड जानेवाली थी।"

"तुम्हारी यायावर आदतें बदली नहीं..." चिरन्तन ने लाड़ से कहा।

"मैं वहाँ एक क्लिनिक में जा रही थी," उसने धीमे से कहा, "पर अब उसकी ज़रूरत नहीं पड़ेगी।"

"क्या तुम कुछ बीमार हो ?" चिरन्तन ने परेशान होकर पूछा। वह उसके चेहरे पर असाध्य बीमारी के लक्षण ढूँढ़ने लगे, मगर वह वैसी की वैसी ही लगी।

"मैं बिलकुल फ़िट हूँ, एक घोड़ी की तरह, मज़बूत और हिम्मतदार। तुम ऐसा ही कहा करते थे, याद है न ?"

"तुम अपने बारे में कुछ बताओ न ?"

"बताऊँगी। अभी तो शुक्रवार की शाम ही है। तुम क्या करना चाहोगे ? बाइ द वे, तुम फ़िक्र मत करो, मेरे पास पैसा है। तुम्हें याद है न, मेरे पिता के उत्तर में जंगल थे, उनसे मुझे काफ़ी पैसा मिला है। तुम मना मत करना चीरू,

आज मैं बहुत खुश हूँ। आज मेरी बहुत पुरानी मुराद पूरी हो रही है।''

उन्होंने सैली को सहारा देकर उठाया, शायद वह उनके भाषण से पहले ही पी रही होगी, नहीं तो दो ड्रिंक में वह आउट होनेवाली नहीं थी। सैली ने उन्हें चाबी पकड़ा दी, उस पर कमरे का नम्बर लिखा था। वह तेज़ लिफ्ट से चौबीसवीं मंज़िल पर पहुँचे, कमरे में पहुँचते ही सैली बिस्तर पर गिर गई, सैंडिल पहने ही पहने। उसकी आँखें मुँदी थीं पर वह होंठों में कुछ बुदबुदा रही थी, कुछ अस्पष्ट शब्द...कमरा साफ़-सुथरा और सजा हुआ था, कुर्सी के पीछे लापरवाही से एक फ़रकोट टँगा था...इसके अतिरिक्त कुछ भी नहीं छुआ गया था।

''सैली...आठ बज रहे हैं, मुझे भोज में जाना ही जाना है।''

सैली ने आँखें खोलीं, ''ओ.के...जाओ। कल मिलेंगे...आज का दिन ठीक नहीं है।''

चिरन्तन ने अपने को आह्लादित पाया। कैसा संयोग था कि सैली ने अख़बार में उनके भाषण के बारे में पढ़ लिया, नहीं तो वह मन ही मन समझने लगे थे कि सैली सचमुच मर गई है, और सन्दीपनी को वास्तव में प्रेत-बाधा थी। सैली अभी भी वैसी ही सुन्दर है, छरहरी, पारदर्शी नीली आँखोंवाली, पहले पीते नहीं देखा था, मगर अब समय भी तो कितना बीत गया। हाँ...जैसे पूरा जीवन ही बीत गया, बस अंजुलि में कुछ वर्ष ही बचे हैं। सबकुछ उपलब्ध हो गया, जो भी चाहा था, और सबके शिखर पर अन्तर्राष्ट्रीय ख्याति—पुरातत्त्व की कांफ्रेंस में मुख्य अतिथि के रूप में भाषण। अगले दिन वह सिर्फ़ सुबह के सेशन में गए, जाना ही था क्योंकि वह अध्यक्षता जो कर रहे थे, मगर उसमें किसने क्या पढ़ा, क्या कहा, क्या नई शोध की—इसकी उन्हें कुछ याद नहीं। वह एक-एक मिनट गुज़रने का बेताबी से इन्तज़ार करते रहे; सैली से लंच के बाद मिलने की बात थी।

लिफ्ट से ऊपर जाते हुए चिरन्तन को लगा कि जैसे उनके जीवन में इसी क्षण की कमी थी, जैसे हड़प्पा से मिस्त्र और यूनान, तसमानिया से कुस्ततुनतुनिया, सभ्यताओं के अवशेषों के बीच भटकते हुए उन्हें सिर्फ़ सैली की तलाश थी। वह हर चेहरे में सैली को ढूँढ़ते रहे थे। सैली ने जब मुस्कराते हुए दरवाज़ा खोला और चिरन्तन ने उसे छाती से सटा लिया तो लगा, हाँ सम्पूर्णता यहीं है। वह सैली के बाल सहलाने लगे। वह अलग हो गई और अपना

कोट उठाते हुए पूछा, "कहाँ चलना चाहोगे?"

"क्या हम यहीं नहीं रुक सकते? तुम्हें मालूम है कि मुझे न्यूयार्क घूमने में कोई दिलचस्पी नहीं है।"

"मैंने गाड़ी मँगा रखी है।" सैली ने कहा, "चलो कुछ घंटे के लिए सही। फिर आज की सारी रात और कल का पूरा दिन हम साथ ही बिताएँगे..."

'उसके बाद?' चिरन्तन ने अपने-आपसे पूछा।

गाड़ी की पिछली सीट पर सैली उनसे चिपटकर बैठ गई। चिरन्तन की बाँह ने उसकी कमर को घेर लिया। सबकुछ कितना सही, कितना सटीक लग रहा था। इतने वर्षों बाद भी जैसे रसायन वैसा का वैसा ही बना है। उसके बालों में चेहरा छुपाते हुए चिरन्तन के मुँह से अनायास निकल पड़ा, "ओह सैली, सैली। तुम्हें कितना 'मिस' किया मैंने।"

सैली की आँखें पिघलती हुई नीली झील की तरह थीं। उसने तर्जनी चिरन्तन के होंठों पर रख दी, "चलो, वापस चलें," पर वह कमरे में नहीं गए। उसी अँधेरे से बार में जाकर बैठ गए और सैली ने दो मैनहैटन ऑर्डर कर दीं।

"तुम इतने साल क्या करते रहे?" ड्रिंक आने पर उसने पूछा।

"कुछ विशेष नहीं..." चिरन्तन ने कहा। बच्चों के विवाह, सन्दीपनी की सनक, पुस्तकें, खुदाइयाँ, निर्णय, सम्मान।

"कुछ विशेष नहीं," चिरन्तन ने दोहराया। "और तुम?"

सैली मुस्कराने लगी...उसने पुरानी आदत के अनुसार अपने बालों में उँगलियाँ फेरीं, "बहुत कुछ घटा मेरे साथ..."

"जैसे कि..."

"जैसलमेर से बॉर्डर पार कर पाकिस्तान...वहाँ घूमती रही, वहाँ से चीन, तिब्बत फिर रूस होती हुई लौटी, यूरोप में रही...अच्छा लगा, पैरिस में फ़्लैट लेकर डेढ़ साल रही। फिर मेरे पिता की मृत्यु हो गई और मैं लौट आई।"

"बड़ी हो गई हो।" चिरन्तन ने कहा।

"हाँ...तुम मुझे पागल लड़की कहा करते थे न। मालूम...अभी भी हूँ, थोड़ी-थोड़ी। तुम्हें देखकर, तुमसे मिलकर वही सैलाब लौट आया है, गरासिया चरवाहे, अरावली की पहाड़ियाँ, बरसात में मोर...मगर तुम तो अब भी वैसे ही हो—शान्त, गम्भीर, केन्द्रित..."

"शायद नहीं..." चिरन्तन ने कहा। उन्हें लगा कि सैली को बस दो शब्द

कहने-भर हैं और वह ढह जाएँगे...पार कर जाएँगे सारी दूरियाँ। वह सब पीछे छोड़ देंगे, और सागर के इस छोर पर उसके साथ सारी ज़िन्दगी काट देंगे। तुम बस एक बार कहो तो सैली...कहकर तो देखो।

पर वह मुहूर्त निकल गया।

"मैंने विवाह किया था," सैली ने कहा, "अपने पिता के पार्टनर के बेटे से। मैं उसे बचपन से जानती थी, साथ-साथ खेले थे। सात साल के बाद हम अलग हो गए।"

चिरन्तन चुपचाप पीते रहे।

"मालूम, मेरी उम्र क्या हो गई है? सैंतीस साल...और पैसे के अलावा मेरे पास कुछ भी नहीं है।"

"तुम अभी भी युवा हो सैली...सबकुछ है तुम्हारे पास। आकर्षक हो, इंटेलिजेंट हो," चिरन्तन ने कहा।

"तुम सच्ची-सच्ची कह रहे हो न?"

"सच्ची-सच्ची...मैंने तुमसे कभी झूठ बोला है क्या?"

"यह तो ठीक कह रहे हो। तुमने कभी मुझे धोखे में नहीं रखा, कभी झूठमूठ भी नहीं कहा कि तुमने मुझे प्यार किया है। बस सोते रहे मेरे साथ...रातों के बाद रातों को..."

सैली ने दूसरी ड्रिंक का ऑर्डर कर दिया।

"वह सब बदल गया है सैली।"

पियानो पर एक उदास-सी धुन बज रही थी और बार में थोड़ा-थोड़ा बातचीत का शोर गूँजने लगा था।

"तुम्हें मालूम नहीं चीरू—कि इस दुनिया में कितने लोग ऐसे हैं जो कि झूठे हैं, धोखेबाज हैं, पैसे के लिए सबकुछ करने को तैयार हैं। मगर तुम सबसे अलग हो, सबसे विलक्षण। तुममें आन है, एक गरिमा है, एक कोमलता है—मेरा मन कितने सालों तुम्हारे लिए रोता रहा..."

"पर अब तो हम साथ हैं सैली..." चिरन्तन ने हल्के से कहा।

"पर कब तक?" सैली की आवाज़ बहुत अस्पष्ट थी, जैसे वह अपने-आपसे बात कर रही हो।

"जब तक तुम चाहो..." चिरन्तन को आश्चर्य हुआ कि कितनी सहजता से वह यह कह गए।

"मुझे तुम्हारी ज़रूरत है। तुम्हारे जैसे मेधावी, आकर्षक और इज़्ज़तदार पुरुष की..."

"मैं यहाँ हूँ सैली..." चिरन्तन ने उसका हाथ अपनी हथेली से ढँक लिया। उन्हें सहसा यह दृश्य बड़ा कृत्रिम, बड़ा नाटकीय-सा लगने लगा। साथ में यह अहसास भी था कि बार में कोई परिचित न मिल जाए।

"चलो कमरे में चलें..." चिरन्तन ने सैली को सहारा देकर उठाया, फ़रकोट उसके कन्धों पर सहेजा और पिछले दरवाज़े से बाहर निकल आए।

कमरे में शाम का आलोक था, मैनहैटन की असंख्य बत्तियों का प्रकाश झिरझिरी से छनता हुआ आ रहा था। सैली पलंग पर बैठ गई।

"मैं एकदम सोबर हूँ।"

"मैंने कब कहा कि तुम नशे में हो।"

"तुम रूम सर्विस से कहकर कुछ खाने को मँगा लो...तब तक मैं कपड़े बदलकर आती हूँ। शैम्पेन मिनी बार में होगी।"

बाहर आने में सैली को बहुत देर लगी। चिरन्तन एक अधीर उत्सुकता से उसकी प्रतीक्षा करते रहे। जब वह बाहर आई तब तक मेज़ पर स्ट्राबेरी और क्रीम रखी थी। वह केवल होटल की बाथरोब पहने थी, एकदम सफ़ेद मुलायम, रोएँदार उसके बाल नहाने के बाद एकदम घुँघराले हो आए थे; उनमें अभी भी हल्की-सी नमी थी।

"लाओ...मैं शैम्पेन खोल दूँ।" सैली ने कहा।

"क्या तुम समझती हो कि मुझे बोतल खोलना नहीं आता," चिरन्तन ने पूछा।

वह हँसने लगी, "मैं चाहती हूँ कि तुम अपनी सारी ताकत बाद के लिए बचाकर रखो..."

"मैं इतना बूढ़ा हो गया हूँ क्या?"

"नहीं...नहीं...नहीं...नहीं...नहीं, मेरा मतलब यह नहीं था..." वह दोनों साथ-साथ हँसने लगे।

उसने स्ट्राबेरी को क्रीम में लपेटा और फिर चिरन्तन के होंठों की तरफ़ बढ़ा दी...मक्खन-मलाई उन्हें एकदम मना है, यह कहने का यह समय नहीं था। चिरन्तन ने वह सैली के हाथ से लेकर सैली को ही खिला दी। उसे यह अच्छा लगा है, यह स्पष्ट था।

"तो चीरू..." बात शुरू करने का यह सैली का पुराना तरीक़ा था, "स्थिति यह है कि मेरी उम्र हो गई है सैंतीस साल...और मेरे पास कुछ भी नहीं है, न जवानी, न पति, न बाल-बच्चे—है केवल पैसा और पैसा..." उसने एक नई स्ट्राबेरी को मलाई में लपेटा और चिरन्तन की प्रश्नात्मक मुद्रा के उत्तर में कहा, "हाँ...कोई बच्चा नहीं हुआ। बाद में पता चला कि स्टुअर्ट में ही कमी थी...उसके वीर्य में शुक्राणु बहुत कम थे..."

चिरन्तन की समझ में नहीं आया कि वह क्या कहें, इस रुमानी और अन्तरंग क्षण में स्टुअर्ट के शुक्राणुओं का जिक्र उन्हें असंगत-सा लगा। पर वह चुपचाप शैम्पेन के घूँट पीते रहे। सैली उनके पास सरक आई और जैसे अनजान हो, ऐसे उनकी कमीज़ के बटन खोलने लगी...

"फिर भी हमने बहुत प्रयत्न किए..." उसने चिरन्तन की कमीज़ शरीर से अलग कर दी। "और जब कोई इलाज, कोई डॉक्टर सफल नहीं हुआ तो हम अलग हो गए। मैं सात साल से बच्चे के लिए कलप रही हूँ—सात साल से। मैंने हज़ारों डालर दवा-इलाज में ख़र्च कर दिए, कितनी बार अस्पताल गई, ऑपरेशन हुए—मगर तुम वह नहीं सुनना चाहोगे।"

"बेचारी सैली..." चिरन्तन ने प्यार और सहानुभूति से भरकर कहा और उसे पास खींचकर चूमने लगे। सैली ने हल्के से अपने को अलग कर लिया।...तुम्हें मानो गुमान भी नहीं है कि मैं क्या कह रही हूँ..."मैंने एक बच्चे की ख़ातिर...अपने पेट के बच्चे की ख़ातिर क्या-क्या झेला है। स्टुअर्ट कहता था कि हम बच्चा गोद ले लें...मगर मैं अपना बच्चा चाहती हूँ, उस पूरी प्रक्रिया को हर क्षण महसूस करना चाहती हूँ...शायद यह मेरा स्वार्थ है, मेरी आत्मकेन्द्रितता है, पर चलोऽऽ, है..." उसने असहाय मुद्रा में हथेलियाँ एक याचक की तरह फैला दीं।

चिरन्तन थोड़ी-सी आश्वस्ति अनुभव करने लगे थे। उन्होंने गिलास उठा लिया और एक घूँट पी। छोटे-छोटे बुलबुले गिलास के किनारों पर झाग की तरह चिपके हुए थे। गिलास को गोल-गोल हिलाते हुए उन्होंने एक घूँट और ली।

"अब मैं स्विट्ज़रलैंड के एक क्लिनिक में जाने लगी हूँ," सैली ने कहा। कमरे में उसने बत्ती नहीं जलाई थी, मगर अन्दर अँधेरा नहीं था, शाम के गहरेपन में बाहर की बत्तियाँ और तेज़ लग रही थीं। "वहाँ पहले दो प्रयास सफल नहीं हुए...अब उन लोगों ने तीसरा वीर्यदाता ढूँढ़ा है, लम्बा और मेधावी क्लिनिक

का ही कोई डॉक्टर है, यद्यपि वह नाम मुझे नहीं बताएँगे। मगर अब मुझे उससे करना ही क्या है, गाय-भैंसों की तरह लगता है मुझको; केवल एक प्रक्रिया, एक ठंडी क्लिनिकल प्रक्रिया...'' सैली चिरन्तन के पास सरक आई और उसने अपना चेहरा पूर्ण समर्पण में चिरन्तन की छाती से सटा दिया। उसकी दोनों बाँहों ने चिरन्तन को घेर लिया।

''मुझे न जाने क्यों पूरा विश्वास है कि आज रात हम सफल होंगे...कितना गर्व होगा मुझे बच्चा पाकर...मुझे तुमसे प्यार भी रहा है। मैं बहुत Excited हूँ चीरू! तुम्हें भी अच्छा लगेगा...मैं उसे हर साल भारत लाया करूँगी...''

''सैली...सैली...सैली, रुको...इतनी तेज़ मत जाओ...'' चिरन्तन ने उसके बाल सहलाए।

''मैं नसबन्दी करा चुका हूँ।'' उन्होंने हल्के से जोड़ा।

सैली झटका खाकर उनसे अलग हो गई, वह निर्वाक् उन्हें देखती रह गई, अनझिप।

''कह दो कि तुम मुझसे हँसी कर रहे हो। कह दो कि तुम यह इसलिए कह रहे हो कि तुम मुझसे बच्चा नहीं चाहते क्योंकि तुम मुझे प्यार नहीं करते?''

''ऐसा नहीं है सैली...मैं तुम्हें प्यार भी करता हूँ और तुम्हारा बच्चा मेरे लिए बहुत प्रेशस होता,'' कुछ रुककर उन्होंने कहा। ''नसबन्दी रिवर्स भी हो सकती है।''

''मेरे पास इतना समय नहीं है।'' सैली ने बाँहों से अपने घुटने घेर लिए, अपने में अपने को समावेश करते हुए। उसकी आँखों से आँसू टपकने लगे।

चिरन्तन चुपचाप उसे देखते रहे। वह सैली के आँसू कभी नहीं सह पाए। वह समझ नहीं पाए कि क्या करें। सहसा सैली ने सिर उठाकर उन्हें सीधे-सीधे ताका और कहा, ''तुम अब जा सकते हो—मुझे तुम्हारी ज़रूरत नहीं है।'' और उनकी कमीज़ गोल-गोल करके चिरन्तन पर फेंक दी। फिर उसने अपने आँसू अपने-आप पोंछे और निश्चय-भरी मुद्रा से कहा, ''अगर मैं आज रात की फ्लाइट पकड़ूँ तो कल सुबह ज्यूरिख पहुँच सकती हूँ...कल का दिन ही नियत हुआ था।''

चिरन्तन ने अपनी कमीज़ के बटन बन्द करते हुए सैली को देखा। फिर उन्होंने कहा, ''ईश्वर तुम्हारी मनोकामना पूरी करे सैली...'' वह आगे कुछ और न कह सके, उनका कंठ अवरुद्ध हो गया था। होटल के सामने खड़े टैक्सी के

इन्तज़ार में चिरन्तन को अचानक लगा कि जैसे सारे न्यूयार्क में ब्लैक आउट हो गया है। उस घुप अँधेरे में जब टैक्सी आएगी तो उन्हें मालूम नहीं है कि उन्हें कहाँ जाना है।

## आधा शहर

मुझे देख थोड़ा-सा ताज्जुब हुआ। जाड़े के मौसम में भी पंखे चल रहे थे। एयरपोर्ट छोटा था, साफ़-सुथरा, चारों तरफ़ जाड़े की चटख धूप, मुझे अपनी बाँह पर ओवरकोट बहुत भारी लग उठा। उसे ब्रीफकेस पर रखकर मैंने सामने देखा तो पाया कि इस बीच वह जंगले के पास आकर खड़ी हो गई है। पहली नज़र में वह पूरी हिन्दुस्तानी हो आई दिखाई दी; चिपके-चिपके बाल, सँकरे माथे पर बड़ी-सी बिन्दी, इतनी बड़ी कि वह मेरी आँख में खटक उठी। वह मुझे देखकर मुस्करा दी। मैं उसकी मुस्कराहट के बारे में भूल गया था। वैसे उसका चेहरा हमेशा ही लगता था कि जैसे वह मुस्करा रही हो। पर जब वह सचमुच मुस्कराती थी तो उसके चेहरे पर एक आभा-सी आ जाती थी और बाएँ गाल पर एक बहुत हल्का-सा गड्ढा बन जाता था। अब, सामान के जहाज़ से उतरने और आने तक के इन मिनटों में मुझे अपने ऊपर हैरानी होने लगी है कि इला पंडित के गाल का वह हल्का-सा गड्ढा मेरी याद में कैसे टँका रह गया। यही नहीं, उसे देखते ही कितनी छोटी-बड़ी बातों का रेला मन में आ गया। हमने औपचारिक बातें कीं, पोर्टर ने मेरा सूटकेस उठाया और इला के इशारे पर टैक्सी में रख दिया।

"हम कहाँ जा रहे हैं?" मैंने पूछा।

"तुम देखोगे?" हम अंग्रेजी में ही बात करते हैं और इसका हिन्दी में अनुवाद मेरे मन में तुम ही बनता है। वैसे इला ने कभी मुझे तुम नहीं कहा था।

उसके हाथ गोद में रखे थे, एक-दूसरे में गुँथे हुए। यह मुद्रा पुरानी थी। अपना बचाव करने को एकदम तैयार-सी। "अच्छी जगह है।" मैंने कहा। मध्याह्न की धूप जैसे अन्दर आकर मेरे हाथ-पैर सेंकने लगी। बाहर रंग-बिरंगी झाड़ियाँ थीं। तरह-तरह के फूल। फूलों के नाम मुझे नहीं मालूम।

"कब से यहाँ हो?" मैंने इला की तरफ़ मुड़ते हुए पूछा।

"सदी शुरू होने से ही।"

"काम कैसा चल रहा है?" मैंने बहुत सतर्कता से पूछा।

वह सकुचा आई, "ठीक-ठीक।"

वह साफ़ बोल रही थी। उसने एक उड़ती नज़र डालकर मुझे देखा फिर बाहर देखने लगी।

"कब तक ख़तम करने का इरादा है?" मैंने कुरेदकर पूछा।

"मई-जून तक। जुलाई-अगस्त में रैप-अप करने का इरादा है।"

"फिर लिखोगी कब?"

वह चुप रही। इंडियन एयर लाइंस की बस को क़रीब-क़रीब रगड़ते हुए आगे बढ़ गई। शायद हम किसी छोटी जगह से गुज़र रहे थे, क्योंकि दोनों तरफ़ दुकानें थीं, उनके बाद कुछ पीले पुते हुए घर, गेस्ट हाउस के दो-तीन साइन बोर्ड। और हम खुली सड़क पर फिर आ गए।

"किसी प्रकाशक से बात की?"

"अभी नहीं।" उसकी आवाज़ बहुत धीमी हो आई थी। मैं कहना नहीं चाहता था, फिर भी कहा, "तुम्हें तो मालूम ही है कि तुम्हारा सारा भविष्य इस किताब पर टँगा हुआ है।"

"हाँ-हाँ, मुझे मालूम है।" उसने कुछ चिड़चिड़ी अधीरता से कहा।

"मैं तुम्हारे भले के लिए ही..." इला ने हाथ बढ़ाकर मेरी मर्दानी हथेली को हल्के-से छुआ और कहा, "तुमसे विनती करती हूँ, प्लीज अभी वह सब नहीं, इस समय नहीं।"

टैक्सी जब होटल के पोर्च में रुकी, तब तक हम चुप रहे। इला ने पर्स से चाबी निकाली और सामने खड़े लड़के को पकड़ा दी, "साहब का सामान कमरे में रख दो..." फिर मुझसे पूछा, "कुछ हाथ-मुँह धोओगे कि सीधे कॉफ़ी पीने चलें?"

"तुम यहीं ठहरी हो?" मैंने पूछा। इस डीलक्स होटल में? शायद यह बिना पूछे मेरी आवाज़ में आ गया था।

"हाँ...और तुम भी।" उसने कहा, "मेरे अतिथि की तरह।"

"मगर इला..."

"इला-विला कुछ नहीं।" उसने कहा। ऐसा लगा कि जैसे वेटर उसे पहचानते हैं। हमें तुरन्त अच्छी-सी मेज़ मिल गई। गरमागरम कॉफ़ी हमारे सामने

आ गई। सामने स्विमिंग पूल था। उसके आगे दुर्ग की मोटी दीवारें और उनको हल्के-हल्के सहलाता हुआ अरब सागर। धूप की चमक पानी पर अब भी इतनी तेज़ थी कि आँख नहीं ठहर रही थी, पर इला एकदम चुप हो आई और टकटकी लगाकर कहीं दूर क्षितिज को ताकने लगी। मैंने सिगरेट सुलगाई और पूछा, "तुम कब बात करना चाहोगी?"

उसने मुझे देखा, "पूछो, मगर एक शर्त पर—कि तुम बात करने के बाद तुरन्त बम्बई नहीं लौट जाओगे—कुछ दिन रुकोगे।"

"कुछ दिन? मेरे पास इतना समय ही कहाँ है, कलकत्ता, मद्रास, वाल्टेयर, नेपाल सभी जगह जाना है।"

"मालूम है, श्रीयुत डीन साहब?"

"मुझे विश्वविद्यालय ने काम से भेजा है। यह मज़े के लिए ट्रिप नहीं है।"

"मुझे मालूम है, मगर क्षण को बर्बाद करने की तुम्हारी क्षमता मुझे हर बार चकित करती है। कम से कम यह धूप, यह आसमान, यह समुद्रगन्ध की साफ़ हवा, इस पर तो एक पल ठहरो..." उसने लम्बी साँस ली, "पूछो क्या पूछना है?"

मैंने अपना ब्रीफकेस खोला। जिसे वह समय का सुख कहती है, वह मेरे लिए है बरबादी, ठीक है, समुद्र है, हवा, आसमान, हर जगह है, उसमें डूबकर निष्क्रिय बैठना मेरी समझ में नहीं आता। ब्रीफकेस खोलकर बायोडाटा निकालकर मैंने कलम खोली और पूछा, "तुमने जो तीन लेख छपने भेजे थे, उनमें से कौन-कौन से छप गए हैं?"

"एक भी नहीं। एक वापस आ गया। एक जापान की साहित्य पत्रिका में छप रहा है, एक प्रकाशक ने अभी जवाब भी नहीं दिया।" उसके लापरवाह-से जवाब से सचमुच मुझे दुख हुआ। कैसी है यह लड़की, क्या इसे अपनी जिम्मेदारी का कोई अहसास नहीं, कितना कुछ घट चुका है और यह है कि वैसी की वैसी।

"तुम्हें मालूम है कि तुम्हारी नौकरी स्थायी करने के लिए जो कमेटी बनी है, उसका अध्यक्ष मैं हूँ।"

"तुम हो?" उसने सीधे मेरी ओर देखा। फिर पूछा, "और कौन-कौन हैं?"

"तुम्हें विभागाध्यक्ष की चिट्ठी मिली होगी।"

"मैं वे चिट्ठियाँ खोलती नहीं।"

मैंने इला के चेहरे को ध्यान से देखा। शाम के धुँधलके में बदसूरत चेहरों पर भी लावण्य आ जाता है, पर इला का चेहरा वैसा ही था, खुला हुआ, आघात योग्य, उसके रंग में काफ़ी कलौंस आ गई थी और आँखों के नीचे धब्बे दिखाई दिए, जो पहले नहीं थे। हिन्दुस्तान आकर उसका हठीला जिस्म हमेशा भर जाता था, पर इस समय वह काफ़ी कमज़ोर-सी लगी।

"मैं वे चिट्ठियाँ खोलती नहीं।" उसने दोहराया।

"कमेटी में तीन लोग हैं, आर्थर, तुम्हारा विभागाध्यक्ष, और विमेंस स्टडी से अन्ना फ्रैंक। हम सबने तुम्हारा बायोडाटा बारीकी से देखा है और इसी निश्चय पर पहुँचे कि तुम्हारा प्रकाशकीय पक्ष कमज़ोर है। तीन लेख छप जाते और यह पुस्तक कोई प्रकाशक ले आता तो तुम्हारा केस काफ़ी मजबूत हो जाता।"

"छपाओ या मरो।" उसने अमरीकी विश्वविद्यालय में प्रचलित नारा धीरे से दोहराया। फिर उसने कहा, "देखो राघव, इतना लम्बा चेहरा न बनाओ। सब ठीक हो जाएगा।" दिलासा देने मैं आया था, दिलासा की ज़रूरत इला को थी, जिसका पूरा भविष्य एक बहुत नाजुक से धागे से टँगा हुआ है। और वह है कि माथे पर बड़ी-सी बिन्दी लगाए बैठी है और धीरे-धीरे कॉफ़ी पी रही है। मुझे लगा, यह ठीक नहीं है; उसे यह अमूल्य समय इस तरह नहीं गँवाना चाहिए—उसे पुस्तकालय में होना चाहिए। टाइपराइटर खटखटाना चाहिए, गम्भीर पुस्तकें छापनेवाले प्रकाशकों और यूनिवर्सिटी प्रेसों को चिट्ठियाँ लिखनी चाहिए।

"तुम्हें रूल तो मालूम ही हैं, तुमसे जबानी तो बता ही दिया गया है कि नौकरी के पाँचवें साल के अन्त तक तुम्हारे विभाग को तुम्हें यह जता देना है कि तुम्हें स्थायी कर प्रोमोशन मिलेगा या फिर नौकरी ख़तम होने का नोटिस..."

इला ने बच्चों की तरह हथेली से मुँह पोंछा, फिर पूछा, "और कुछ?"

"इला...इला..." मैंने कहा, "तुम जिम्मेदारी क्यों नहीं समझतीं? तुमने कहा कि टीचिंग भार इतना है कि पढ़ने-लिखने का समय नहीं मिलता तो तुम्हारे विभाग ने छुट्टी ही नहीं दी, रिसर्च करने और यहाँ आने का पैसा भी दिया। लोगों को तुमसे उम्मीदें हैं, जो तुम्हारे समर्थ हैं, उनका तो ख़याल करो।"

"यानी तुम। तुम्हारी मैं बेतरह आभारी हूँ। पर चलते समय आर्थर ने बड़े

ही पितृभाव से कहा था, 'इला, हिन्दुस्तान में किसी अच्छे आदमी से शादी करके बस जाओ।' मैंने कहा, 'यहाँ क्यों नहीं,' तो उसने कहा, 'मुझे लगता है, तुम वहीं सुखी रहोगी।'' '

''फिर ?'' मैंने कहा।

''कहाँ मिलते हैं अच्छे आदमी,'' वह हल्के-से हँस दी, ''वे सारे तो बीवियों से बँधे बैठे हैं।''

मैंने उसके अभिप्राय को टालते हुए बात को फिर पकड़ते हुए कहा, ''तुम्हें मालूम है कि तुम्हारी नौकरी पर कितने लोगों की नज़र है ? तुम्हें मालूम है कि कितने लोग अंग्रेजी में पी-एच.डी. करके बेकार बैठे हैं ?''

इला ने मुझे ऐसी दृष्टि से देखा, जिसमें खेद भी था, खीझ भी। निश्चय ही वह यह बात बार-बार सुन चुकी थी।

फिर उसने उठते हुए कहा, ''रेत पर चलें ?''

मेरी नज़र अपने जूतों और मोटे मोजों पर गई। फिर मैं जूते उतारने लगा, जूते और मोजे लकड़ी की पुलिया के पास छोड़कर मैं उसके साथ रेत पर आ गया। कोई जूते उठा न ले जाए, मन ही मन आशंकित होता हुआ। दो बच्चे गीली रेत में खेल रहे थे और उनसे कुछ दूर हटकर बैठी हुई एक विदेशी स्त्री बोतल से खालिस जिन पी रही थी। समुद्र की ओर से गीली-गीली गन्ध लिए हवा आ रही थी।

''सूरज को देखो।'' इला ने बहुत धीमे से कहा। अब तक जिस खीझ को मैं दबा रहा था, ऊपर-ऊपर आने को हुई। सूर्यास्त, सूर्योदय, पूरा चाँद, फूल-पत्ते, इन सबमें मुझे कभी दिलचस्पी नहीं रही है। न जाने क्यों लोग इन सब रोज़ाना की चीज़ों को लेकर उत्तेजित हो जाते हैं, पर मैं आज्ञाकारी भाव से सूरज को देखने लगा, जो कि तेज़ी से पानी में धँस रहा था। मेरे लिए वह एक सूर्यास्त मात्र था, सूरज के पानी में डूब जाने के कुछ क्षण। मैंने देखा, आसपास के सारे लोग उधर ही देख रहे हैं, बच्चों ने खेलना छोड़ दिया है, विदेशी स्त्री अभी भी अपने में लीन जिन के घूँट ले रही है।

''जब सूरज डूबे तो कोई चीज़ माँग लेना।'' इला ने कहा।

''तुमसे ?''

''नहीं, विधाता से।''

सूरज एकदम पानी में डूब गया, पर उस जगह अभी भी लाली थी। एक

खूबसूरत, मनमोहक लाली, मुझे मानना पड़ा।

"तुमने कोई विश की ?" इला ने पूछा।

"हाँ, बताऊँ ?"

"अभी नहीं। तुरन्त बताने से पूरी नहीं होगी।"

वह एक जादू का-सा क्षण था। इला एकदम छोटी बच्ची-सी लगने लगी। भोली, विश्वसनीय, आँखों से झरती आभा और हँसी-भरा चेहरा। शाम की गुलाबी रोशनी उसके चारों तरफ़ झिलमिला रही थी और उसमें माथे की बिन्दी उतनी चटक नहीं लग रही थी। तेज़ हवा से उसका पल्ला फड़फड़ा उठा तो मैंने देखा कि उसकी साड़ी नीली थी, ठीक सूर्यास्त के आसमान की तरह। नहीं, वह मुस्करा नहीं रही थी, सिर्फ़ लग रहा था कि जैसे मुस्करा रही हो। बल्कि मुझे लगा कि जैसे उसकी आँखें गीली-गीली हैं। मेरे मन में उसके लिए एकदम बड़ा ममत्व उमड़ा और मेरे अन्दर चाहना हुई कि मैं उसे सीने से लगा लूँ। किसी को रोता मैं नहीं देख सकता। खास तौर से इला को, जो कि हर मोड़ पर दुर्भाग्य को आमंत्रित करती दिखाई देती है। "मैं रोज़ इस वक़्त यहाँ आती हूँ।" उसने कहा। मुझे खुशी हुई कि मेरी क्षणिक दुर्बलता भंग हो गई। इस छोटी-सी भावुकता का कितना भयंकर परिणाम हो सकता है, यह मुझे अच्छी तरह मालूम था। आजकल के वातावरण में तो किसी स्त्री को डूबते से बचाना भी ख़तरे से ख़ाली न था। न जाने कब हल्ला मचा दे।

"यहाँ ?"

"हाँ, पास के गाँव में तो रहती हूँ।" हमारे पीछे वह पाँचसितारा होटल बिखरा हुआ था, उसके कमरे और कॉटेज़ तारों की तरह झिलमिलाने लगे।

"मैं कहीं न कहीं ज़रूर जाती हूँ। सूर्यास्त देखने, गोआ में तो समुद्र-तटों की कमी नहीं। आओ, वहाँ मोड़ तक चलें।"

हम मोड़ तक गए, एकदम चुपचाप। क्या वह भी वही सोच रही होगी जो कि मैं ? तीन दिन बाद प्रशान्त महासागर की लहरों ने अभय का शव लाकर किनारे रेत पर पटक दिया था। सुबह तक उसका आधा चेहरा चील, कौवे नोचकर खा गए थे। इला ने मुझे ही फ़ोन किया था, मैं ही पहुँचा था। दाह-संस्कार का प्रबन्ध किया था, हवाई जहाज़ पर सीट बुक कराई थी। पास से पैसा देकर उसे विदा किया। वह हाथ में अभय की अस्थियाँ लेकर जहाज़ पर सवार हुई थी। जाने से पहले वह फूट-फूटकर, चीख़-चीख़कर रोई मुझसे

लिपटकर। मैंने उसके बाल थपथपाए, अंजू-संजू के पितावाली मुद्रा में। उसका रोना सुनकर मुझे लग रहा था जैसे कि कोई मेरे शरीर से मेरी खाल खरोंचकर उतार रहा है। उस समय मुझे लगा कि यह दुख सच्चा है, ये आँसू सच्चे हैं। इला ने सचमुच अभय को प्यार किया है और बेवकूफ सिरफिरा अभय अपने पागलपन में ही समुद्र में डूब मरा है।

उसके बाद मैं यह नहीं कहूँगा कि अंग्रेजी विभाग में उसे नौकरी मेरी ही वजह से मिली। वह योग्य थी और विभाग को एक लेक्चरर की ज़रूरत थी।

"चलो, वापस चलें।" वह इतनी देर चुप खड़ी-खड़ी समुद्र को देख रही थी, "अँधेरा हो जाता है तो मुझे समुद्र से डर लगने लगता है।"

हम वापस लौट पड़े। पुलिया के पास मैंने जूते-मोजे उठाए। इला जैसे कहीं दूर चली गई थी, क्या वह अब भी अभय से जुड़ी है? क्या उसमें कुछ संस्कार बचे हैं हिन्दुस्तानी औरत के? लीक पकड़कर तो वह कभी नहीं चली। स्वीमिंग पूल के पास बिजली की मशालें जलने लगी थीं और लम्बे-चौड़े डिनर के लिए बर्तन, डोंगों का आयोजन दिख रहा था, शायद नृत्य का भी प्रबन्ध होगा, क्योंकि बाजेवाले अपना सामान निकाल रहे थे। उनके पीछे चार-पाँच दिन पहले नए साल के आयोजन में लगाई आदमकद नकली मोमबत्तियाँ जो अभी हटाई नहीं गई थीं, जल चुकी थीं।

शुभा को यह सब अच्छा लगेगा—मुझे अनायास ही बीवी की याद आ गई। शुभा को नई जगहें, नए-नए होटल, नए रेस्तराँ में खाना बहुत अच्छा लगता है। अगली बार उसे भी लाऊँगा, वैसे तो वह हर बार आती थी, पर इस बार संजना को उसकी ज़रूरत थी। अगर अस्पताल जाना पड़ गया तो सँभालने को कोई तो चाहिए। "कमरा किधर है?" मैंने पूछा।

"कमरे तो सभी खचाखच बुक हैं, एक कॉटेज़ ली है।" इला ने हिन्दी में कहा, "आपको अच्छी लगेगी। थोड़ी ऊँचाई पर है। और वहाँ से दृश्य बहुत अच्छा दिखता है।"

"यह सब करने की क्या ज़रूरत थी!" मैंने शिष्टाचारवश कहा, "एयरपोर्ट के पास ही मीटिंग कर लेते और कल सुबह की उड़ान से मैं वापस चला जाता।"

"आपको जनवरी में गोआ की भीड़ के बारे में नहीं मालूम। यहाँ से निकलना इतना आसान नहीं।" इला ने दरवाज़ा खोला।

सुन्दर कॉटेज़ की बैठक। छोटी-सी रसोई। दो कमरे।

"तुम कहाँ ठहरी हो?" मैंने पूछा।

"यहीं। उस छोटे कमरे में।" वह सहज थी।

"क्यों? तुम मुझसे डर रहे हो?"

वह बीचोबीच खड़ी रह गई।

मेरे मन में बहुत-सी बातें एक साथ उठीं, उससे क्या कहूँ, क्या नहीं, सोचता हुआ मैं एक कुर्सी पर बैठ गया।

"मैं सच कहती हूँ कि मुझे मालूम नहीं था कि तुम मेरी कमेटी के अध्यक्ष हो। मुझे जब तुम्हारा ख़त मिला कि तुम मुझसे कुछ बात करना चाहते हो तो मुझसे जो कुछ आतिथ्य बन सका, किया। तुम बरसों से अहसान करते आ रहे हो। मैं तो बदले में कुछ नहीं दे सकी। सोचा कि तुम उस ठंडी, बरफ, भीड़, दूषित वायु में से आ रहे हो, गोआ में कुछ समय अच्छा लगेगा। तुम्हारी शाही स्टाइल से परिचित हूँ। इसीलिए यहाँ प्रबन्ध किया। इसे रिश्वत के रूप में न लो।"

"सो नाइस आफ यू।" मैंने कहा, "मेरे बारे में यह सभी को मालूम है।"

"कि तुम हर प्रकार की रिश्वत से ऊपर हो, कि तुम शुद्ध और प्रबुद्ध हो, कि छब्बीस साल में शुभा के अतिरिक्त तुमने किसी को आँख उठाकर भी नहीं देखा है। फिर दूसरे कमरे में मेरे रहने से फर्क ही क्या पड़ता है?"

"वह सब ठीक है, मगर एक सामाजिक मर्यादा भी होती है। एक ही कॉटेज़ में साथ रहना ठीक नहीं होगा। तुम खाने के बाद गाँव क्यों नहीं चली जातीं?"

वह एकटक मुझे देखने लगी।

"ठीक है।" उसने अचानक हिन्दी में कहा, "आप आराम कर लीजिए, मैं अपना दूसरा प्रबन्ध कर लूँगी।"

"मैं खाना अगर बाहर न खाऊँ तो तुम्हें आपत्ति होगी? मैं थका बहुत हूँ, सिर्फ़ एक सैंडविच और सूप से काम चल जाएगा।"

उसने कहा, "मगर आज बाहर बहुत अच्छा बफे है। गोआनीज खाना, असली।"

"भूख नहीं है।"

"अच्छा।" कहकर वह दूसरे कमरे में चली गई और उधर से बहुत देर तक कोई आवाज़ नहीं आई।

मैंने जब इला को पत्र भेजा था तो दूसरे ही सीनेरियो की कल्पना की थी। चाय-कॉफ़ी के बाद ब्रीफकेस खोलूँगा और बायोडेटा को गहराई से जाँचूँगा। उसकी बात सुनूँगा। आख़िरकार आर्थर और फ्रैंक ने सारी ज़िम्मेदारी मुझ पर छोड़ दी है। दोनों घुटे हुए और घाघ हैं। उस कमेटी में मुझे रखा ही इसलिए गया है कि मैं दक्षिणेशियाई हूँ। हम सभी इला के साथ पूरा न्याय करना चाहते **हैं**, उसके पूरे भविष्य का प्रश्न है, विभाग की छवि का प्रश्न है। वैसे भी अंग्रेजी विभाग में पुरुष और स्त्रियों का अनुपात असन्तुलित है। सरकार की ओर से कई अध्यादेश आ चुके हैं कि स्त्रियों और अल्पसंख्यकों को बढ़ावा दिया जाए। इला के स्थायी हो जाने में सभी का भला है। (स्त्री भी और एशियायी अल्पसंख्यक भी) अगर ज़रा भी गड़बड़ हो गई तो विश्वविद्यालय का फेमिनिस्ट ग्रुप 'अन्याय, अन्याय' चिल्लाता हुआ मुकदमा ठोक देगा। और इला है कि अपने उसी गैर-ज़िम्मेदाराना तौर-तरीके से, उसी अल्हड़पने से अपना दायित्व नकार रही है। अभी मुझे हैदराबाद जाकर कादम्बरी का भी इंटरव्यू करना है। कादम्बरी अपनी पी-एच.डी. थीसिस ख़तम कर चुकी है और पति-पत्नी दोनों ही पश्चिम वापस लौटने को अधीर हैं। कादम्बरी के भारी-भरकम शरीर और ठेठ गँवारू चाल-ढाल को याद कर मेरा दिल बैठने लगा। इला यूनिवर्सिटी में नहीं रहेगी। शहर में नहीं रहेगी तो कैसा लगेगा?

मैं इन्तज़ार में था, इला बाहर आए तो अन्दर से दरवाज़ा बन्द कर मैं कपड़े बदलूँ। पजामा-कुर्ता पहनकर चैन से बैठूँ। इस बीच मैं खिड़की से बाहर देखने लगा। रात का रंग ऐसा होता है, समुद्र के पानी में घुला-मिला, नीचे से पाश्चात्य संगीत के स्वर ऊपर आते हैं, धीमी-धीमी गति की धुन, शायद कुछ लोग उठकर नाचने लगे होंगे।

इला बाहर आई। उस समय वह बहुत साधारण, बहुत मामूली-सी दिख रही थी। सत्ताइस-अट्ठाइस साल की एक पढ़ी-लिखी लगनेवाली स्त्री मात्र, "तो मैं जा रही हूँ। हालाँकि आपको या आपकी रेपुटेशन को मुझसे कोई ख़तरा नहीं था, मगर हमेशा की तरह आप ठीक और सूझ-बूझ की बातें कहते हैं। आपको अपनी छवि का ख़याल रखना है। शार्क मछली की तरह आदमख़ोर इला के साथ एक ही कॉटेज़ में आप कैसे रह सकते हैं?"

मैं चुप हूँ। इस बात का उत्तर ही क्या है?

"तुम यह सब न करतीं तो अच्छा रहता।" मैं सोचकर उत्तर देता हूँ, "बाहर से देखनेवालों को तो यह रिश्वत जैसा ही लगेगा न? मैंने जब अध्यक्ष-पद स्वीकार किया था, उसके पीछे सिर्फ़ तुम्हारी मदद करने का भाव था। औरों को भी लगा कि जफर को फिर या गिरिराज को कमेटी में रखना शायद उचित न हो।"

"क्यों?" इला ने काटते स्वर में पूछा, "उनके रहने से मुझे ज़्यादा मदद मिलती, नहीं? आख़िरकार उनके अनुसार वह दोनों ही मेरे प्रेमी रह चुके हैं न?"

कमरे में चुप्पी रही। जफर और गिरिराज दोनों ही इला के विभागीय सहयोगी हैं।

"सच्चाई तो यह है कि जो लोग घूम-घूमकर मेरे खिलाफ़ प्रचार करते हैं, उन्हें कभी अपने पास फटकने भी नहीं दिया। यह उनका आहत पुरुषत्व ही है, जो फेंटेसी गढ़कर..."

"वह सब यूनिवर्सिटी के जाने-माने लोग हैं।" मैंने बात काटकर कहा।

"यूनिवर्सिटी का माना-जाना होना कोई शराफत का पूरा सबूत तो नहीं? जो आदमी अच्छा अध्यापक या स्कॉलर हो, वह लुच्चा या शोहदा नहीं हो सकता यह कहाँ लिखा है?" वह थोड़ी-थोड़ी उत्तेजित हो चली थी, "फिर मैं यूनिवर्सिटी में नहीं पढ़ती? फिर मैं ही चरित्रहीन क्यों कहलाई जाती हूँ?"

"तुम्हारी बात दूसरी है।" मेरे मन में वर्षों का संचित क्रोध अनायास मेरी जुबान पर आ बैठा।

"क्यों दूसरी है? क्योंकि मैं औरत हूँ, इसलिए? मैं अकेली हूँ, इसलिए?"

"यह सवाल स्त्री-पुरुष का नहीं है, अपनी-अपनी छवि का है।" मैंने कहा।

"ओ...आई सी। सत्रह साल की उम्र में मैं घर से भाग गई थी, इसलिए न? मेरे पति ने समुद्र में डूबकर आत्महत्या कर ली, इसीलिए न?"

"इला...तुम बेकार में बहस कर रही हो। जो तुम हो, वह तुम भी जानती हो और मैं भी..."

"आप जानते हैं? त्रिकालदर्शी हैं न? अन्तर्यामी हैं? कहाँ क्या घट रहा है, सब आपको पता रहता है?"

"इला...तुम बेकार में उत्तेजित हो रही हो। इन सब बातों से फायदा ही

क्या ? तुम अगर आधे शहर को प्रेमी बनाकर रखना चाहती हो तो यह तुम्हारा विकल्प है...''

''ओ माई गॉड।'' उसने कहा, ''तुम कुछ सुन रहे हो कि तुम्हारी आवाज़ में कितनी हिकारत है ? एक पुरुष पचास स्त्रियों से प्रेम करता फिरता है, उसे तुम्हारा समाज कुछ नहीं कहता ? एक स्त्री अगर अकेली, सम्मान से जीना चाहती है तो उसके चारों तरफ़ गिद्ध नोच खाने को तैयार रहते हैं।'' इला की आवाज़ तेज़ हो गई थी, क़रीब-क़रीब चीख़ने के स्तर तक। आसपास लोग डिस्टर्ब हो रहे होंगे, मुझे डर लगा। मैंने नरम पड़ते हुए उसकी बाँह पकड़कर बैठाते हुए कहा, ''इला, शान्त होओ...आसपास लोग क्या सोचेंगे ?''

इला ने झटके से बाँह छुड़ा ली और कमरे में बेहद उत्तेजित होकर चक्कर लगाने लगी, ''और होता क्या है चरित्रहीन होना ? चरित्र है क्या ? क्या है उसकी परिभाषा ? उसका सामाजिक सन्दर्भ दिया किसने है, तुम्हीं पुरुषों ने न ? ठीक है—मान भी लो अगर समय के बाद मेरे प्रेमी रहे भी तो क्या ? मुझमें कोई गन्दगी लगी रह गई ? मैं जानती हूँ मैं क्या हूँ, आई एम अ गुड ह्यूमन बीइंग—मुझमें उदारता है, करुणा है, सच्चाई है...''

''सच्चाई ?'' मैंने बेहद व्यंग्य से कहा।

''हाँ सच्चाई।'' वह एकदम शान्त हो गई। उसने धीमे मगर दृढ़ स्वर में कहा, ''अगर तुम जफर और गिरिराज की बातों को सच समझते हो और मुझे झूठा...तो यह तुम्हारा विकल्प है, तुम्हारा दुर्भाग्य...उसके चेहरे पर उत्तेजना की वजह से जो रंग दौड़ गया था, एकदम रिस गया। उसकी आँखें अब जैसे दृष्टिहीन थीं, वह एकदम बौनी हो आई थी। सिमटी-सिकुड़ी।

''इतनी हिंसा...इतना प्रतिकार...मुझे मिटा देने की इतनी तिलमिलाहट, कितने दयनीय हैं वे तुम्हारे मित्र...यूनिवर्सिटी के वे जाने-माने लोग।''

''इला, प्लीज अब तुम जाओ।'' मेरा हाथ अपने आप दरवाज़े की ओर उठ जाता है। ''मैं बेतरह थक रहा हूँ, आराम करना चाहता हूँ।'' इला आँधी की तरह बाहर निकल गई। उसके पीछे दरवाज़ा भड़ से बन्द होता है।

नाटक, घोर नाटक।

नहाते और कपड़े बदलकर अपने सूप और सैंडविच का इन्तज़ार करते हुए मुझे बराबर लगता रहता है कि मैं सचमुच भोला और बेवकूफ हूँ। सोचा था कि इला छुट्टी लेकर गम्भीरता से रिसर्च में जुटी होगी। अंग्रेजी में लिखी

जानेवाली आधुनिक कविता पर उसकी किताब क़रीब-क़रीब आधी तो हो ही गई होगी। वह वहाँ गोआ में बैठी मौज उड़ा रही है, महँगे होटल में खा-पी रही है। और मुझे यहाँ ठहराना और यह मासूम, निश्छल भाव शायद मुझे प्रभावित करने के सस्ते तरीके हैं। एक बार उसके साथ नाम जुड़ गया तो? वह तरह-तरह से मुझे ब्लैकमेल कर सकती है। मुझे शुभा की याद आती है, अपनी पचास साला उम्र के साथियों की, अंजना, संजना, घरजँवाई दामादों, नातियों की—यूनिवर्सिटी में मेरी कितनी इज़्ज़त है। इंटरनेशनल स्टडीज का अध्यक्ष और डीन हूँ। प्रेसीडेंट के ऑफिस में मेरी राय पूछी जाती है, वाइस-प्रेसीडेंट बनने के चांस हैं, वह सब एक भावुकता में बहा दूँ। अभय की विधवा इला की मदद करने के लिए। दरवाज़े पर हल्की दस्तक होती है, बैरा है—वह मेरे सामने ट्रे सजा देता है। खा-पीकर मैं सिगरेट सुलगाता हूँ तो एकबारगी हर चीज़ सही परिप्रेक्ष्य में दिखाई देने लगती है। मैं बेकार ही परेशान हो रहा हूँ, अगर इला कुछ उचित, अनुचित का दावा भी करेगी तो क्या लोग उसे मान लेंगे? कहाँ वह और कहाँ मेरा बेदाग़ नाम, मेरे ऊपर कोई उँगली उठा ही कैसे सकता है? फिर भी जफर की बातें एक बार फिर मन में कुलबुला उठीं, "अरे राघव साहब, क्या बॉडी है उसकी। साफ़ शफ्फाक झकाझक, एकदम संगमरमर, कहीं एक भी दाग़ या धब्बा नहीं, एक तिल तक नहीं।" मुझे ऐसी बातें सुनना अच्छा नहीं लगा, "तुम बहुत पी गए हो जफर। किसी शरीफ स्त्री के बारे में यह सब कहना ठीक नहीं।"

"आप पर भी कहीं उसका जादू तो नहीं चल गया। बहुत ख़तरनाक औरत है, मारकर तड़पने भी नहीं देती। छुरी है छुरी...चलूँ...वह मेरे इन्तज़ार में होगी।" पार्टी की समाप्ति पर शुभा सब बर्तन धो-पोंछकर ऊपर जाने लगती है। रसोई की बत्ती बन्द करते हुए मैं कहता हूँ, "शुभा, ज़रा सिगरेट लाने जा रहा हूँ...पर मैं सिगरेट लाने की बजाय इला के फ़्लैट की ओर गाड़ी मोड़ देता हूँ। चौमंज़िली इमारत एकदम अँधेरी है, इला का फ़्लैट भी। मुझे यह सब करने का क्या अधिकार है? मैं अचानक ग्लानि से भर उठता हूँ, इला युवती है, आकर्षक और विधवा...उसे अपनी ज़िन्दगी अपनी तरह जीने का अधिकार है। जिससे चाहे, जितनों से चाहे प्रेम करे। मैं वापस आ जाता हूँ। ऐसी बातें सिर्फ़ जफर ही नहीं करता और लोग भी करते हैं। इला की विद्यार्थिनें, इला का दूसरा सहयोगी गिरिराज...धीरे-धीरे पार्टियों में से उसका नाम कटने लगता है, और उसको

लेकर इतनी चर्चा होने लगती है कि शुभा, अंजना, संजना को सख़्त ताकीद देती है कि वे इला से कोई सम्पर्क न रखें।

इला जब भी सामने पड़ती है, मुझे उसका चेहरा देखकर विश्वास नहीं होता कि वह सब सच होगा। मगर लोग झूठ भी क्यों कहेंगे। वे केवल इला को लेकर ही क्यों कहते हैं, और भी कितनी औरतें हैं, किसी और को लेकर क्यों नहीं ? पहले अंजना की शादी होती है फिर संजना की, मैं उसे बुलाना चाहता हूँ, पर शुभा कहती है कि अगर इला आएगी तो उसकी काफ़ी सहेलियाँ शादी का बहिष्कार कर देंगी, क्योंकि वे सब शरीफ हैं। इला जैसी लड़की के साथ कोई नहीं उठना-बैठना चाहेगा, पर इला को निमंत्रण ज़रूर जाएगा। मैं अड़ जाता हूँ, ''लोग तुम्हें भी उसकी सूची में जोड़ लेंगे।'' शुभा कहती है, ''तुम क्यों जिद पकड़ रहे हो ?''

''क्योंकि इला अभय की विडो है, और अभय तुम्हें दीदी कहता था...भूल गईं क्या ?''

''नहीं...भूली नहीं हूँ, पर दुनियादारी तो निभानी ही है।''

अंजना की शादी, मंडप, शामियाना, रिसेप्शन, इला नहीं बुलाई गई। एक दिन यूनिवर्सिटी के किसी रिसेप्शन पर मुलाक़ात होती है, वह हम दोनों को देखकर अनदेखा कर देती है। मुझे अन्दर कहीं कचोट उठती है, हमने जफर को बुलाया था, गिरिराज को, सपरिवार—मगर इला को नहीं। क्यों वही सम्मानीय बने रहे हैं, देखा जाए तो इला अकेली है, अपने आचरण के लिए खुद जिम्मेदार है, पर ये लोग तो बीवी-बच्चोंवाले हैं।

इला खड़ी-खड़ी औरतों से बात करती है, हमारे पास तक नहीं आई। लौटते समय शुभा कहती है, ''देखा तुमने, तुम्हें हलो तक नहीं किया उसने। तुमने क्या नहीं किया इस औरत के लिए, अभय मरा तो दौड़े गए, आर्थर से कहकर नौकरी दिलवाई—अब उसे तुम्हारी क्या ज़रूरत ?'' ज़रूरत तो पड़ेगी, मैं मन ही मन सोचता हूँ। तीन साल पढ़ा लेने के बाद स्थायी होने का प्रश्न उठेगा, उस कमेटी के लिए आर्थर मुझे ज़रूर कहेगा—तब तो ज़रूरत पड़ेगी। तीन साल बाद जो कमेटी बनी, उसमें मैं नहीं था, जफर था। और जफर ने इला की इतनी कड़ी आलोचना की कि कमेटी ने उसे केवल एक साल की अवधि दी। साल-भर बाद फिर रिव्यू होगा, और तब फिर निर्णय होगा, और उस दूसरी साल भी उसे स्थायी नहीं किया गया, एक साल की अवधि और दी गई और

अब, न जाने क्या सोचकर आर्थर ने जफर को कमेटी से हटाकर मुझे अध्यक्ष बना दिया था। और मैं तहेदिल से इला की मदद करना चाह रहा था, पर ऐसे नहीं। अपने नाम और इज़्ज़त को मिटाकर नहीं। मैं जाकर इला से मिलूँगा, यह सुनकर गिरिराज मेरे कमरे में आए थे। कुर्सी उनके बैठने से ज़रा-सी चरमराई थी, "अच्छी तफरीह रहेगी।" उन्होंने कहा। पान तो यहाँ मिलते नहीं थे, हर समय पान मसाला और जाफरानी पत्ती चबाते रहते थे, "अच्छी तफरीह रहेगी। अब तक कोई उल्लू फाँस लिया होगा। मजे उड़ा रही होगी। अब उसकी छुट्टी करिए और कादम्बरी को नियुक्त करवा दीजिए।"

कादम्बरी के पति सदानन्द से गिरिराज के पुराने सम्बन्ध थे, उनके चमचों में वह प्रमुख थे। गिरिराज का वरदहस्त उन पर हमेशा रहता था।

"कादम्बरी को क्या आता-जाता है?" मैंने कहा। फ़ोन आ जाने पर मुझे गिरिराज से छुट्टी मिली। कभी-कभी मुझे लगता था कि मैं ही हूँ एक ऐसा, जिस पर इला की कृपादृष्टि नहीं पड़ी। उसने कभी अकेले में खाने पर नहीं बुलाया, कभी गोदी में सिर छुपाकर रोई नहीं, कभी भरी रात में फ़ोन करके नहीं कहा, तुरन्त आओ, नहीं तो मैं फाँसी लगा लूँगी। अगर वह करती भी, तो मैं यही करता, जो मैंने अब किया है। उसने बाहर का दरवाज़ा अन्दर से बन्द कर लिया है। वह जहाँ भी जाए, कम से कम मेरे साथ एक कॉटेज़ में नहीं रह सकती। मुझे अपना बचाव करना ही है।

अभय उन दिनों अक्सर मेरे पास आता था। था तो वह मेरे सहपाठी अमृत का सबसे छोटा भाई पर मेरा व्यवहार उसके प्रति हमउम्र का-सा ही था। शुभा उन दिनों अंजू-संजू को लेकर काफ़ी व्यस्त रहती थी। वह काफ़ी संघर्ष का समय था, मुझे अपने पाँव जमाने थे, पुस्तकें लिखनी थीं, नाम कमाना था। सब मायनों में सफल होना था। उन दिनों एक पागल महत्त्वाकांक्षा मुझे बराबर आगे, और आगे ठेला करती, सचमुच कुछ बनने की। अपने टेढ़े मुँहवाले ससुर को दिखा देने की, कि मैं क्या कुछ नहीं बन गया हूँ। शुभा से शादी उन्होंने बड़ी मुश्किलों से की थी। कॉलेज के दिनों का रोमांस था जिसकी परिणति विवाह ही थी। मेरे लेक्चररी के फटीचर दिनों में शुभा के आई.ए.एस. पिता मुझे दामाद-रूप में ग्रहण करने के लिए बिलकुल तैयार नहीं थे। मेरे पी-एच.डी. के लिए येल जाते हुए उन्होंने साफ़ मना कर दिया था। कुछ-कुछ यह भाँपते हुए भी कि शुभा

और मैं काफ़ी घनिष्ठ हो गए हैं। तीन साल बाद जब मैं अमरीकन यूनिवर्सिटी की पी-एच.डी. और तीन साल की नौकरी का कांट्रेक्ट हाथ में लेकर वापस आया तब तक वह शादी करने के लिए तैयार हो चुके थे पर उनकी अकड़ अभी गई नहीं थी। वैसे शुभा में कोई खास बात नहीं थी, नाटे कद और कुछ गठे बदन की लड़की थी, साँवले रंग और साधारण नाक-नक्श की, सिर्फ़ पिता के पद का सहज आभिजात्य था। दूसरे, वह मेरी पहचान की सभी लड़कियों की तरह मुझ पर बेहद रीझी हुई थी। शुभा की असली मिठास तो मैंने शादी के बाद पहचानी। जिसमें मैं ऐसा बिंधा कि बरस पर बरस निकल गए और मुझे किसी दूसरी औरत की पहचान नहीं हुई। अपनी जमी-जमाई गृहस्थी के बीच सुरक्षित मुझे अभय पर कभी-कभी बहुत तरस आता। वह हमेशा घबराया-सा और अकेला महसूस करता था। उसे कहीं चैन नहीं था, न नौकरी में, न धन-दौलत में, न भारत में, न पश्चिम में—वह बार-बार भारत जाता, दर्जनों लड़कियाँ देखकर नापसन्द करता, लौटकर आता और अपने को उसी वातावरण में फिट करने की कोशिश करता।

मैं एक बार भारत आने पर जब अमृत से मिला तो उसने कहा, "बेचारे अभय के साथ बड़ी ट्रैजिडी हो गई।"

"क्यों?" हम सबने चौंककर पूछा, "क्या हुआ?"

"गधा है। एक बड़ी ही चालू लड़की ने उसे फाँस लिया। बिना हमारी राय लिए उसने शादी कर डाली।"

च् च्, हमने दुख प्रकट किया। कितने अच्छे रिश्ते उसने ठुकरा दिए थे, कितनी लड़कियों का उसने दिल तोड़ा था।

"कौन है?" शुभा ने पूछा।

"एक आर्मी कर्नल की बेटी। बेतरह बदनाम माँ, जिसके प्रेमी ने कर्नल को गोली मार दी, मुकदमे चले, बेटी भी उसी तरह, छोटी उम्र में घर से भाग गई। पकड़ी गई। फिर होस्टल में रहकर पढ़ी।"

"यह सब हुआ कैसे?" शुभा ने पूछा।

तब तक मीनाक्षी हमारे पास आकर बैठ गई। उसकी भौंहें तनी हुई थीं, "राघव भाई इन्हें समझाइए। अब वह घर की बहू है। अब अपने घर की इज़्ज़त उसी के हाथ में है। यह सभी से कहने लगते हैं, उससे फायदा क्या? मुझे तो लड़की अच्छी लगी। अभय के आगे-पीछे घूमती है। बिलकुल अच्छी बीवी

की तरह।'' अमृत ने कहा, ''वह आकर जीजी-जीजी कहने लगी और वह रीझ गई।''

''बचपन में ग़लती हो ही जाती है। मालूम नहीं उसकी लाइफ कितनी दुखी रही होगी। माँ की बदचलनी का यह मतलब तो नहीं कि लड़की भी वैसी ही निकले...'' मीनाक्षी ने अमृत को झिड़का, ''अपने को ही लो। शुभा की गाड़ी में लदकर हम चारों डाक बँगले में नहीं जाते थे? जिन्हें हम रविवारीय पिकनिकें कहते थे। वह आवारापन नहीं था? अगर तुम्हारी मुझसे और शुभा की राघव से शादी न हुई होती तो हमें दुनिया बदचलन नहीं कहती?''

''हमलोग हानरेबिल निकले...''

''और इला का दोस्त अपने माँ-बाप से डर गया...यही न, उसने इला को छोड़ दिया। इसमें इला का क्या दोष?''

''अरे मीनाक्षी, छोड़ो भी अभय और उसकी बीवी को। अभय बच्चा नहीं है, मगर तुमने कॉलेज की बात करके उन दिनों को फिर ताज़ा कर दिया,'' मैंने कहा और अर्थ-भरी दृष्टि से शुभा को देखा।

शुभा मुस्कराने लगी। एक नई दुल्हन की तरह, लाज-भरी हँसी। हमलोग वापस अपने होटल बहुत देर में पहुँचे, वहाँ अभय बैठा हुआ था, साथ में बीवी भी थी। पहली नज़र में मुझे निराशा-सी हुई, जैसी छवि मन में आ गई थी, उससे लड़की का तालमेल नहीं बैठ रहा था। चेहरे से वह बहुत सौम्य और मृदु लग रही थी, आवाज़ उसकी संयत और कोमल थी। शुभा, जिसके स्वभाव में पिता का अकड़पन घुला हुआ था और मौके-बेमौके उभर आता था, इस वक़्त एकदम रूखी हो गई थी। उसी क्षण न जाने क्यों मैं तटस्थ होकर शुभा को देख सका, अगर वह मेरे कॉलेज के दिनों की प्रेमिका न होती तो मैं कहता कि वह बेहद मामूली औरत थी, आराम की ज़िन्दगी में डूबी हुई, सफल पति के पद के सभी उपकरणों से भरपूर, कानों के लम्बे छेदों में झूलती डायमंड की बाली, हाथों में डायमंड रूबी की चूड़ियाँ, महँगी साड़ी के बॉर्डर पर टिका मंगलसूत्र। उसका शरीर और चेहरा, ब्यूटी ट्रीटमेंट और हेल्थ प्रोग्राम के बावजूद ढीला लग रहा था। क्या यही बात थी अभय की बीवी इला और उसकी ताजगी में। उसे देखकर अपने-अपने पास जो है उसे दुबारा टटोलकर देखकर तसल्ली करने का मन होता है। नीचे जाते हुए मैंने शुभा के कन्धे पर हाथ रख लिया। डाइनिंग हॉल के क़रीब-क़रीब सभी हमें देखने लगे। हम

काफ़ी अलग और सफल दिख रहे होंगे। हम जब गोल मेज़ के इर्द-गिर्द बैठे तो मैंने पाया कि इला मेरे पास बैठी है। मेन्यू हाथ में लेकर मैंने सबकी पसन्द पूछी, सबसे पहले मैंने अपनी पसन्द बताई, "मैं रेशमी कबाब लूँगा, मगर पूरी प्लेट मेरे लिए बहुत होगी..."

"मैं आपके साथ शेयर कर लूँगी," उसने हल्के मगर स्पष्ट शब्दों में कहा। मेरी अमृत से नज़र मिल गई। अमृत ने मुझे आँख मारी, जिसमें उसकी ओर भद्दा इशारा सम्मिलित था। मैंने सकपकाकर देखा इला को, उसका चेहरा एकदम फक हो आया। यह स्पष्ट था कि उसने अमृत को देख लिया था। मैंने अपने को एक बड़ी ही अजीब स्थिति में पाया—एक क्षण स्तब्ध रहकर मैंने कुछ सँभालना चाहा, "और क्या लेंगी आप ?" वह देर तक चुप रही, मुझे लगा कि वह एकदम हमको छोड़कर कहीं चली गई है, कहीं दूर, कहीं अपने अन्दर और मेरे पास सिर्फ़ उसकी निर्जीव देह बैठी है। सिकुड़ी हुई, सिमटी हुई। मैं अगर उसे उँगली से हिला भी दूँ तो वह एकदम राख के ढेर की तरह ढह जाएगी।

"और क्या लेंगी आप ?" मैंने फिर पूछा। मैंने पाया कि मेरा स्वर बहुत कोमल और पुचकार-भरा हो आया है। जैसे अंजू और संजू को चोट लगने के बाद मना रहा होऊँ। उसने आँखें उठाईं। वह साफ़, उजली दृष्टि थी, कृतज्ञ और हल्की पनीली। उसने क्या कहा, यह मैं नहीं सुन सकता। उस समय न जाने क्यों अभय के भाग्य से ईर्ष्या-सी हुई। मैंने कहा, "अमृत ने बहुत पी रखी है। इसलिए इससे कुछ भी पूछना बेकार है।" यह कहकर मैंने अभी-अभी घट गया वह अप्रिय प्रकरण नकार दिया। मैंने देखा कि इला ने बहुत कम खाया है केवल चखकर ही छोड़ दिया। खाने के दौरान उसने मुझे बताया कि वह दिल्ली के एक नामी कॉलेज में पढ़ाती रही है।

"राघव दा। अब मैं लौटकर फिर अपनी पुरानी पोजीशन में आ रहा हूँ।" अभय ने उत्साह से बताया, "इला आगे पी-एच.डी. करना चाहती है। इसीलिए कब से आपसे मिलने को पीछे पड़ी थी।"

रात काफ़ी बीत चुकी थी। मैंने अपने को बेहद थका पाया। टैक्सी में बैठते हुए अमृत ने कहा, "उससे सावधान रहना। तुम फँसनेवाले जीव नहीं हो, फिर भी दूर रहना ही ठीक है।" उस रात मैं बिस्तर पर आना टालता गया। इच्छा न होने पर भी रात गए रूम-सर्विस से बीयर मँगाकर पीने बैठ गया। शुभा तैयार

होकर पलंग पर लेट गई थी। बोली, "लड़की में सिर्फ़ रंग ही रंग है, ऐसी सुन्दर तो नहीं कि सारा जमाना डुल जाए। अमृत क्या कह रहे थे?"

"तुम तो जानती ही हो, पीने के बाद ऊटपटाँग बकने लगता है।"

शुभा ने कहा, "वह तो हमेशा से ऐसे ही थे। कॉलेज में भी। पता नहीं तुम्हारी क्यों उनसे इतनी घुटती है।"

"शुभा, हमारी शादी उसी ने करवाई थी," मैंने कहा।

शादी के नाम से शुभा को जैसे कुछ याद आ गया, "तुम कब तक बैठे रहोगे? मैं कब तक जागती रहूँ?"

उसने पतले पारदर्शी बादलों की तरह झिलमिले कपड़े पहन रखे थे, तकिए पर उसका सिर टिका हुआ था, उसने गर्दन मोड़कर जैसे मुझे देखा, उसमें स्पष्ट ही आमंत्रण था। मैं बिना कुछ कहे अपनी बीवी को ताकता रहा। वह एक अच्छी बीवी थी, इसमें शक की गुंजाइश नहीं थी। भले-बुरे में मेरा साथ निबाहती आ रही थी, और मैं भी भरसक उसे खुशी देने की ही कोशिश करता रहा था। शादी के ग्यारह महीने बाद ही जुड़वाँ लड़कियों के होने से वह बहुत व्यस्त और परेशान हो गई थी। और उनके पालने में उसका काफ़ी समय चला जाता था। फिर भी मुझे कभी अकेला नहीं लगा। कभी किसी और की ज़रूरत महसूस नहीं हुई। शुभा अभी मुझे देख रही थी। मैंने गिलास आधा छोड़ दिया और कपड़े बदलने गुसलख़ाने में चला गया। जब मैं बाहर आया तो वह गाढ़ी नींद में सो गई थी। मेरी प्रौढ़ और ढलती हुई बीवी, मैं उसके प्रति ढेर से स्नेह और अनाम कृतज्ञता से भर गया। कमरे में रात का सन्नाटा भर उठा था। होटलों के कमरे एक ही-से होते हैं, पलंग, सिरहाने, मेज़ें, लैम्प, ड्रैसिंग टेबिल, कुर्सियाँ, सोफ़े—अपने में सीमित और सम्पूर्ण, कमरे के आगे छोटी-सी बालकनी भी, जिस पर टहलते हुए मैं सिगरेट पीता रहा। अपने अन्दर एक जो चिड़चिड़ापन इकट्ठा हो गया था, उससे छुटकारा पाने की कोशिश में। डिनर में चार-पाँच सौ उठ गए थे, फिर भी मुझे लग रहा था कि मीनाक्षी और शुभा के अतिरिक्त किसी को वह अच्छा नहीं लगा। शुभा और मीनाक्षी बातों में मग्न थीं। अभय इला के अचानक मुरझा जाने पर काफ़ी परेशान हो उठा था और उसे जल्दी से जल्दी खाना ख़तम करके जाने की लगी थी। मैंने सिगरेट फेंक दी। कमरे में आकर मैंने शुभा को जगा लिया।

सुबह तड़के ही दरवाज़े पर दस्तक होती है। इला है। मैं अचरज से उसे देखता रहता हूँ।

"मैं अन्दर आ जाऊँ?" उसकी आवाज़ भारी है।

"तुम घर नहीं गईं?" मैंने पूछा।

"गाँव तीन किलोमीटर पर है, रात में सवारी कहाँ मिलती?" उसने कहा।

मैंने हटकर उसे अन्दर आने दिया, "फिर रात..." मेरे मुँह से आधा वाक्य निकला—और फिर मैंने जबान दाँतों से दबा ली।

"रात कहाँ काटी? पूछिए न, रुक क्यों गए? कॉटेज के सामने लकड़ी के कॉउच पर...और कहाँ?" कहती हुई वह अन्दर चली गई।

मैं नहा-धोकर निकला तब तक उसने रसोई में चाय बना ली थी। उजाले में इला को देखता हूँ, उसका चेहरा फीका है, रंगहीन। उसकी साड़ी, बाल सलीके से बँधे हैं, लगता है जैसे अभी-अभी क्लास पढ़ाने जा रही हो।

वह मेरी चाय बनाकर मुझे थमा देती है और अपना प्याला लेकर कमरे में चली जाती है, दरवाज़ा हल्के से बन्द हो जाता है। मेरा काम ख़तम हो गया है। आज ही वापस जाना है। मैं आर्थर से क्या कहूँगा, उसे सोचने को कई दिन हैं। "सॉरी सर," इंडियन एयर लाइंस के रिजर्वेशन काउंटर पर बैठी लड़की कहती है, "तीन-चार दिन तक कोई भी सीट नहीं है। कहिए तो आपका नाम चांस में लिख लूँ।"

"कौन-सा नम्बर?"

"अड़सठवाँ।"

मैं आगे कुछ पूछूँ इससे पहले अधीर भीड़ का एक रेला आता है और मैं धक्का खाकर दूर पहुँच जाता हूँ।

मैं सड़क पर खड़े-खड़े इधर-उधर देखता हूँ, पाँत के पाँत छायादार पेड़ सड़क के बराबर, गंगा जैसी चौड़ी गम्भीर नदी, हल्की-हल्की उष्ण धूप, स्त्रियों की साड़ियों के चटख रंग, और बालों में फूल। सबकुछ साफ़, सुन्दर।

होटल में पता चलता है कि स्टीमर भी सारे भरे हुए हैं, शायद वीडियो बस में जगह मिल जाए। बम्बई पहुँचने में अठारह घंटे लगेंगे। तो मैं यहाँ अटक गया हूँ। यह बात कोई नहीं मानेगा, शुभा भी नहीं। मेरी जगह गिरिराज होते तो तुरन्त इन दिनों के सदुपयोग में व्यस्त हो जाते, जफर होता तो—

कॉटेज खाली है। इला नहीं है, पर उसकी अटैची अभी भी कमरे में है।

मुझे गुस्सा आ रहा है अपने पर, इला, मिटी पर, गिरिराज, जफर, शुभा, सभी पर, पूरी दुनिया पर। इला को खूब अच्छी तरह मालूम होगा कि मैं चार दिन तक निकल नहीं पाऊँगा। उसे मेरा कार्यक्रम मालूम था। मैं चार दिन एक जगह नहीं बैठा रह सकता। इस सबका मतलब क्या है? वे सब सच कहते थे। आधा शहर जो अपने को इला का प्रेमी बताता था, सच कहता था। चलो, निकलो, बस से ही सही। लंच खाता हूँ। थोड़ी देर स्विमिंग पूल के पास बैठता हूँ। काउंटर पर बस के टिकट की व्यवस्था को कह दिया है। फिर बिस्तर पर लेट जाता हूँ।

फ़ोन बजता है। बस में भी जगह नहीं है। इला दिखेगी तो गला मरोड़ दूँगा।

पूरा दिन ऐसे ही निकल जाता है। पलंग पर पड़े-पड़े और जासूसी उपन्यास पढ़ते-पढ़ते। शाम को पैजामे-कुर्ते में ही मैं रेत पर निकल जाता हूँ। सबकुछ कल जैसा है। वही बच्चे, जिन पीती हुई वही औरत, वही लहरें, वही सूर्यास्त। सूरज जब पानी में डूब जाता है तो एक धीमा स्वर पूछता है, ''कुछ माँगा?''

मुड़कर देखता हूँ, इला है। न जाने कब से पास आकर खड़ी थी। वह मुझे ऐसे देख रही है जैसे कुछ हुआ ही न हो। उस क्षण मेरा सारा तनाव, सारा गुस्सा न जाने कहाँ बह जाता है। इला है, वह पानी में डूब नहीं गई है। वह मुझे छोड़कर कहीं चली नहीं गई है।

''कहाँ थीं अब तक?'' संयत स्वर में मैं पूछता हूँ।

''यहीं तो सुबह पणजी गई थी, टिकट की पूछताछ करने। आपका चेहरा देखकर बोलने की हिम्मत नहीं हुई। फिर सारे दिन यहीं बैठी रही।'' उसने फ़ूस के छप्पर से ढँकी झोंपड़ी की तरफ़ इशारा किया।

''सारे दिन?''

''तो और क्या? कितना डरती नहीं हूँ आपसे?''

''डरती हो तो यह सब नाटक क्यों करती हो?'' वह चुपचाप, निरुत्तर मेरे साथ चलती रही। कॉटेज के सामने आकर हम कुर्सियों पर बैठ गए। ''मैं एक बात कहूँ...एकदम सच-सच। आपके लिए मेरे मन में इतना आदर, इतना स्नेह है कि आप कभी जान नहीं सकेंगे। पहले मैं आपको अमृत भाई की तरह ही बदमाश समझती थी, पर अभय की मौत के बाद आपने जो सहारा दिया, और बिना कुछ मुझसे चाहे हुए, उससे मेरा...''

''मैं बदमाश?''

टैक्सी रुक गई। उतरते हुए इला कहती है, ''मैं यहाँ रहती हूँ।'' छोटा-सा कच्चा रास्ता है। ऊबड़-खाबड़। एकदम आख़िरी छोर पर छोटे-से टीले पर टँगी हुई पीली दीवारों और खपरैल की छत की कॉटेज, सामने बरामदा, जिसमें झूला पड़ा है। वहाँ बैठने से नीचे, काफ़ी नीचे समुद्र दिखाई देता है। उजला और शान्त।

''हरे नारियल में जिन पिएँगे?'' इला ने पूछा।

''नहीं, सिर्फ़ डाभ। सिर सुबह से घूम रहा है।''

''आप आराम से बैठिए।'' कहकर उसने मुझे स्ट्रा डालकर नारियल पकड़ा दिया। पास बैठती हुई बोली, ''आपसे एक बात कहनी थी। मौक़ा ढूँढ़ रही थी। मगर...आपके यहाँ आने से पहले ही मैं विभाग को इस्तीफ़ा भेज चुकी हूँ। अब तक पहुँच गया होगा।''

''ऐसा कैसे?'' मैंने कहा, ''फिर मुझे यहाँ बुलाया क्यों?''

उसका जवाब न देकर इला ने अपने बालों में उँगलियाँ फँसाते हुए कहा, ''पढ़ाते-पढ़ाते मेरा जी भर गया है। मैं कुछ नया करना चाहती हूँ। अपनी ज़िन्दगी नए सिरे से शुरू करना चाहती हूँ। अतीत को एकदम धोकर—नई स्लेट की तरह। अब तक इधर-उधर भटकती रही। बिना चप्पू की नाव की तरह। अब स्थिर बैठूँगी। इतने लम्बे एकान्त और एकाकी रहकर मैंने खूब आत्मविश्लेषण किया है। अब मैं जान गई हूँ कि मैं क्या और किसे पाना चाहती हूँ।''

''किसे?''

''जिसे हर सूर्यास्त माँगती हूँ...'' यह बात हँसी में उड़ाने की कोशिश करती दृष्टि बच गई। फिर गम्भीर होती हुई बोली, ''मैं इधर एक उपन्यास लिख रही हूँ। कुछ-कुछ आत्मकथात्मक। पचास पृष्ठ लिखकर मैंने 'राइटर्स वर्कशाप' में भेजे थे। उधर से अच्छी प्रतिक्रिया आई है। वहाँ जाकर पूरा करने की बात चल रही है। अगर वह नहीं भी हुआ तो गर्मी में रानीखेत जाकर रहूँगी। पश्चिम में नहीं छपेगा तो क्या, यहाँ छपेगा। पैसा मिले तो भी ठीक, न मिले तो भी ठीक।'' इला का यह नया रूप है। गम्भीर, आत्मविश्वासी, मैं चुप रहता हूँ। एकाएक मेरी आँखों के आगे फुलझड़ियाँ-सी छूटने लगती हैं।

''इला, मुझे चक्कर आ रहा है।'' खड़े होते-होते मैं लड़खड़ा जाता हूँ। अन्दर ले जाते हुए इला की बाँह जो मुझे सहारा दे रही है, कोमल भी है, दृढ़

भी। उसका युवा स्पर्श जैसे मेरे चेतना खोते शरीर में घुल-मिल रहा है। पलंग एकदम कड़ा है, तख्त जैसा। इला मेरा चेहरा हल्के-हल्के ठंडे कपड़े से पोंछ रही है। मेरे अन्दर से मुझे पूरी तरह झकझोरते हुए एक लम्बी साँस निकल आती है।

"इला, मुझे माफ़ कर दो।" मैं बुदबुदाता हूँ। मेरे चारों तरफ़ एक नींद-भरा अँधेरा है, एक सन्नाटा, जिसमें मुझे अपने दिल की धड़कन बहुत तेज़ सुनाई दे रही है।

मैं कई घंटे सोया होऊँगा। जब जगता हूँ तब तक धूप ढल गई है। बरामदे में तेरह-चौदह साल की नौकरानीनुमा लड़की बैठी है।

"बाई, उधर बीच पर गई है।" वह कहती है।

मैं बरामदे में खड़ा होकर अपने को आजमाता हूँ। सोने से निश्चय ही खुमार उतर गया है। मैं एकदम स्वस्थ महसूस करता हूँ, जैसे किसी अँधेरी खोह से निकल आया हूँ।

चाय पीते-पीते मैं अनमना-सा नीचे देखता हूँ। इस समय रेत पर काफ़ी लोग जुटे हुए हैं। मैं पुरानी आदत के अनुसार सारी बातें तरतीबवार रखकर देख रहा हूँ। इला ने इस्तीफ़ा दे दिया है, वह उपन्यास लिखेगी, स्थिर होकर बैठेगी। और मैं ? क्या करूँगा ? आर्थर से कहकर उसका इस्तीफ़ा रुकवा सकता हूँ। जब तक उपन्यास प्रकाशित न हो जाए, तब तक के लिए। इला को हमेशा के लिए खो देने के विचार से यह बूढ़ा सीना इतना विचलित क्यों हो रहा है ?

तभी इला आती दिखाई देती है। शायद समुद्र-स्नान से लौटी है। उसने महीन-सा गाउन शरीर पर डाल रखा है, जिसके अन्दर से उसकी बुँदकीदार बिकनी झलक रही है। वह निस्संकोच आकर बैठ जाती है और ख़ाली प्याले में चाय छानती हुई पूछती है, "अब कैसी तबीयत है ?"

"अब ठीक है।"

"खाना-पीना भी तो ठीक से नहीं हो रहा है।" कहकर वह पीछे झुकती है तो गाउन का दायाँ पल्ला पीछे ढलक जाता है और न चाहते हुए भी मेरी दृष्टि उसकी जाँघ तक अनावृत हो आई टाँग पर अटक जाती है। गाउन से अपना पूरा पैर ढँकते हुए वह सरल भाव से कहती है, "बचपन में दीवाली पर बुरी तरह जल गई थी, सलवार ने आग पकड़ ली थी। उसी का यह निशान है, जला, झुलसा हुआ। साड़ी पहनने से ढँका रहता है। आप इतने ताज्जुब से मुझे क्यों

देख रहे हैं..." वह उठ खड़ी होती है, "मैं कपड़े बदलकर अभी आती हूँ।"

मैं भी उठ खड़ा होता हूँ। मुझे किसी प्रमाण की ज़रूरत नहीं बची। वह जैसी भी है, है। और मैंने उसकी चाहना की है, शायद उस पहले दिन से ही।

इला मुझे विस्मय से देख रही है। फिर उसका चेहरा एकदम बदल जाता है। उसमें प्रतीक्षा भी है, आह्वान भी। मुझे पूरी तरह मालूम है कि अगर मैं एक क़दम आगे बढ़ा तो फिर पीछे नहीं जा सकूँगा। मेरे आगे-पीछे सभी कुछ एक अँधेरे में डूबने लगा। शुभा, अंजू, संजू, घरजमाई, नाती, नातिनी, दोस्त, समाज, नाम, इज्ज़त, डीनशिप, प्रॉविडेंट फंड, पेंशन। सबकुछ एक सर्वग्रासी बाढ़ में डूबा जा रहा है। छब्बीस साल का विवाहित जीवन एक मिट्टी के ढूह की तरह गिर गया है।

डूबते हुए सूरज का आलोक हमारे चारों तरफ़ भर उठा है। आगे क्या है, मैं नहीं जानता। इला मुझे खींचकर चाँटा मार सकती है। मुँह फेर सकती है। मेरा उपहास कर सकती है। या फिर मेरे बढ़ते हुए हाथ को सहारा दे सकती है। निर्णय अब उसका ही है। सूरज पानी में एकदम डुबकी लगा गया। इला और मैं एक-दूसरे की ओर मुड़े। हमारी आँखें मिलीं। मैंने कुछ कहने के लिए मुँह खोला, पर इला ने मेरे होंठों पर उँगली रख दी।

"बाद में बताना," उसने कहा।

OOO